WARRIORS

貓戰士

星預兆

四部曲之 VI

最後希望

The Last Hope

艾琳·杭特(Erin Hunter) 著
高子梅 譯

晨星出版

特別感謝凱特・卡里

獻給在希望裡的丹

狐躍：紅色公虎斑貓。見習生：櫻桃掌。
冰雲：白色母貓。
蟾蜍步：毛色黑白相間的公貓。
玫瑰瓣：深奶油色母貓。見習生：錢鼠掌。
花落：玳瑁色與白色相間的母貓。
蜂紋：帶有灰色條紋的淺灰色公貓。
薔光：黑棕色母貓，後腿癱瘓。
鴿翅：灰色母貓。
藤池：白色母虎斑貓。
罌粟霜：玳瑁色母貓。
冬青葉：黑毛母貓，綠眼珠。

見習生　（六個月大以上的貓，正在接受戰士訓練）
櫻桃掌：薑黃色母貓。導師：狐躍。
錢鼠掌：棕白相間的公貓。導師：玫瑰瓣。

貓后　（正在懷孕或照顧幼貓的母貓）
栗尾：琥珀色眼睛，雜黃褐色的母貓（是小百合和小種籽的母親，前者是隻暗色的小母虎斑貓，後者是一隻顏色很淺的薑黃色母貓）。
蕨雲：綠色眼睛，淺灰色（帶有暗色斑點）母貓。
黛西：來自馬場的乳白色長毛母貓。

長老　（退休的戰士和退位的貓后）
鼠毛：嬌小的黑棕色母貓。
波弟：肥胖的公虎斑貓，口鼻灰色，以前是獨行貓。

本集各族成員

雷族 *Thunderclan*

族長　**火星**：英俊的薑黃色公貓。

副手　**棘爪**：琥珀色眼睛、暗棕色的公虎斑貓。

巫醫　**松鴉羽**：有著一雙藍色盲眼的灰色公虎斑貓。

戰士　（公貓，以及沒有年幼子女的母貓）

灰紋：長毛灰色公貓。

蜜妮：嬌小的銀色母虎斑貓。

塵皮：黑棕色的公虎斑貓。

沙暴：淡薑黃色的母貓。

蕨毛：金棕色的公虎斑貓。

雲尾：白色的長毛公貓。

亮心：白色帶薑黃色斑點的母貓。

刺爪：金棕色的公虎斑貓。

松鼠飛：綠色眼睛，暗薑黃色的母貓。

葉池：琥珀色眼睛，淺棕色的母虎斑貓，以前是巫醫。

蛛足：琥珀色眼睛，四肢修長，下腹部棕色的黑色公貓。

樺落：淺棕色公虎斑貓。

白翅：綠色眼睛，白色母貓。

莓鼻：乳白色公貓。

榛尾：灰白相間的嬌小母貓。

鼠鬚：灰白相間的公貓。

煤心：灰色母虎斑貓。

獅焰：金色公虎斑貓。

河族 *Riverclan*

族長　霧星：灰色母貓，藍色眼珠。

副手　蘆葦鬚：黑色公貓。見習生：穴掌。

巫醫　蛾翅：有斑紋的金色母貓。見習生：柳光。

戰士

冰翅：藍色眼珠的白色母貓。

鯉尾：暗灰色母貓。

卵石足：雜灰色的公貓。

錦葵鼻：淺棕色公虎斑貓。

知更翅：玳瑁色和白色相間的公貓。

甲蟲鬚：毛色棕白相間的公虎斑貓。

花瓣毛：毛色灰白相間的母貓。

穴飛：暗棕色公虎斑貓。

鱒流：淺灰色母虎斑貓。

奔尾：淺棕色公虎斑貓。

見習生

柳光：灰色的虎斑母貓。導師: 蛾翅。

鷺掌：毛髮黑灰相間的暗色公貓。

長老

斑鼻：雜灰色母貓。

風族 *Windclan*

族長　**一星**：棕色的公虎斑貓。

副手　**灰足**：灰色母貓。

巫醫　**隼翔**：雜色的灰色公貓。

戰士

鴉羽：暗灰色公貓。

鴞鬚：淺棕色公虎斑貓。

白尾：嬌小的白色母貓。

夜雲：黑色母貓。

兔躍：棕白相間的公貓。

燼足：灰色公貓，有兩隻暗色腳爪。

石楠尾：淺棕色母虎斑貓，藍色眼珠。

風皮：黑色公貓，琥珀色眼珠。

陽擊：玳瑁色母貓，前額有一大塊白色印記。

荊豆皮：灰白相間母貓。

礫毛：體型龐大的淺灰色公貓。

金雀尾：淡色毛髮灰白相間，有著藍眼珠的母貓。
見習生：伏掌。

見習生

伏掌：薑黃色毛髮的公貓。

雲雀掌：淺棕色虎斑紋母貓。

貓后

扭毛：毛髮賁張的長毛母虎斑貓。

長老

高罌粟：長腿的淺棕色母虎斑貓。

白水：長毛白色母貓，有一隻眼是瞎的。

黑暗森林 *Dark Forest*

虎星：暗褐色的虎斑大公貓，前爪特別長。

鷹霜：肩膀很寬的深棕色公貓。

碎星：黑棕色的長毛虎斑貓。

暗紋：烏亮的深灰色公虎斑貓。

雪叢：白色公貓。

破尾：暗棕色公虎斑貓。

楓影：玳瑁色母貓。

雀羽：有多處傷疤的雜棕色嬌小母貓。

薊爪：有著長尾巴，灰白色相間的公貓。

蟻皮：棕色公貓，有一隻耳朵是黑的。

其他動物 *othen animals*

午夜：一隻懂占卜的母獾，住在海邊。

影族 *Shadowclan*

族長　**黑星**：白色大公貓，腳爪巨大黑亮。

副手　**花楸爪**：薑黃色公貓。

巫醫　**小雲**：非常嬌小的公虎斑貓。

戰士

橡毛：矮小的公虎斑貓。
煙足：黑色公貓。
蘋果毛：雜棕色母貓。
鴉霜：黑白相間的公貓。
鼠疤：棕色公貓，後背上有一條很長的疤。
雪鳥：純白色母貓。
褐皮：綠色眼睛，玳瑁色母貓。
橄欖鼻：玳瑁色母貓。
鴞爪：淺棕色公虎斑貓。
鼩鼱足：有四隻黑足的灰色母貓。
紅柳：棕色和薑黃色相間的雜色公貓。
虎心：暗棕色公虎斑貓。
曦皮：奶油色母貓。
歐掠翅：薑黃色公貓。
松鼻：黑色母貓。
雪貂爪：乳白和灰色相間的公貓。

見習生

鼬掌：橘白色相間、玳瑁母貓。

被遺棄的兩腳獸窩
月池
舊雷族小徑
雷族營地
天空橡樹
風族營地
斷半橋
兩腳獸地盤
馬兒地盤
轟雷路
雷族
河族
影族
風族
星族

綠葉
兩腳獸地盤
兩腳獸窩
兩腳獸小徑
空地
兩腳獸小徑
影族營地
半橋
小轟雷路
綠葉
兩腳獸地盤
半橋
湖
小河
小島
河族營地

被遺棄的
石人小屋
採石路
礦場
兔丘林
水晶池
兔丘
域湖
兔丘馬廄場
兔丘路
樹叢
落葉林區
松樹林
沼澤
湖
小路
北

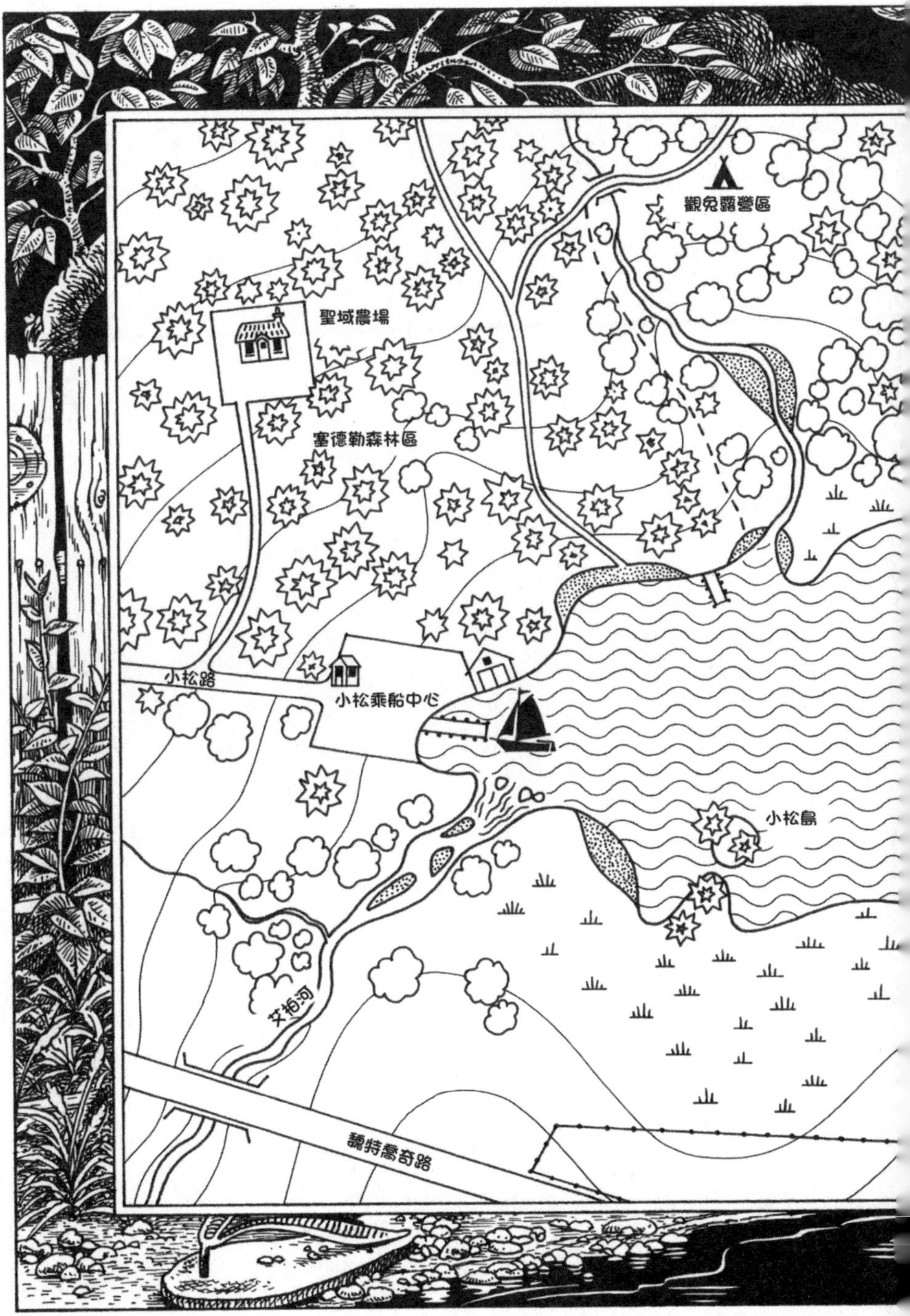

觀兔露營區
聖域農場
塞德勒森林區
小松路
小松乘船中心
小松島
艾柏河
魏特喬奇路

序章

參差嶙峋的山脈橫劃過地平線，群峰崢嶸，刺穿黑色的天空。寒風颼颼的岩頂，有四個披著斑駁星光的身影，蹲伏在泛著銀色光澤的花崗岩上。

「我們照你們的要求來了。」白色母貓費力地聳起肩膀，抵禦刺骨寒氣。

她的同伴向等候的貓兒垂頭致意。「妳們好，梟羽、碎影。」

「你好，斜仔。」碎影豐厚的毛髮聳成針狀，以抵擋冰涼如岩的空氣。她迎視白貓的目光，流星映現在她眼裡。「很高興又見到妳，半月。」她說話的同時，又有兩個毛茸茸的身影如黑影般在石頭上方移動。

「藍星、斑葉，很高興見到妳們。」半月趁星族戰士在四隻古代貓身邊坐定下來時，開口歡迎她們。

藍星捲起尾巴蓋在腳上。「我們已經為末日做好準備了。」她嚴肅地說道。

梟羽瞇起她那黃色的眼睛。「而且也相信我們告訴你們的事情？」

斑葉發出一聲低吼。「藍星向來相信，是別的貓需要被說服。」

「我們時間快不夠了！」斜仔厲聲道。

天空在四周旋轉，星子飛馳，模糊成銀色的光痕……但山峰似乎靜止不動，猶如貓戰士縱身一躍前的預備動作。

藍星的眼裡有銳光閃現。「各部族會自行做出決定，我幫不上忙。」

斜仔傾身靠近了點。「可是以前的預言不是都幫得上忙嗎？」

「沒錯，」藍星瞥了她的巫醫貓一眼。「當年是斑葉先認出那顆火焰般的星星，才帶領我找到火星。」

梟羽對著斑葉眨眼致意。「她善用了她的天分。一直以來，部族貓的最後希望始終握在火星的至親掌中。」

「第四隻貓呢？」斜仔傾身向前，目光裡射出焦慮。「他們什麼時候才會找到第四隻貓？」

「一定要儘快找到。」碎影發愁地說道：「時間不多了。」

梟羽抽動著尾巴。「你確定我們已經做得夠多了？」

「該做的我們都做了。」半月的琥珀色目光突然移向兩團正爬過岩石，朝他們而來的身影。「午夜，是妳嗎？」

「我和磐石一塊來的。」體型龐大的母獾笨重地攀上平滑的花崗岩。磐石跟在後面，月光下，他光禿無毛的身軀益發顯得蒼白。

碎影的四隻腳不停地動來動去。「妳好，午夜，我……我不知道妳竟然認識磐石。」

「早在你們的時代來臨時，我們就認識了。」午夜咕噥說道，同時將那顆帶有條紋的大頭顱轉過來。「自從第一隻進駐水邊，我們就認識了。」

磐石在冰冷的石頭上坐下來，灰暗盲眼像月亮一樣渾圓慘白。「我們一起看著湖上的第一個日出。」

「它把水面照得像火焰般通紅，」午夜回憶道：「在焰紅色的倒影裡，我們看見所有貓兒的未來：急水部落、五大部族、四族、森林、大湖。」

「我們看到你們的大遷移，從湖邊遷移到森林，再遷回來。」磐石偏著頭，彷彿正在看貓群從他眼前經過。「所有預言都來自於第一個日出倒影——毛髮如火焰的貓兒會拯救四族，而銀貓會拯救急水部落，還有四力量不只是部族貓的最後希望，也是光明勢力的最後希望。」

午夜用爪子刮著花崗岩。「如今我們擔心，會看到最後一個夕陽將你們的故事全部終結。」

半月走上前來。「可是四力量呢？他們會救我們，不是嗎？」

「他們一如我們預見的出現了，然而當他們出現的同時，也點燃了最暗處的火焰。」午夜注視著古代貓，兩顆像珠子一樣的黑色眼睛露出熱切的目光。「所以你和所有死亡已久的貓兒會像星子一樣再度燃燒。」

「但邪惡勢力就要降臨。」磐石警告道。

午夜插嘴道：「我們看見黑暗隨著光明誕生，在旁邊如影隨形。現在大家都必須挺身出來對抗。」

在場的其他貓兒渾身發抖，磐石的盲眼掃過他們。「謝謝你們長久以來對預言的守護，謝謝你們一代一代地傳遞預言。」

碎影歎口氣。「有太多生命逝去。」

「所有生命都是短暫的。」磐石提醒她。

「我兒子的生命太短暫了。」她的眼裡帶著責難。「為什麼你不救落葉？」

「那不是我的責任！」磐石嗆了回去。「自己的生命如果掌握在別隻貓的手裡，還有什麼意義？你們必須有自己的選擇、自己的自由意志。我可以指出道路，但那得靠他們自己走出去。」

斜仔瞇起眼睛。「所以貓族得自己單獨面對這最後一場戰役？」

半月貼平耳朵。「他們不會孤單！」她抬起下巴。「我一定會陪松鴉羽奮戰到底。」

碎影伸出爪子。「我也會陪我兒子奮戰到底。」

「我會和鉤雷與我的小貓並肩作戰，一起打敗黑暗惡勢力。」梟羽的兩眼發亮。

藍星甩著尾巴。「為了保衛雷族，要我死第十次我都願意。」

「這些貓絕對不會孤單，」半月大聲說道：「我們會陪在他們身邊，就像以前一樣。」

「光明對抗黑暗，」午夜低吼道：「這是一切的結局……也是最後的日出。」

磐石用尾尖輕觸她的腰腹。「吾友，這是我們一直在等待的。」

第一章

是誰在流血！

藤池突然憶起蟻皮的死，這記憶頓時淹沒了她的思緒，於是愣了一下。每每她聞到血腥味時，就會突然想起他。到現在她都還感覺得到他的皮肉在她利爪下綻開，也還看得到他最後的痛苦痙攣，直到停止不動。為了取信虎星，她不得不殺了風族戰士。此舉使她贏得了黑暗森林戰士的恐怖榮銜，但她知道自己永遠也洗刷不掉留在她爪間的血腥味。

「停下來！」她吼道。

樺落的飛撲動作做了一半，愣在原地瞪著她。「怎麼了？」

「我聞到血腥味，」她厲聲道：「我們只是在練習，我不希望有誰受傷。」

樺落朝她眨眨眼睛，一臉疑惑。

紅柳從樺落腳下蹣跚爬出來。「只是一點小傷口。」影族戰士喵聲道。他把耳朵秀給藤池看。耳尖有個細小的傷口滲出一點血。

「反正小心點就是了。」藤池告誡道。

「小心點？」鷹霜的吼聲嚇得她趕緊轉身。「馬上就要開戰了，爪子不出鞘，怎麼贏？」鷹霜齜牙咧嘴，瞪著藤池。「我還以為妳在幫忙訓練我們的新學員，讓他們脫胎換骨，成為真正的貓戰士，不再是軟弱的部族貓。」

樺落倒豎毛髮。「部族貓並不軟弱。」

「那你為什麼要來這裡？」鷹霜質疑道。

紅柳揮著尾巴。「我們的部族需要我們變得更強悍，這是你告訴我們的，你忘了嗎？」

鷹霜緩緩點頭。「只有來這裡，才能學到你們需要的戰技。」他的鼻子朝樺落的方向努了一下。「再攻擊紅柳一次，」他下令道：「這一次，不要一聞到血腥味就停下來。」他朝藤池瞇起眼睛。

藤池吞吞口水，擔心自己洩了底。黑暗森林的貓都不知道她其實是來這裡當臥底的。她抬起下巴，從樺落旁邊衝過去。「你要像這樣飛撲。」她告訴他，說完嘶地一聲撲向紅柳，低身躲開對方的爪子，張嘴叼住其中一隻前腳，借力使力地令他重心不穩，然後一扭頭，紅柳摔個四腳朝天，光聽聲音就知道他摔得不輕。她根本沒有使出利牙，只是把扭頭的時機掐得剛好到不必扭傷他的腳，就能絆倒他。

她回頭瞥了鷹霜一眼，看見他眼裡露出讚許的光芒，這才鬆了口氣。她只要讓他看見利爪揮舞、貓毛亂飛，還有重摔在地的聲音就夠了。

「鷹霜！」

樺落和紅柳瞠大眼睛，瞪著從薄霧裡走出來的蘋果毛。這隻影族母貓的眼睛閃閃發亮，剛上完課的她，全身燥熱到身軀仍微微發顫。「花落和穴飛想找黑暗森林的戰士較量一下。」

蘋果毛的見習生從暗處走出來。「要找部落貓較量，隨時都可以。」花落抱怨道。

穴飛點點頭。「我們來這裡是想學別處學不到的戰技。」河族公貓身上沾著血，背脊上的毛髮糾結成團。

你們到底有完沒完?藤池瞥了鷹霜一眼。「這附近有黑暗森林的戰士嗎?」她試問道，暗自祈禱一個也沒有。

「當然有。」鷹霜嗅聞空氣。

貓兒的打鬥尖叫聲迴盪在薄霧裡，這聲音聽在藤池耳裡已經變得像蟲鳴鳥叫一樣平常，因為這聲音一直都充斥林子裡，熟悉到得仔細聽才會聽出端倪。

「乾脆今晚我們幫他們上課好了。」她試探地詢問道。多數夜晚，黑暗森林戰士都會迫不及待地想教部族貓一些殘酷的戰鬥技巧。

鷹霜穿梭在花落和蘋果毛之間。「我要妳們學會別族的格鬥技巧。」

「有一天，你們也許得並肩作戰。」

藤池打著寒顫。

騙子!

「你必須清楚你夥伴的招式，才能培養默契，合作無間。」

不，你只是在訓練他們在最後一仗時毀滅彼此。

一聲嘶吼從林子裡傳來。「四族必須在重要時刻聯合起來。」虎星從暗處緩步走出，那張寬臉的虎斑頭顱抬得高高的。「這是黑暗森林的規矩，千萬別忘記。」

樺落嚴肅地點點頭。「四族會在重要時刻聯合起來。」他重複道。

「那會是什麼時候呢？」花落圓瞪著眼睛。

「時候到了，你就會知道。」楓影從林子裡悄悄出來，玳瑁色身軀透明到可以看見她身後的林子。藤池一想到有一天她也會像楓影一樣從大家的記憶裡逐漸消失，便不禁打起寒顫。

「虎星？」花落瞪著黑暗戰士。「我們受訓，有什麼特別的目的嗎？」

藤池的身子縮了一下。「目前還沒有，」她很快地回答，同時瞟了虎星一眼。看見他點頭同意她的說法，才又繼續說道：「不過這種事誰也說不準。」她記得四分之一個月前，他們才和風族在隧道裡打起來。「也許會有更多像索日那樣的貓準備帶領其中一個部族攻打他族。」

蘋果毛上前一步。「下次若再有惡棍貓敢離間我們，我一定站在雷族那邊，不會與他們對抗。」

藤池蠕動著腳。這些貓相信自己比以前更效忠四族。她瞥了樺落一眼。**可是當最後一仗來臨時，他們會效忠誰呢？是自己的族貓？還是黑暗森林的戰士？**

虎星彈彈尾巴。「回你們的臥鋪吧。」他下令道。

穴飛偏著頭。「可是現在還早。」

「資深戰士要開會。」虎星對楓影和鷹霜點點頭。

「我可以參加嗎？」藤池問道。

楓影瞇起眼睛。「不行。」

「可是我已經是導師了。」藤池追問。她必須知道黑暗森林的貓打算何時進攻湖邊四族。

「只要妳還能張嘴吃鮮活的獵物，就不算是我們真正的一員。」楓影吼道。

虎星點點頭。「回妳的部族睡覺去吧。」他下令道：「留點體力給明天晚上。」他轉身昂首闊步地走進暗處，楓影快步跟在後面。

花落聳聳肩。「我想我們就算不在這裡練習新戰技，也可以在森林裡練吧。」她告訴樺落，說完隨即閉上眼睛，漸漸消失。

藤池看著她的族貓從林子裡消失。**她會帶著身上的傷回去，就連這裡學到的東西也會留在她的記憶裡。**藤池的毛髮直豎。她不想要這些記憶，也不希望這些邪惡的技巧出現在雷族裡。

「你要一起來嗎？」樺落彈彈尾巴。

藤池抽抽耳朵，目送他消失。「我會跟在你後面回去。」

穴飛、蘋果毛和紅柳也都隨著樺落沒入黑暗。藤池一等他們離開，便轉身對鷹霜說：「你是因為信任我，才要我幫忙黑暗森林訓練部族貓，但現在又不准我參加資深戰士的會議？」

他的眼睛有光閃現。「妳真的想去？」

藤池點點頭。

鷹霜靠近了點。「難囉。」說完轉身，緩步跟在虎星後面離去。

藤池收起爪子。**不管你讓不讓我跟，我都要去。**鷹霜的身影在林間忽隱忽現，她追上去，心跳加速，一路尾隨，利用薄霧和刺藤叢作掩護，刻意保持距離，用眼角餘光盯住他的身影，配合他的腳程而行。

「雪叢？」鷹霜突然慢下腳步。

藤池停下來，豎起耳朵。

鷹霜低吼出聲，向他的族貓打招呼。「你要去開會？」

「我才不會錯過呢，」雪叢厲聲道：「那些部族貓呢？」

鷹霜哼了一聲。「虎星命令他們全部回臥鋪。」

雪叢的爪子刮著泥地。「你確定他們不會在訓練岩場那附近逗留？」

「碎星會查清楚他們是不是都走了。」鷹霜吼道。

訓練岩場！藤池彈彈尾巴。**他們要在河邊開會！**她對黑暗森林的地形已經熟到可以自己找路，不必擔心被鷹霜撞見了。她只要循著那條舊河流走到空心樹林，再往河堤走去就能到達。

她蹲伏下來，潛行在灌木叢後方，直到聽見資深戰士的沙沙低語聲才停下來。她溜到一棵樹幹後面，四處窺看。林子中間有條河穿過，薄霧散去，露出岸邊泥地上一座高聳的大圓石。

藤池貼平耳朵。她在黑暗森林裡的第一堂課就是在這裡上的，而現在圓石四周圍著一群虎背熊腰的戰士。恐懼在她肚裡翻攪，她按壓下心裡的恐懼。**我是黑暗森林的戰士，**她提醒自己。**我和這些貓是平起平坐的。**

碎星站在岩石上，厚重的暗色毛髮亢奮到豎成針狀。「時間快到了。」他低吼。

楓影抬起她那已褪成灰白的口鼻。「很好，」她嘶聲道：「我討厭等待。」

鷹霜坐下來，冰藍色眼睛瞇成兩條細縫盯著碎星的一舉一動。破尾從大圓石旁溜出來，在泥地上劃了一條線。「這是湖與陸地的交界。」

然後又劃了一下。

再劃一下。

又再劃一下。

靈巧的爪子在地上劃出更多形狀。「我們可以從這裡和這裡進攻。」他往地上一戳。「等他們在這裡打起來時，再派另一支隊伍從這裡突襲。」

藤池伸長脖子，想看清楚他到底指的是什麼地方。可是虎星和破尾靠得很近，擋住她的視線。藤池急得心臟快從喉嚨裡跳出來，只好憑聽覺來找線索。

「從山坡到小溪這裡，是他們防守較弱的地方，我們可以從高處攻擊，逼他們往後撤退。」

「為什麼不從這裡進攻？」虎星的爪子戳進地圖裡。

藤池心頭一驚，因為碎星的眼中露出興味。「的確正中部族要害！」

「一旦小貓死了，他們的貓媽媽就會無心戀戰。」楓影直指道。

「你說得沒錯。」碎星用後腿坐下來。「那就這麼決定了。」

鷹霜回頭瞥了一眼，目光掃過藤池藏身的林子。她趕緊貼在地上，鷹霜目光掃了過去，沒發現到她，她才吁了口氣。黑暗森林戰士開始離開河邊。她等到他們都走光了，才從藏身處躡足躡腳地溜向碎星的地圖，像兔子一樣繃緊神經，瞥看泥地上的各種線條。

突然間，有爪子猛力搖晃她。她扭頭嘶喊，反擊對方。

「藤池！」

鴿翅的叫聲喚回了她的理智。藤池躺在臥鋪裡。「妳把我吵醒了！」她對她姊姊吼道。

鴿翅瞪著她，眼裡布滿驚懼。「藤池，妳沒事吧？」

「我正在作夢！」沮喪哽在她喉間。她本來可以窺視到碎星的作戰計畫。

「可是妳現在醒了。」鴿翅不太確定地問道。

「是啊，」藤池咕噥道。「我是醒了。」

鴿翅盯著她看。「妳以前不會因為我叫妳起床，就一副想把我大卸八塊的模樣。」

「妳知道我夢到什麼嗎？」

「所以我才要叫醒妳啊。妳的毛都豎起來了，我擔心妳發生……」鴿翅突然瞇起眼睛。

「難道妳情願留在黑暗森林裡？」

藤池抬起下巴。雖然已經回來了，回到安全的臥鋪裡，夢裡的恐懼不再，但仍感覺得到危機四伏。「我正在做一件重要的事。」

鴿翅往她靠近。「妳說什麼？」

藤池轉過頭去。「太遲了。」今晚以前碎星寫在地上的作戰計畫，一定會被踩得模糊難辨，要不就是被河水沖掉。

鴿翅突然皺起鼻子。「妳身上好臭。」

藤池低頭看看那沾了爛泥的腳，趕緊塞進身子底下。「別擔心，我會洗乾淨的。」

「那就好。」鴿翅從她身邊擠過去，朝窩外走去。

藤池瞥了瞥錢鼠掌和櫻桃掌的空臥鋪。他們去出任務了。她收起爪子，也從窩裡擠出去。

「藤池！」蜂紋從獵物堆那裡喊她。那隻肌肉發達的灰色公貓腳下有隻肥碩的黑鳥。

藤池沒理他，低頭鑽進刺藤隧道，進入森林。她的腦袋到現在都還聞得到黑暗森林的氣味、聽得到黑暗森林的聲音，所以她怎麼可能繼續待在營地裡和她的族貓們坐困山谷。

她跳上通往山脊的斜坡，蓄勢待發。她身上的這股爆發力是黑暗森林賜給她的。他們把她訓練成比雷族貓還要勇猛的戰士，教會她厲害的格鬥技巧，好讓她在最後一仗時用來對付自己的族貓。藤池的爪子劃過刺藤叢，攀上坡頂，衝出林線。下方湖水在蒼白的曙空下閃閃發亮，落葉季正在為樹梢染上顏色。已經被綠霧籠罩了好幾個月的森林，色澤正由暗沉轉變成琥珀色。藤池全身亢奮難耐。如今的她沒有抓不到的獵物，也沒有打不敗的敵人。她真想現在就比劃幾下，躍躍欲試到連爪子都微微刺癢。

這時不知從哪兒竄出一幅景像，她看見戰士們從岸邊蜂擁而上，竄進林子。他們的耳朵裂得參差不齊，身上傷疤累累，眼裡閃著恨意。蕨叢和刺藤叢在他們的隆隆腳步下為之震動，林子裡因為充斥著一群對戰爭饑渴的戰士，而變得天搖地動。尖嚎聲四起，藤池聽見肌肉撞擊岩面的聲響，整個世界都被黑暗森林戰士的爪子撼動。

這景像逐漸消失，但她仍聞得到鮮血和恐懼的氣味。藤池發現自己正止不住地發抖，腳墊汗溼。無論她在無星之地學到的戰技有多純熟，都不足以抵擋這波來勢洶洶的死亡浪潮。

第二章

暮色悄悄漫進山谷，松鴉羽從獵物堆裡拿了隻老鼠，坐在刺藤叢旁準備進食，露水沾溼了他的毛髮。

半月高掛在灰白清澈的天空上。其他巫醫貓真的會聽從祖靈緊急傳來的警告，和其他部族保持距離嗎？還是他們會自行前往月池，去夢裡與星族會面？

我該去嗎？

他感覺到好像有股力量正牽引著他。他刻意不予理會，但心裡仍隱約作痛。自從曦皮在大集會裡指控他謀殺焰尾之後，四族就喝令松鴉羽卸下巫醫職務。雖然火星還是允許他像平常一樣為自己的族貓服務，但只要出了部族，他就得被迫放下這份工作。

月亮的牽引力量更大了。星族的意志向來無所匹敵，但根據預言，松鴉羽比星族還強。再說，他知道他自己是無辜的。焰尾掉進結冰的湖裡時，他曾試圖救他，反倒是其他貓兒沒有設法去救湖裡的影族巫醫貓。松鴉羽氣得咬了一口鼠肉。

他身旁的刺藤簾幕微微震動，薔光拖著身子從巫醫窩裡出來。現在她的前腿已經練得很結實，可以輕鬆拖著身後的瘸腿在營地裡到處走動。

「妳要吃一點嗎？」松鴉羽用爪子拿起鼠肉。

「不，謝了。」薔光停在他旁邊。「我想吃田鼠。」

他感覺到她拖著身子爬向獵物堆，光滑的毛髮刷過他身邊。她是雷族裡最乾淨整潔的貓，總是不停梳洗自己，從不嫌累，一天起碼要檢查身上的蝨子兩回，一隻跳蚤都不放過。因為若是被蟲子咬到，被感染的傷口可能會害她生病，於是她決心養成運動的習慣，即便後腿毫無用處，她還是把自己的體能練到最佳狀態。

松鴉羽感覺到她在獵物堆裡翻找食物時，全身上下亢奮到滋滋作響。她在底部找到一隻田鼠，用利牙拖了出來，滿心歡喜。「你不餓嗎？」她用爪子戳戳他那隻幾乎原封不動的老鼠。

「現在已經月半了，你需要點體力，才走得到月池。」

松鴉羽低吼一聲。「妳忘了啊？我被革職了。」

薔光咬了一口田鼠，滿嘴鼠肉地反問道：「你打從什麼時候起，變得這麼聽話啊？」

亮心在他們旁邊用爪子磨著地面。「什麼乖乖聽話？」

松鴉羽哼了一聲。「不關妳的事。」

「現在是月半了，可是他們不准松鴉羽去月池。」薔光插嘴道。

「你不能在自己的臥鋪裡夢到星族嗎？」亮心的尾巴順著松鴉羽的背脊安撫。

但他甩開她。「到月池去，不是只為了去找星族！」松鴉羽大步穿過空地，低頭鑽進營地入口，耳尖卻被荊棘刺到，氣得嘶聲作響，跺腳走進林子。

他後方出現敏捷的腳步聲，松鴉羽聞出火星的氣味。雷族族長跟著他走出山谷。「我知道你很沮喪。」火星表示同情。

松鴉羽朝他轉身。「是嗎？要不是因為我是半個雷族貓，你想四族會相信曦皮的話嗎？」火星愣住。

「又或者如果葉池沒有打破巫醫守則生下我，你想他們會相信曦皮的話嗎？」他察覺到火星的詫色。「難道這些你都忘了？」松鴉羽質問道。

「我從沒想過這問題。」火星的喵聲誠懇。

松鴉羽眨眨眼睛。「你沒想過這問題？」他重複道。每次他看見葉池、松鼠飛或棘爪時，就會感到一陣痛心疾首，覺得被他們背叛。他一直以為自己是純種的雷族貓。

火星的尾巴掃著地上落葉。「你是三力量之一，你的誕生是命中注定的。」他朝他走近。「而你是怎麼誕生的，這件事有這麼重要嗎？」

「有！」松鴉羽突然火大，繞著火星轉。「葉池犯的錯在我身上成了詛咒，大家都認為我是怪物，因為我是打破兩種守則誕生的——戰士守則和巫醫守則！難怪他們都急著認定我是兇手。他們一定認為我是一隻被星族唾棄的貓。」

火星不安地蠕動著腳。「可是我們倆個都知道星族對你的重視勝過於任何一隻貓。」

「我不會感激葉池的，」松鴉羽刮抓著地面。「也不會感激松鼠飛。」

「葉池一直保守著祕密，」火星提醒他。「她和松鼠飛已經為你們兄弟姊妹盡了最大的努力。是冬青葉揭露了真相，是她認為有必要揭露。但潑出去的水已經收不回來，松鼠飛和你的母親並不需要為其他部族的偏見負責，你也不需要。」

「不公平。為什麼葉池不遵守巫醫守則？」松鴉羽從他旁邊擠出去，鑽進林子深處。「又不是什麼很難的事！」

「如果她遵守了，」火星在後面喊。「結果又如何？如果她沒愛上鴉羽，你會在哪裡？想想預言吧！」

松鴉羽用爪子刮著地上落葉。「為什麼我就不能自私一次，只想到我自己？」他咆哮一聲，大步離去，低頭鑽進蕨叢裡，在樹根上攀爬，直到四周暮色漸成夜色。突然他察覺到前方有堵毛牆擋住去路。他往後一彈。「是誰？」

他才剛開口，就聞到黃牙的口臭味。祂的口鼻只離他的鼻子不到一隻老鼠身長的距離。

「為什麼我就不能自私一次，只想到我自己？」祂模仿他。

「要祢管！」松鴉羽往後退，可是祂的口臭仍跟著他。

「你的感覺是什麼並不重要！」老貓嘶聲道：「重要的是部族的存亡！你是三力量之一，你必須及時找到第四力量來擊垮黑暗森林。」

「祢這話什麼意思？我不重要？」松鴉羽呸口道。**祂憑什麼這樣說？**「祢怎麼知道我不是四力量裡最重要的？」他氣到口不擇言。「如果四族不讓我當巫醫貓，就算有預言也沒用。」

黃牙繞著他轉，粗糙的毛髮磨搓著他。「你以為光憑藥草就能從黑暗森林手中救出四族嗎？」祂厲聲道。

「當巫醫貓不是只懂藥草而已。」松鴉羽試圖從祂身邊擠過去，但是祂擋住去路。

「那還有什麼？」

「在夢裡與星族溝通！」

黃牙的尾巴甩打著蕨叢。「那你以為你現在是在跟誰溝通？你這個鼠腦袋！」

松鴉羽惱羞成怒。「祢為什麼老是找我碴？」

「你必須找到第四個戰士！」

「我們根本不知道第四力量是不是指戰士！」松鴉羽厲聲道：「我們也不知道那隻貓在哪個部族！我們甚至不知道它是不是一隻貓？」

「不要再找藉口了！你根本沒告訴你的夥伴還有第四隻貓，是不是？」

松鴉羽覺得有罪惡感，他抽抽耳朵。記憶清晰地閃過他腦海，讓他彷彿又回到迎風的陰暗山頂。殺無盡部落團團圍住他，發亮的眼睛帶著期盼。遠古的尖石巫師傳來的喃喃低語仍迴盪在他的耳裡。

星兒們的末數已近，若想挑戰恒古不衰的黑暗勢力，三力量必須成為四力量。

「你還沒告訴他們。」黃牙重複道。

「還沒，」松鴉羽坐下來。「我一直在等適當時機。」

「是嗎？」黃牙語帶懷疑。「我還以為你是不想要第四隻貓出現。你無法忍受需要求助的感覺。」

「才不是！」松鴉羽全身發燙。**祂是怎麼猜到的？**

「那為什麼明明時間不多了，你還執意不肯說出部落的預言？」

松鴉羽閉上眼睛，突然覺得對一切都厭煩極了。「難道光靠我們還不足以拯救部族嗎？」

黃牙的毛髮從他身邊刷過。「你面對的是黑暗森林！所以一定要找足幫手！快去找出第四隻貓吧！」

「好吧！」松鴉羽厲聲道：「可是要從哪裡找起？」

「要是我知道，早就告訴你了。」黃牙從羊齒植物叢裡擠出去。

「等一下！」松鴉羽追隨在後，卻被刺藤絆倒，踉蹌了一下。「我需要祢幫我一點忙。」

「我做得還不夠多嗎？」黃牙沒停下來。

「我需要祢幫忙找到焰尾，叫他去找小雲。」松鴉羽跟在她後面。「焰尾必須跟他解釋我曾試圖救他，我沒有殺害他。」

黃牙搖搖頭。「對不起，松鴉羽，星族分裂了，我不能跨過部族的邊界線。」

「可是祢以前是影族貓。」松鴉羽提醒她。

她朝他轉身，他頓時感覺到她的目光如焰。「我是雷族貓！」祂斷聲道。

「可是……」松鴉羽只能對著空氣懇求，因為黃牙已經走了。

「老鼠屎！」松鴉羽氣到拔足狂奔，憑著腦海印象裡的領地地圖往前衝。他跑上斜坡，衝出林子，感覺到湖面拂來的沁涼冷風正灌進他的毛髮。他聞到其他氣味，不停地抽動鬍鬚。

「葉池？」

她緩步走出森林，在他身邊停下腳步。「你還好嗎？」

松鴉羽全身繃緊，很想吵架，但是半句話也說不出來，只覺得心裡好空虛。

「火星回營地後，情緒有點不安，」葉池輕聲說道：「所以我很擔心你。」

別再裝出一副你是我母親的樣子，太遲了！

葉池移近了點，但沒有碰觸他。「我知道失去巫醫職務的感覺是什麼。」

「火星說我可以繼續治療我的族貓。」松鴉羽提醒她。

「亮心也可以治療族貓，」葉池直言道：「但她仍然不是巫醫。」她突然憤憤不平。「你必須去和星族溝通才行，還要和其他巫醫貓以及我們的祖靈溝通。」

松鴉羽扭頭不理她，但心裡暗自驚訝她竟然這麼清楚，頓時有點不是滋味。「我不在乎。」他拗著性子說。他才不想被她哄得好像他跟她站在同一陣線似的。

「去月池吧。」葉池無視他的抗議。「去夢裡和星族溝通吧。去找焰尾，叫他把真相告訴他的族貓。」

松鴉羽貼平耳朵。「我怎麼去？出了雷族，我就不是巫醫貓！」

「誰都沒有權利阻止你去拜訪月池，」葉池辯稱道：「你覺得有誰敢冒著得罪星族的風險，阻擋你的去路？去吧，去叫焰尾說出實話。」

第三章

松鴉羽閉上眼睛，聽見葉池踩著地上落葉，緩步離去。他可以感覺到星光在身上跳躍。下方遠岸，細小的水波漾起了水花。儘管他不願承認，但葉池說得沒錯。

松鴉羽一抵達月池，就滿懷希望地喊道：「這裡有誰在？」

他的喵聲在四處迴盪，卻得不到任何回應。原來這裡只有他。

他壓下失望的情緒，沿著滿布坑洞的蜿蜒小徑走下去，進入山谷深處。野風在頭上颼颼哀號，像一隻被母貓拋棄的小貓在岩石間發愁。松鴉羽渴望感受到古老的亡靈像以前一樣在路上推擠他，把他往水邊趕。但此刻站在這條被世代祖靈踩凹的岩道上，竟絲毫感受不到祂們的任何蹤跡。松鴉羽獨自停在水邊，感覺到前所未有的孤單與空寂。他閉上眼睛，蹲在月池旁，用鼻子碰觸水面。

「松鴉羽。」

松鴉羽坐起來。他以為他會在溫暖的星族草地上醒來，結果竟然還在山谷裡。

「松鴉羽。」一隻母貓坐在他旁邊。

被喚醒的他進入了幻影，看得到祂白色的毛髮、腰腹的黑色斑點。祂的粉色鼻頭朝他伸過來，不停抽動，嗅聞著他。

松鴉羽對祂眨眨眼。「祢是誰？」

「河族的棘莓。」

棘莓？松鴉羽突然認出了祂，以前他就常在星族狩獵場遇見祂。這位溫柔的巫醫貓早在豹星和霧星還沒當上族長之前，便在照料河族貓了。

「柳光派祢來的？」松鴉羽燃起一線希望。也許河族巫醫貓不計前嫌，願意與他溝通。

棘莓搖搖頭。「我是來向你求助智慧，不是向她。」

「但是祢是河族貓。」

「那又怎樣？」棘莓那雙又圓又亮的藍色眼睛裡有星光映現。「部族就像忍冬枝葉上的捲鬚一樣，為了爭奪光源而互相傾壓，以為它們不是同根生的。」

松鴉羽豎起耳朵，祂則繼續說道。

「太陽大的時候，每片嫩葉都會想辦法爭取機會想曬到陽光。這種努力向上的精神可以幫助整株灌木更強壯，因為每根樹枝都在尋找見光的機會，不斷爬高。」棘莓的眼神黯了下來。「但如果沒有了太陽，葉子會開始凋零，枝椏會逐一枯萎，那時就得靠自己的樹根來吸收養分。」

「所以重點不在於四根樹枝，而在於它們是同一條樹根，」松鴉羽低聲道：「但怎麼會這樣呢？各部族不是自開天闢地以前就各自分家了嗎？」

「你們創造了自己的邊界，把它設定好，定時巡邏。」棘莓偏著頭。「但這些邊界只存在你們的腦袋裡，不然為什麼每天還得去標上新的氣味記號呢？」

祂的意思是四個部族應該團結起來嗎？松鴉羽皺起眉頭。「可是我們需要有邊界，」他反駁道：「才能更強壯，祢剛剛不是這樣說嗎？」

「也許吧，」棘莓承認道：「有陽光的時候的確是如此。」祂傾身向前。「可是巨大的黑暗就要來臨。」

松鴉羽不安地蠕動著腳。「但是我不想和影族、風族或河族有牽扯。」

棘莓溫柔地看著他。「你本來就有一半的風族血統。」

松鴉羽的毛髮豎成針狀。「我是徹頭徹尾的雷族貓，我只對雷族效忠。」

「是你把自己的心鎖死在雷族裡，」棘莓堅持道：「但你是半隻風族貓，就像灰紋和銀流的小貓是半隻河族貓一樣。又譬如暴毛的心如今已完全放在部落貓的身上。還有，又有誰知道要是羽尾還活著，她會效忠哪個部族呢？」老巫醫貓垂下頭。「忠誠可以使部族貓更強壯，但沒有一個部族旗下完全都是血統純正的貓。」

「祢為什麼要告訴我這些？」松鴉羽抽動著尾巴。「半隻部族貓不是強壯的代名詞，而是貓兒不忠的產物。」他伸出爪子。「他們背叛了戰士守則，才會有這種下場。」

棘莓的目光變得冷酷。「你到底有沒有聽進去？」祂吼道：「還是你只忙著擔心你身上流的血到底是森林的味道，還是高地的味道？」她哼了一聲。「所有的部族必須團結合作，別再去尋找那些不存在的邊界，去找真正存在的邊界吧。」

風灌進山谷，月池泛起漣漪。松鴉羽轉頭看見水波顏色起了變化，一幅風景映在水面。風景中央是一座湖，四周有山丘和林子環繞。

「那是我們的湖！」他倒抽口氣。「那裡是雷族的領地！」他盯著鮮綠色的林子看。這幅風景視野應該是老鷹從空中鳥瞰各部族的領地所呈現出來的景象。松鴉羽瞇起眼睛，想看得更清楚。

「你在找氣味記號線嗎？」棘莓彈彈尾巴。「你看得到它們嗎？」

「太遠了。」松鴉羽只看得到各處領地融和成一片，河川溪流直穿溪谷緩坡和荒野小徑。

「這是星族俯視你們家園的視野，」棘莓解釋道：「我們看到的是它的美與富饒，卻完全看不出來哪棵樹屬於哪個部族，所以別再去尋找從不存在的邊界了……」

「……尋找真正存在的邊界。」松鴉羽重複祂的話，又看了看那幅風景。「可是它們在哪裡呢？」

棘莓用尾尖輕觸他的面頰，要他看著祂。「真正的邊界只存在於黑夜與白晝之間、生與死之間、希望與失落之間。」

松鴉羽瞪著巫醫貓。「可是為什麼星族一再告誡我們要待在自己的領地裡，只能相信自己的族貓？」他問道。

棘莓不安地蠕動著腳。「我們再也看不到你們的土地，」祂承認道，目光瞟向那方水池。

「如今我們的眼前一片漆黑，我們很害怕。」

松鴉羽揮著尾巴。「我能幫忙什麼嗎？」

「讓祂們看見真相事實！」

「祢是說四族？」

「我是說星族。」

「祢為什麼不自己去做？」

「我不是生來就星權在握的貓！」棘莓轉身循著蜿蜒的小徑走出山谷。「請務必讓祂們瞭解，各部族必須通力合作，否則只會死於殊途。」

「等等！」松鴉羽追在她後面。「我要怎麼說服祂們？」

棘莓回頭瞥了一眼。「你已經知道答案了。」祂抵達山谷邊緣，聲音陣陣迴盪。「要拯救所有部族，三力量必須成為四力量。」

松鴉羽看著她的白色身影消失在黑暗中。他回頭瞥看月池，池面只剩星空映現。他眨眨眼，試圖從幻影裡醒來，山谷消失了，松鴉羽鬆了口氣，很高興自己又變回了瞎子。

但這時眼角餘光突然有某樣東西閃現。

我沒有瞎！我還在作夢！

有身影在他四周移動，樹木從四面八方升起，黑暗吞沒了一切。

「你不會看到我們的降臨。」他耳邊有低語聲。

松鴉羽霍地轉身。只見一團毛茸茸的身影從另外一頭刷過他身邊。他驚駭轉身，想看清楚是誰。但那些身影一直在動，光線太暗，根本看不出來是誰。

他身後響起一聲低吼。「你將慢慢的……痛苦的死去。」

松鴉羽霍地轉身，張大眼睛，往林子裡看。

「你阻止不了的。」

我認得這聲音！他嗅聞空氣，那味道嗆得他齜牙咧嘴。他以前見過這隻貓，當時是和黃牙在黑暗森林裡見過的。「碎星？」

一團黑影在他面前頓住，琥珀色眼睛從暗處發出懾人的光芒。松鴉羽嚇得往後一彈。

「還會怕哦？」碎星奚落道。

松鴉羽抬起下巴。「我們已經做好了萬全的準備。」

「是嗎？」那雙眼睛眨了眨。「我想有些族貓準備得恐怕比你還萬全吧。」

「這話什麼意思？」松鴉羽背脊一涼，愣了一下。

「仔細聽！」

松鴉羽豎直耳朵。

「排好隊伍！」林子某處有隻公貓正在嘶聲下令。「伸出爪子，準備攻擊！」

「他們正在受訓。」碎星解釋道。

「我們應該使出哪一招來攻擊呢？」

松鴉羽的毛髮豎了起來，他聽到花落的聲音。

「鎖喉那一招可能很管用。」這是樺落的聲音！

「不要直接攻擊喉嚨！」風族的風皮低吼道：「那會讓對方死得太快，在直接宰了敵人之前，應該先好好折磨他們。」

「如果當場就把對手碎屍萬段，可以嚇破其他貓兒的膽。」虎星補充道。

「先嚇破他們的膽，再送給他們一些傷疤作紀念。」

「說得好，冰翅。」甲蟲鬚誇讚他的族貓。

這比松鴉羽原先想得還要糟。**原來已經有這麼多貓向黑暗投誠！**松鴉羽驚恐地想道。如果四族想要打敗黑暗森林的惡勢力，一定得通力合作，而且戰力必須比以前更強大才行。

灌木叢裡不斷傳來毛髮刷拂樹枝及被尖刺勾到的聲音。腳步聲隆隆傳來。**他們來了！**松鴉羽聽見貓群正快速穿過林子，朝他接近。他直覺伸出爪子。鷹霜率先衝出暗處，後面一排又一排的戰士正匍匐前進著。松鴉羽掃視那一張張臉，發現自己一個都不認得，只看見他們眼裡的兇光。原來是另一批貓，是黑暗森林裡的戰士。他們蜂擁而來，齜牙咧嘴。

松鴉羽試圖逃跑，但四隻腳像生了根一樣。第一波戰士朝他衝過來，準備攻擊，嘶吼聲不斷，松鴉羽眨眨眼睛，再度睜開。

他又變回了瞎子。月池輕舔著他的鼻頭。他吁了口氣，感覺到腳下平坦的岩面，毛髮已被露水浸溼。呼吸仍急促的他費力爬了起來。

突然有個聲音嚇了他一跳。「松鴉羽？」

「蛾翅？」方才幻影的還揮之不去的松鴉羽趕緊嗅聞空氣。山谷裡冰涼的岩石味因河族巫醫貓的出現，而多了點溫暖。

「你還好嗎？」她往他靠近，鬍鬚輕刷過他的面頰。

「我沒事。」松鴉羽甩甩身子，皺起眉頭。蛾翅為什麼在這裡？雖然她對藥草很在行，懂得治療各種疾病，但是她和星族向來無法溝通。她從很久以前起就不再參加月半的集會了，都是交由她的見習生柳光去夢裡和河族祖靈交流的。

「只有你一個來嗎？」她喵聲道。

松鴉羽坐下來。「是啊。」

「柳光不肯來。」蛾翅緩步走向水池邊緣。松鴉羽聽見她在嗅聞池水。「星族怎麼啦？柳光告訴我，祂們命令她離其他巫醫貓遠一點。」她轉身面對松鴉羽，腳爪摩擦岩面。「這沒道理啊，我們的共同守則是幫助部族抵禦疾病。以前這守則對和平的維護有很大的幫助。」

松鴉羽的盲眼鎖在她身上。「我們的守則失靈了，星族很害怕。」

蛾翅很驚訝。「害怕什麼？」

「黑暗森林。」松鴉羽不知道該怎麼告訴她。如果蛾翅不相信祖靈住在星群裡，那麼肯定也不會相信林子裡住了一群邪惡的貓。但或許她的缺乏信仰反倒是種利器，至少星族或黑暗森林的戰士都拿她沒轍。

如果她是第四力量呢？

蛾翅緩步繞著他。「柳光說星族和黑暗森林要開戰了。」

「她說得沒錯，」松鴉羽喵聲道：「只不過當開戰的時刻來臨時，戰場不會只出現在夢裡，而是發生在最真實的世界裡，所有活著的戰士都會在部族的領地上互相廝殺。」

蛾翅停下腳步。「怎麼可能？」

「黑暗森林戰士一直在趁部族貓睡覺的時候訓練他們。」松鴉羽等著蛾翅出現懷疑的思緒，可是儘管他能聞得到她毛髮下滲出的恐懼氣味，她的心緒還是像袤廣的天空一樣清明。

「我族裡有些貓的行為怪怪的。」她喃喃說道：「他們變得很煩躁，動不動就吵架。」

松鴉羽豎起耳朵。「譬如誰？」

「穴飛、冰翅……」

「甲蟲鬚也是嗎？」

蛾翅不安地蠕動著腳。「你怎麼知道？」

松鴉羽沒理會她的問題。沒有時間了。「我們必須聯合所有部族。」他開始踱步。「這次戰爭不是為了邊界之爭，而是為了我們的生死存亡。」

蛾翅呼吸開始急促。「我能幫上什麼忙？」

她的提議帶給松鴉羽一線希望，但他必須對她誠實。「鷹霜也牽涉其中。」

「我哥哥？」蛾翅的尾巴甩上石頭。「這話怎麼說？」

「他選擇黑暗，放棄光明。」

憂傷頓時襲上蛾翅，但被她立刻揮開。「我跟我哥哥不一樣，」她聲明道：「我走的路和他也向來不同。我只效忠活著的族貓，不是死去的哥哥。」

「所以必要的話，你願意挺身對抗他？」

「對抗？他已經死了。」

「但活著的貓和死去的貓現在都在共同受訓，準備毀滅部族。」松鴉羽腦海裡想像族貓們正在黑暗森林裡受訓。**或許他們不知道自己在做什麼？誰都哄騙不了樺落或花落去傷害自己的族貓！**「他們在利用我們的族貓，來對付我們自己。」

蛾翅的腳爪刨刮著岩面。「我們怎麼知道誰可以信任？」

松鴉羽輕嘆口氣。「除非開戰了，才會知道誰可以信任。但如果我們可以阻止星族分化四族，或許還有贏的機會。」

「我沒那個能耐幫你改變那些死貓的作為。」蛾翅喵聲道：「但我可以幫忙開導活貓，我會試著說服柳光再回月池來。」

「她會聽妳的，不聽星族的？」

蛾翅頓了一下。「我不知道，但我必須試試看。」松鴉羽感覺得到河族貓堅定的決心。「如果我能想到辦法讓其他巫醫貓也聽我的話，我會去找你。」她傾身過來，鼻息拂過他的口鼻。「松鴉羽，你不會再孤單了。」她轉身，緩步爬上通往山谷外的曲折小徑。「要一起走嗎？」

松鴉羽跟了上去。他從沒想過蛾翅會願意幫他對抗黑暗森林，但或許只剩她能幫他了。

第四章

陽光燦爛，照亮山谷。剛完成晨間巡邏的部族正在休憩中。

獅焰漫不經心地咬了一口鼠肉。蜜妮在戰士窩旁邊坐下來。

「拿隻鼩鼱給我。」她朝灰紋喊道。

「有很多鼩鼱哦，」玫瑰瓣正和花落分享一隻黑鳥。「我們發現了一整窩。」

灰紋緩步走向堆得滿滿的獵物堆。狩獵隊想趕在禿葉季之前養肥整個部族。火星希望未來幾個月，族貓仍然身強體壯，不輸其他部族。

「我可以和你坐在一起嗎？」冬青葉穿過空地，丟了一隻歌鶇鳥在獅焰旁邊。

獅焰翻動腳下的老鼠。「妳想坐就坐。」

他姊姊在他旁邊坐下來，躲進山毛櫸的樹蔭底下。「松鴉羽還沒回來。」然後咬了一口歌鶇鳥。

「我知道。」獅焰心煩地撥弄著老鼠。

「他為什麼要去月池？」冬青葉的喵聲被滿嘴的羽毛蒙住。「火星跟他說過，他只能在營地裡擔任巫醫。」

「他一定有他的理由。」獅焰不安地抽動耳朵。松鴉羽獨自外出時，向來不懂得瞻前顧後。要是他被風族巡邏隊發現怎麼辦？他們認定他是兇手，可能會對他手下留情嗎？

煤心緩步朝他們走來。「今天早上很適合狩獵。」她向他姊姊打招呼，獅焰假裝正專心地吃老鼠。

冬青葉甩掉鼻子上沾到的羽毛。「我從沒見過這麼多獵物。」

獅焰抬起頭來，飛快地瞥了煤心一眼。她那一身柔軟的灰毛在陽光下閃閃發亮，長長的尾巴梳理得光滑油亮。他的心突然揪了起來。她為什麼要在他附近逗留？她不是應該在巫醫窩嗎？她不是真的煤心，不是他所愛的那隻貓，她是被星族送回來的一隻老巫醫貓，只為了完成某種愚蠢的天命。

「你嘴裡的東西都掉出來了，還不快閉上你的嘴巴。」冬青葉在他耳邊低聲說道。

獅焰身子猛地一縮，驚覺自己剛剛的失態，趕緊移開目光，全身發燙。「妳來做什麼？」他突兀地問煤心。

「棘爪要我們倆組織一支隊伍去湖邊。」

「你不是有巫醫的工作要忙嗎？」自從她記起前世的醫藥知識後，就一直在松鴉羽的窩裡幫忙。

「為什麼要忙巫醫的工作？」煤心背上的毛髮頓時豎了起來。

「松鴉羽現在在月池。」

「他很快就回來了。」

「但願如此。」

「冬青葉！」棘爪從擎天架下方喊道：「帶巡邏隊去兩腳獸的草地巡邏，」副族長下命，「我聽說昨晚那裡有一條狗，我要知道牠有沒有被繩子栓起來。」

冬青葉一臉不捨地看了吃了一半的歌鶇鳥一眼，然後起身穿過空地。獅焰看著她離開，頓時警覺到煤心仍在他旁邊沒走。「你不跟她一起去嗎？」他提議道。

「你忘了我們要一起帶隊嗎？」她在他旁邊坐下來。「我們該找誰去呢？」

獅焰掃視空地，看見雲尾正朝他們走來，不覺鬆了口氣。「嗨，雲尾，」他站起來。「要不要去狩獵？」

「不行，他不能去！」亮心快步跟在雲尾後面。「我們已經狩獵一整個早上了，而且他答應幫我去獵物堆裡找點好東西來吃。」她推推她的伴侶貓。「你是要我自己去拿，好讓你留下來聊天嗎？」她的眼裡有小小的怒火在跳躍。

雲尾甩甩他那條毛髮豐厚的白色尾巴。「我在走了啦。」

獅焰真嫉妒他們之間的那種嗔罵與親膩。他也曾經想過他和煤心可以這樣白頭偕老。但她的前世記憶改變了一切。現在他只覺得自己好像一點也不瞭解她。

亮心朝煤心點點頭。「妳今天早上去看過蕎光了嗎？」

「我應該要去嗎？」煤心緊張地抬起頭來。

「也不是啦，」亮心聳聳肩。「我只是想既然松鴉羽不在……」這時她的目光突然被巫醫窩入口不停晃動的刺藤吸引過去。「她出來了！」她趕緊離開他們，去找薔光。瘸著腳的戰士正拖著身子朝獵物堆爬去。

「等等我！」雲尾快步追在她後面。

「我們本來也可以像他們一樣，」獅焰對煤心低聲抱怨。「我們本來也可以幸福快樂地生活在一起。」

「我不認為幸福快樂是我們的未來命運之一，」煤心不屑地說道，隨即又換了個表情，一臉難過地看著獅焰。「我們就別再想著那些不可能的事來折磨彼此了。」她站起來伸個懶腰，弓起背。「你想找誰去狩獵？」

獅焰掃視營地。花落剛吃完東西，正和刺爪在育兒室旁邊玩格鬥遊戲。只見她旋身一轉，用尾巴穩住身子，躲開對手的攻擊。他們過招的方式很是輕鬆自在。「就找他們怎麼樣？刺爪！」

金色虎斑戰士回頭看他。「什麼事？」

「我們要去湖邊狩獵，需要幫手。」

刺爪開心地抬起尾巴。「花落也一起來，可以嗎？」

獅焰點點頭，兩隻貓兒遂朝荊棘屏障跑去。煤心也連跑帶跳地跟在他們後面。獅焰把吃了一半的老鼠推到冬青葉的歌鶇鳥旁邊，起身跟著他們離開營地。

等他追上時，刺爪和花落正爬上斜坡，Z字形地穿梭在刺藤叢裡，彷彿在用尾巴玩著抓松鼠的遊戲。再過一兩個季節，花落就會成為刺爪小貓的貓媽媽了。一想到這裡，他的尾巴不由得垂了下來。

「噢嗚！」花落慘叫一聲。

獅焰趕緊跑上前去，在玳瑁色戰士身旁煞住腳步。「怎麼了？」

地上的花落蠕動著身子，前腿纏在刺藤裡，表情痛苦扭曲。刺爪蹲在她旁邊，下顎咬住那坨刺藤，小心解開。「不要動，」他低聲道：「妳再用力的話，只會讓昨晚的傷口更嚴重。」

「噓！」花落噓聲制止刺爪，目光不經意地與獅焰對上，表情頓時顯得愧疚。

獅焰愣了一下。他們還不是伴侶貓，卻在夢裡一起受訓。獅焰突然覺得四周林子令他有壓迫感，他費力地深吸一口氣。**他們不知道自己在做什麼。**

他渾身微微發抖，看著刺爪拉開刺藤，幫忙花落站起來。如果他不能信任自己的族貓，還能信任誰？他回頭瞥了煤心一眼，她正忙著檢查花落的傷口。她也在黑暗森林受訓嗎？獅焰的思緒開始在一個又一個的族貓身上打轉，那些熟悉的臉似乎瞬間變得陌生了起來

「幫她檢查一下。」他對煤心下令，但煤心早就在嗅聞花落的肩膀，伸腳輕輕按壓。

「會痛嗎？」

花落發出一聲呻吟，但隨即搖搖頭。「只有一點點。」

「妳可以踩在地上嗎？」

花落試著要踩，神情緊張，可是當腳真的踏上地面時，表情反而輕鬆了下來。「可以，」她深吸一口氣。「有點痛，不過還可以走。」

煤心朝獅焰轉身。「肩膀沒有發炎，」她告訴他。「只是輕微扭傷，走路小心點就行了……」

獅焰打斷她。「妳確定？」

煤心的眼裡怒光一閃。「我當然確定。」

獅焰瞇起眼睛。她是氣他質疑她的醫術？還是討厭被他當成巫醫一樣詢問？他還沒來不及細想，煤心已經忙著推花落爬上斜坡。

刺爪焦急地跟在後面。「妳確定妳沒事？」

「等我們走到湖邊就沒事了。」花落保證道。

煤心回頭瞥了一眼，剛好撞上獅焰的目光。「我們的見習生又不是沒碰過更嚴重的傷，」她告訴他。「只要這一兩天不要跑跑跳跳，就會沒事的。」

「她是不是應該回營地裡？」獅焰問道。

「不用，我跟你們一起去，就算我不能追捕獵物，也可以幫忙把獵物帶回去。」花落喊道。她加快腳步，彷彿想證明自己真的沒事。獅焰歎了口氣，腳步沉重地跟了上去。

最後他們只抓到一點獵物。刺爪狩獵時笨手笨腳的，一開始就在滑溜的卵石上絆了一跤，聲響之大，驚嚇到不少沿岸的鳥兒。獅焰則是心不在焉，一直緊跟在同伴後面，想聽出他們在黑暗森林受訓的任何蛛絲馬跡。至於煤心的思緒不知飄到哪兒去了，竟然沒察覺到有老鼠從她鼻子底下溜走。

獅焰帶著他們回到營地，嘴裡叼著一隻麻雀。火星正在擎天架上打瞌睡，松鼠飛在他旁邊。灰紋和蜜妮躺在育兒室外面，黛西和蕨雲正把青苔攤在陽光下曝曬。

鼠毛坐在長老窩的入口處，茫然地看著前方，波弟在她旁邊。老公貓的咕噥喵聲像遠方的蜜蜂一樣嗡嗡作響。

獅焰往獵物堆走去，煤心尾隨其後。花落一跛一跛地跟在後面，嘴裡叼著一隻鼩鼱。

「你們只抓到這些啊？」蜂紋跳到她前面。「還沒禿葉季呢。」

煤心把他推開。「她的腳受傷了。」她聞了聞蜂紋扭傷的肩膀。「有沒有好一點？」

蜂紋馬上彈開。「我告訴過妳我沒事！」

獅焰看見煤心眼裡閃過受傷的神色，於是丟下嘴裡的麻雀。「如果晚上痛到睡不著，就去找松鴉羽拿點罌粟籽吃。」他瞥了蜂紋一眼。「松鴉羽回來了嗎？」

蜂紋點點頭。「你們剛走，他就回來了。」

「他還好嗎？」

蜂紋聳聳肩。「他罵榛尾擋他的路，又怪櫻桃掌踩到蕨雲的青苔，後來又支使狐躍和蟾蜍步去拿紫草。」他緊張地回頭瞥了一眼。「所以我想他應該好的很吧。」

荊棘屏障一陣窸窣作響，獅焰轉身看見冬青葉鑽了進來。玫瑰瓣、莓鼻和白翅快步跟在後面。莓鼻昂首闊步，兩眼閃閃發亮，嘴裡叼了一隻肥美的鴿子。

火星在擎天架上站起來。「邊界沒有問題嗎？」

「沒問題，」冬青葉停在亂石堆旁。「我們還沿著影族的邊界重新劃上氣味記號，那裡的味道有點淡了。」

「很好，」火星跳進空地。「你們有檢查隧道入口嗎？」

冬青葉點點頭。「沒有入侵的跡象。」

灰紋緩步穿過空地。「自從我們上次好好修理過風族之後，他們就不敢再來犯了。」他一看見莓鼻的鴿子，眼睛立刻亮了起來。「抓得好。」

火星的鬍鬚抽了抽。「我想下一支巡邏隊就由你來帶隊好了。」他意有所指地看了看他老友圓滾滾的肚皮。「也好順便活動一下你的筋骨。」

灰紋故意瞪大眼睛，佯裝受到侮辱。「你又不是不知道這全是毛。」他用後腿坐下來，故意袒露出一大片柔軟的灰毛。

冬青葉喵嗚地笑。「你看起來就像那隻鴿子一樣！」

白翅緩步繞著灰紋打量。「我想禿葉季絕對餓不死你。」

灰紋站起來，甩甩身上的毛。「一個好戰士一定要有強健的體魄。」

獅焰愣住，豎直毛髮。一個好戰士一定要有強健的體魄。**難道灰紋也在黑暗森林裡受訓？**

「你還好吧？」冬青葉在耳邊低聲問道。

「我沒事。」

「來吧，」冬青葉把他往入口推。「我們去散步。」

營地外，落葉季初的陽光穿過葉叢，在冬青葉的黑色毛髮灑下斑駁光影。獅焰跟著她沿著小路走向古橡樹。

「你是怎麼了？」冬青葉目不轉睛地看著前方小徑。

「沒什麼。」

冬青葉彈彈尾巴。「今天早上你幾乎都不說話。」

「我在想事情。」難道她忘了他肩負著阻止黑暗森林入侵的重責大任嗎？

「我注意到你看煤心的樣子有點怪。」

路上橫擋著一棵覆滿青苔的原木。陽光在腐朽的樹皮上折射出一圈圈的光影。「那又怎樣？」獅焰喵嗚道。

「你覺得心煩，是不是？」冬青葉揣測道。

獅焰停下腳步。「心煩什麼？」

「煤心是煤皮。」冬青葉彈彈尾巴。「我也覺得怪。」她不安地蠕動著腳。「她以前是我最要好的朋友，我是說在我……」她的聲音低了下去。「在我離開這裡之前。但現在我都不知道自己面對的究竟是誰？是煤心還是煤皮？她真的是煤心嗎？」

獅焰很想叫他姊姊別多心，但說不出口。

「我不知道，」他承認道，然後坐下來。「這有差別嗎？我意思是如果她是煤皮轉世的，那麼她就一直都是煤皮……」

「事情有這麼簡單嗎？」冬青葉皺起眉頭。「煤皮是巫醫，煤心是戰士，怎麼可能同時存在？」

獅焰搖搖頭。「我不認為她明白這一點。」

冬青葉偏著頭，正在思索。「星族給了她第二次機會，」她喵聲道：「我們應該相信祂們的決定，就把她當煤心看。不管她是巫醫還是戰士，都是我們的朋友，不是嗎？」

「是啊。」**但如果她是巫醫貓，她就不能有伴侶貓了。**

「來吧！」冬青葉推推他。「你太嚴肅了。」她跳上原木。「我們看誰最快跑到橡樹那裡！」

獅焰朝她眨眨眼睛。「我記得妳以前個子小，根本爬不上去，松鼠飛還得把妳推上去。」

冬青葉沿著樹幹跑跑跳跳。「我們還是見習生時，你曾經在這裡擦傷你的肚皮。」她從樹幹的另一頭跳下去，落在地面上，沿著小徑跑遠。

獅焰跟在她後面跳過原木，完全沒擦到樹皮。他瞄見正在林子裡穿梭的冬青葉，於是朝著林間若隱若現的黑色身影追上去。他跑到她旁邊，並肩前行，跳過樹根，繞過灌木叢，毛髮輕刷彼此。

古橡樹森然逼近，林間巍然聳立。他趕忙停下腳步。「總覺得妳好像從來沒離開過。」

冬青葉轉過身來，停在他面前。「我也希望如此。」她那雙澄亮的眼睛突然黯了下來。「變化太大了。你和松鴉羽現在得肩負起更多責任，不光是預言的關係。你們都變了，變得很投入部族裡的工作，族貓們也很依賴你們。」

「妳也為部族做了很多。」

「譬如什麼？」冬青葉的爪子刨抓著地面。「當你們在為族貓們奮戰和狩獵時，我卻躲得遠遠的，逃避我犯的錯，把自己藏起來。」她瞪著自己的腳。

「可是妳回來了。」獅焰緩步靠近她，用鼻子推推她的肩膀。「我很高興妳回來了。」

她抬眼迎視。「獅焰，別再假裝過去的事不曾發生。」她慢慢走向古橡樹。「那就像我的影子，走到哪兒都會跟著我。」

後方的蕨叢一陣窸窣，獅焰轉身，看見松鴉羽和鴿翅跳上小徑。

「我就告訴你他們在這兒啊。」鴿翅喵聲道。

「好啦、好啦，大耳朵。」松鴉羽厲聲道，然後一雙盲眼移向冬青葉。「我們有話要談。」

冬青葉眨眨眼。「也包括我嗎？」

「沒有。」松鴉羽的唐突回答令獅焰吃驚。「很抱歉，冬青葉，」他聳聳肩。「這事只有三力量可以知道。」

冬青葉垂下頭。「好吧。」她往回走。「我去湖邊狩獵。」她語氣故作輕鬆。「獅焰，相信我的狩獵成果一定比你好，不會只有一隻小麻雀。」她試圖揶揄他，眼神卻明顯無奈。

獅焰用尾巴撫著她的背脊。「妳的狩獵技術向來高超。」

「謝了。」她往小徑走去，身影消失在羊齒植物叢裡。

獅焰把注意力轉回松鴉羽身上。「什麼事?黑暗森林準備攻擊了嗎？」他伸出爪子。

「殺無盡部落給了我一個訊息。」松鴉羽大聲說道。

「部落貓？」鴿翅鑽進松鴉羽和獅焰之間坐下來。「這是什麼時候的事？」

「我還在山裡的時候。」松鴉羽不耐地甩著尾巴。

「你拖到現在才告訴我們？」鴿翅訝聲道。

「先聽我說，好不好？」松鴉羽嘀咕道：「祂們說我們得找到第四隻貓。」

獅焰偏著頭，一臉困惑。「第四隻貓？」

「預言裡的第四隻貓。」松鴉羽喵聲道。

鴿翅不安地蠕動著腳。「可是預言說是三力量啊。」

「那是星族的預言，」松鴉羽解釋道：「殺無盡部落又告訴我另一個預言：星兒們的末數已近，若想挑戰恒古不衰的黑暗勢力，三力量必須成為四力量。」

獅焰覺得毛髮豎了起來。「祂們認為光靠我們的力量應付不了？」

松鴉羽貼平耳朵。「顯然應付不了。」

「我們是不是做錯了什麼？」鴿翅的眼裡蒙上愁雲。

松鴉羽在他們面前踱步。「管它那麼多，反正我們得找到第四隻貓。」

獅焰試圖不去理會心中莫名升起的那種忐忑與不安。「祂們有沒有說是誰？」

松鴉羽頓住。「要是說了，我早就告訴你們是誰了。」

「一定是藤池！」鴿翅的眼睛一亮。她站起來，尾尖彈呀彈的。「她是我們在黑暗森林裡唯一的盟友。」

松鴉羽轉身面對她。「藤池是被黑暗森林吸收的成員，她沒有特異功能。」他又開始踱步。「有可能是別族的貓。」

獅焰的腦袋突然閃過一個念頭。「是冬青葉！所以她才會回來啊！她就是第四隻貓！」

「如果是雷族裡的貓，我們早就注意到對方的特異功能了。」松鴉羽反駁道。

「可是預言不是說必須是火星至親的至親！」鴿翅爭辯道。

「那蛾翅是棘爪的至親，棘爪又是松鼠飛的伴侶貓。」松鴉羽甩著尾巴。「所以照你這麼說的話，她也算啊。」

「蛾翅？」獅焰一臉訝色地瞪著他弟弟。「她有什麼特異功能？」

「冬青葉又有什麼特異功能？」松鴉羽反問他。

「藤池可以在夢裡進入黑暗森林！」鴿翅堅稱道。

「很多部族貓也可以啊！我告訴你們，再這樣爭辯下去一點意義也沒有。」松鴉羽轉身準備離去。「我們現在只能祈禱當我們需要第四隻貓的時候，他就會出現。」

獅焰眼睜睜看著他離開，氣到毛髮微微刺癢。松鴉羽為什麼這麼固執？冬青葉自始至終都知道這個預言，第四隻貓顯然非她莫屬。

鴿翅在他身後蠕動著腳。「一定是藤池。」

獅焰閉上眼睛。「天啊，不管是誰，到底要怎麼樣才能確定呢？」

「也許祂們會給我們預兆。」鴿翅喵聲道。

「恐怕連祂們自己都不知道誰是第四隻貓吧。」獅焰只覺得眼前的世界變化太大了：煤心不再是煤心，而三力量現在成了四力量。如果什麼都變了，他們怎麼可能打贏這場仗？

他心裡突然好空虛。星族知道怎麼回事嗎？祂們說的話沒有一件是合理的，現在就連預言也出錯。

獅焰怎麼敢再相信祂們口中所謂的部族命運？

第五章

鴿翅看著松鴉羽走遠。難道我有第四隻貓？她的腳爪微微顫抖。難道我表現得不夠好？也許星族預言她是第三隻貓的時候，原以為她會有更好的表現。但如果她能聽見黑暗森林戰士逼近的聲音呢？可是光聽得見聲音，並不代表她就有辦法擊敗他們。

她瞥了獅焰一眼。「我們要去狩獵嗎？」

「你先去吧，不用等我。」

鴿翅不安地踱步著。獅焰曾是她的導師，他是雷族裡最驍勇善戰的戰士之一。但為什麼他看起來好像很失落？「那待會兒見。」

「好。」獅焰沒有看她。

她快步走進林子，臨去前又回頭看了一眼，以為他會跟來，卻見他還是原地不動。

她躍過小溪，鑽進林子深處，陰涼的樹蔭多少撫慰了她煩躁的心情，她細細嗅聞蕁麻叢和蕨叢的黴澀味。藤池一定是第四隻貓，她每天晚上都冒著生命危險去和黑暗森林的戰士打交道，所以絕對有資格成為第四隻貓。

「噢嗚。」鴿翅慘叫一聲，她的腳墊扎到刺。剛剛她陷進思緒，渾然不知自己走進了刺藤叢裡。

這時一聲尖銳的吼叫得她愣在原地。「你有沒有聽見那聲音？」影族的臭味充斥鴿翅的鼻腔。**完了，我踩到邊界了。**她剛剛就像隻昏頭轉向的老鼠，誤入氣味記號線的範圍裡。進退不得的她只得低下身子，躲在邊界的刺藤叢旁邊，屏住呼吸，聽見影族戰士在刺藤叢後方的另一頭徘徊不去。

「別擔心，鴿翅。」有個嘶聲突然從枝葉裡傳過來。「我會擺脫他們，妳別亂動。」

虎心！

「只是一隻兔子，」虎心對他的族貓喊道：「牠逃進雷族領地了。」

「我沒聞到兔子味。」

鴿翅認出鼠疤的吼聲。灌木叢一陣窸窣，鼠疤正低頭鑽進刺藤叢裡。她隔著葉叢，看見那顆深棕色的頭顱。**星族，快救救我！**她的肺快要炸開，但她不敢張口呼吸。

「走吧！」花楸爪朝他的戰士們喊道：「黑星要我們到岸邊去，那裡有條狗到處亂跑，我們得去嚇走牠，免得牠跑進林子裡。」

鴿翅聽見鼠疤不滿地吼道：「可是我聞到雷族的味道。」

「我留下來檢查好了。」虎心提議道。

「好吧，但是別越界。」花楸爪警告道。

鼠疤又開口：「我也留下來好了。要是有雷族貓敢不知好歹，我一定要讓他們知道……」

「虎心會處理啦。」花楸爪打斷那位戰士。「我們先去和黑星會合。晚一點你再帶支巡邏隊過來重新劃上氣味記號。」

影族巡邏隊離開了這裡，往湖邊走去，鴿翅這才吁了一口氣。

「鴿翅？」虎心隔著荊棘低聲道：「妳是來找我的嗎？」

「當然不是，」她的心情一鬆懈，火氣就跟著上來了。他一定以為她是隻天真的小貓，是個叛徒。「別忘了，我聽見你指控松鴉羽是兇手。」

虎心從灌木叢底下爬出來。「我不得不站在曦皮那邊。」他眼神哀求地看著她。

「為什麼？」鴿翅嘶聲道：「她明明在說謊。」

「她是我姊姊。」虎心朝她眨眨眼。「也是我的族貓，我能怎麼辦？」

「你應該閉上嘴巴，不要說話。」鴿翅甩著尾巴。「或者你根本就相信她那套鬼話。」

虎心抽動著耳朵。「就算她的指控很過分，我也不能撒手不管。」他更靠近了點，瞪大眼睛。「妳不是也為藤池做過同樣的事情嗎？」

「至少我認為她說的是實話。」

虎心瞇起眼睛。「要是藤池做了什麼可怕的事，妳會和她一刀兩斷嗎？」

鴿翅的毛豎了起來。「藤池不會做什麼可怕的事！」虎心的語調搞得她有點心慌。「她不會的。」

「妳確定？」他的眼裡有質疑。

「你是什麼意思？」她追問道。鴿翅知道他和藤池都在黑暗森林裡受訓，那裡是不是出過什麼事，藤池刻意隱瞞她？

虎心垂下目光。「沒什麼意思。」

鴿翅抬起下巴。「這件事跟藤池沒有關係，問題出在曦皮撒謊！」

「曦皮相信自己說的話。」

「那你相信嗎？」鴿翅弓起背。

「我很想妳，鴿翅。」虎心的琥珀色目光朝她射來。「我們為什麼要吵架？」

他朝她靠近，她趕緊縮起身子。

「我們為什麼不能像從前一樣？」他拿爪子去劃刺藤的葉子，看著它飄到地上。「要是只有我們兩個，事情就會簡單多了。」

鴿翅張嘴想爭辯。他們來自不同部族。她甚至不應該想他，更別提跟他說話。他們一開始就不該交往。「我……我不知道。」她結結巴巴。

「妳不知道？」他上前一步，直到他們的口鼻幾乎觸到。「我知道妳對我的感情。」

他在黑暗森林裡受訓！鴿翅試圖後退，可是他的魅力與熱情卻又把她拉近。這是好幾個月以來，她第一次有被保護的感覺，彷彿她可以躲進他懷裡，再也不會害怕。**藤池也在那裡受訓，**她提醒自己。**也許虎心就像藤池一樣也是幫他的部族臥底。**

他的鼻息輕輕地呼上她的面頰，就像他們從前並肩坐在兩腳獸舊巢穴那裡，遠離各族領地，沐浴在月光下的感覺。

「虎心！」鼠疤的吼聲嚇得她趕緊抽開身子。影族戰士就站在刺藤叢的另一頭。

「我來了！」虎心從灌木叢底下爬出去。「今晚來找我！」他對鴿翅嘶聲說道：「我在這裡等妳。」

渾身發抖的鴿翅轉身就跑。**我不能見他！**她的思緒像腳步一樣紛亂，一路飛掠過樹林間低垂的草叢。

可是為什麼不行？只要再見他一次就好了。如果感覺還是不對，我就再也不去找他。

一個橘色身影在她眼前閃現。鴿翅踉蹌停下腳步，差點撞上火星。

火星往後退了幾步，滿臉驚訝。「鴿翅！」他回過神來，瞪著她看。「對不起，我正在想事情，沒注意到妳。」

「我應該小心看路的。」

他滿臉同情地看著她。「妳是不是也在擔心？」

是啊，擔心虎心。「我……我只是……」罪惡感害她結結巴巴地說不出話來，但這時火星打斷了她。

「……只是在注意聽有沒有什麼威脅出現？」

鴿翅的毛髮頓時豎了起來。**我除了耳朵之外，也有別的本事吧！我會狩獵，也會戰鬥！**

雷族族長搖搖頭。「很難聽得出來，是不是？」

鴿翅皺皺眉。「你意思是說，很難聽到黑暗森林的動靜？」

「是啊，」火星凝視著森林。「部族也感覺到了，即便他們不知道威脅是什麼。他們只知道事情不太對勁，因為我下令他們增加巡邏次數，鞏固各窩穴。他們不是鼠腦袋，自然會察覺到可能有威脅。」他突然朝她轉身。「妳還好吧？」他眼睛猶如森林一樣綠。「難為妳了，這麼年輕，就得扛起這麼大的責任。」

鴿翅直起身子。「我應付得來。」

「我知道。」火星偏著頭。「但記得一定要讓自己吃得飽、睡得好，而且千萬記住……」他停頓一下，又瞥了林子一眼。「……最後的責任是由我來扛，妳不必全往自己身上攬，盡力就好，」他抬起下巴。「其他的就交給我來負責。」

第六章

陽光淺淺地滲進窩穴牆面。藤池打個呵欠，弓起背，伸個懶腰，直到四條腿微微發顫才打住。她知道她的每寸神經都很緊繃，每寸肌肉都比前晚在黑暗森林裡受訓時來得更結實。現在是由她負責監督樺落和紅柳，所以不會再像以前那樣醒來時全身傷痕累累，不過還是得向他們一遍又一遍地示範和檢查各種動作，所以疲累不減。紅柳學得很快，樺落則是求好心切，急著想證明他不只是雷族的好戰士，也是黑暗森林裡傑出的戰士。雖然他是她的父親，不是她的小貓，但他第一次嘗試她示範的後攻法便立刻上手，著實令藤池感到驕傲。

「妳看起來很累。」藤池看見她姊姊那雙藍色眼睛裡的疲憊。鴿翅的毛髮凌亂，身上到處是碎裂的葉片。**她出過營地嗎？**

「森林裡的聲音一直吵得我睡不著。」

藤池心想有對順風耳，一定很難入眠。

「妳可以在耳朵裡塞點青苔。」

鴿翅眨眨眼睛，一臉困惑。「什麼？」

「妳的耳朵。」藤池皺起眉頭。鴿翅好像有點魂不守舍。

錢鼠掌翻了個身，掙扎著想要坐起來。「我倒希望我的耳朵能塞青苔，」他睡眼惺忪地說道：「這樣就不會被你們像黑鳥一樣吱吱喳喳地吵醒了。」

櫻桃掌伸個懶腰。「已經早上了，」她直言道：「本來就該醒了。」

「玫瑰瓣和狐躍還在跟蛛足練習爬樹，」錢鼠掌提醒她。「所以這表示我們不用上課。」

櫻桃掌抬起頭。「我們為什麼不能跟他們一起上課？」

「蛛足認為我們年紀太小。」錢鼠掌甩著尾巴。「我敢打賭我絕對可以從古橡樹上安全落地。」

藤池輕拍他的耳朵。「不要拿自己的安危去冒險。」**尤其黑暗森林現在正虎視眈眈**。她低下身子，鑽出窩外，緩步走向棘爪分派晨間任務的地方。

「獵物現在開始會躲進地底下，」雷族副族長大聲說道：「我們必須趁現在還抓得到的時候，多抓一點，但也不要忘了戰技訓練。各部族目前都很躁動不安，很容易擦槍走火。」

「所以風族上次才會試圖在地道裡攻擊我們？」栗尾喊道。

雲尾瞇起眼睛。「還有影族指控我們的巫醫貓是兇手？」

火星從擎天架上跳下來，加入棘爪。「別老是想著部族間的口角，我們得先做好萬全準備，迎接禿葉季的到來。」

還有迎戰黑暗森林的攻擊。藤池抽動著尾巴。她的族貓都在擔心鄰族可能來犯，卻完全不知道林子裡存在著更大的威脅。

棘爪緩步向前。「火星說得沒錯。我們必須為寒冷的季節預作準備，但也別忘了戰技訓練。莓鼻！」他抬頭對著山毛櫸樹幹頂端的一座窩穴喊道。一顆乳白色的寬臉頭顱探了出來。

「什麼事？」

棘爪用尾巴朝他示意。「我要你去幫忙蛛足，訓練狐躍和玫瑰瓣的林間戰技。」

莓鼻鑽出窩，跳進空地。「太好了。」他的兩眼發亮。他堪稱是族裡最會爬樹的貓兒之一，落地的時間總是精準無比，只要有誰從樹下經過，他都能準確伏擊對方。

蛛足一臉期待地看著棘爪，一等副族長朝他點頭，便立刻走向荊棘隧道。玫瑰瓣和狐躍尾隨其後，莓鼻也一路跑跳跟著。錢鼠掌看著他們離去，棕黃相間的毛髮沿著背脊豎了起來。

棘爪朝這位見習生眨眨眼。「你和櫻桃掌今天可以和鴿翅、藤池一起上課。」

藤池的尾巴頓時垂下。她已經花了一整晚的時間訓練黑暗森林的見習生。

「妳聽到了沒，鴿翅？」櫻桃掌跳出她的窩，回頭喊道：「妳今天要幫我們上課。」

鴿翅鑽了出來，打個呵欠。

藤池皺起眉頭。**她怎麼看起來那麼累？昨晚一整夜沒睡的是我吧**。「來吧。」她經過鴿翅旁邊，往入口走去。

「我們可以多學一點戰技嗎？」錢鼠掌瞪大那雙琥珀色的眼睛，看著藤池。「樺落說妳知道一些很厲害的攻擊招式。」

「我們今天先練防守好了。」她昨晚在黑暗森林裡已經教了一整晚的殺戮技巧。

「錢鼠掌，如果你想要的話，我們可以先練攻擊的招式。」鴿翅沿著小徑緩步走來。

藤池瞪著她。**妳沒聽到我剛說的話嗎？**她想爭辯，但櫻桃掌和錢鼠掌已經衝向訓練坑。

「小心點！」藤池在他們後面喊道：「我不想看見有誰受傷。不准把爪子伸出來。」**這裡不是黑暗森林。**

等見習生都離開了小路，藤池才追上鴿翅。「到底怎麼了？」

「沒什麼。」

「那為什麼妳看起來好像一早起床就走錯部族似的。」

「我沒有。」鴿翅瞪著前方。

藤池不相信她。「妳昨晚為什麼沒睡覺？」

「我不是告訴過妳，」鴿翅聳聳肩。「聲音太吵。」

她們來到訓練坑，藤池跳下陡斜的短坡。錢鼠掌和櫻桃掌正在沙地上扭打。

「蹲好戰鬥姿勢！」藤池下令道。見習生趕緊散開，蹲伏地上。

「尾巴不要動。」藤池伸出爪子按住錢鼠掌正在抽動的尾尖，再朝櫻桃掌轉身。「肩膀壓低，後腿藏在身體底下。」她用鼻子指著櫻桃掌的蹲姿，直到薑黃色母貓把後爪收緊在身子下方為止。「這個姿勢可以助跳。現在練習跳躍，看誰跳得最遠。」

她回到鴿翅那裡，後者已經在空地邊緣坐下來。「不要忘了儘量伸長前腳。」她回頭朝見習生喊道：「是爪子先碰到敵人，不是鼻子。」她在她姊姊旁邊坐下來。

錢鼠掌和櫻桃掌在空地四周不斷彈跳，看起來不像戰士，反倒像是驚慌失措的兔子。

「再試幾次。」藤池提議道：「要練到熟練為止。」接著朝鴿翅轉身，「怎麼了？」

鴿翅那雙圓亮的藍色眼睛閃過一絲不安。「就預言的事嘛。」她低聲道。

「怎麼了？」

「殺無盡部落告訴松鴉羽還有第四隻貓。」

藤池揮動的尾巴停在半空。「第四隻貓？是誰啊？」

「松鴉羽認為是蛾翅。」鴿翅的目光望向空地盡頭。「獅焰覺得是冬青葉。」

「部落貓沒指名是誰嗎？」藤池縮起爪子。**為什麼這些祖靈要把事情搞得這麼複雜？**

「我想祂們也不知道。」

「那星族怎麼說？」

鴿翅聳聳肩。

「妳覺得第四隻貓是誰？」藤池喃喃問道。

「妳。」

「我？」藤池眨眨眼睛。「雖然我是妳妹妹，但這不表示……」

鴿翅打斷她的話。「妳每天晚上都冒險去黑暗森林。」

「我只是幫你們臥底。」藤池搖搖頭。「星族沒跟我說過話。」

鴿翅朝她傾身。「妳確定？妳有沒有做過什麼奇怪的夢？」

藤池翻翻白眼。「我哪有時間做奇怪的夢，」她直言道：「我每天晚上都在黑暗森林。」

「我們可以試試看空中扭身的招式嗎？」

錢鼠掌打斷她們，藤池趕緊轉身。「馬上就來，」她轉頭對鴿翅說：「一定是冬青葉。」

「什麼冬青葉啊？」櫻桃掌緩步走向她們。

「去練習妳的跳躍動作。」藤池命令道。

「可是錢鼠掌霸占了整個空地！」櫻桃掌抱怨道。

藤池瞥了棕白相間的見習生一眼。「錢鼠掌，你到空地邊緣去，把中間留給你姊姊。」

「不公平……」

藤池吼道：「你是來受戰士訓練還是小貓訓練的？」

錢鼠掌嘴裡邊嘀咕，邊退到空地邊緣蹲下來，打算再跳躍一次。櫻桃掌挑釁地抬起尾巴，大步走進坑地中央。

藤池轉身對鴿翅說：「不然冬青葉為什麼會回來？」

「如果她是預言的一部分，當初就不該離開。」鴿翅爭辯道：「所以一定是妳！」

「我又沒有特異功能。」藤池直言道。

「妳有膽識啊，」鴿翅反駁。「妳每天都去可怕的敵人那裡臥底，所以一定是妳。」

一聲尖叫嚇得藤池霍地轉身。錢鼠掌和櫻桃掌在空地中央扭打起來。藤池衝過去，拉開錢鼠掌。「看在星族的份上，你們在搞什麼鬼？」

「他一直跳到我這裡來！」櫻桃掌嘶聲道。

「你們是同部族的貓！」藤池厲聲道：「如果連自己都打起來，還需要上場跟敵人作戰嗎？」她破口大罵，澈底失望。這些無知的族貓根本不知道有多少背叛和可怕的事情等在眼前。

日正當中，陽光遍灑整座營地。地上的山毛櫸樹幹旁淌了大片的陽光，藤池緩步走去躺下。早上的訓練令她疲累不堪，她閉上眼睛。**我真的是第四隻貓嗎？**鴿翅的話言猶在耳。**妳每天都去可怕的敵人那裡臥底，所以一定是妳！**藤池試圖揮開她姊姊的聲音。**如果我是第四隻貓，我自己一定很清楚，而且我也會有特異功能，不是嗎？**

「藤池！」樺落的斷聲讓她從瞌睡中驚醒。

她坐起來。「什麼事？」

她父親的暗色身影映襯在熾烈的陽光下。她眨眨眼睛適應光線，終於看清楚鼠鬚也站在他旁邊。藤池的肩膀當場垂了下來。這一定又和他們的黑暗森林訓練有關。

「我們得談一談。」樺落朝營地入口努努鼻子。「私下談。」

藤池目光掃過陽光普照的營地。罌粟霜和葉池正在長老窩外面分食一隻老鼠。旁邊的鼠毛閉起雙眼，把鼻子擱在前腳上，波弟正用舌頭幫她舔洗毛髮。櫻桃掌和錢鼠掌在育兒室旁邊練習攻擊式的跳躍動作，試圖贏過對方。

「那就走吧。」藤池疲倦地緩步走向入口。她避開鼠鬚的目光，免得他察覺到她眼裡的老大不願意。她從來沒想過會有這麼多族貓肯相信鷹霜的謊言。

我也是其中一個。她曾經因為急著學會新的格鬥招式，而沒多加考慮是誰在教她。鷹霜很會說話，把她哄得以為他真的在幫忙她成為最強悍的戰士。鼠鬚又比她好到哪裡去？

山谷外的森林層層遮蔭，尤其顯得寒涼，微風中樹葉颼颼作響。藤池帶著樺落和鼠鬚沿著小徑走，最後停在訓練坑邊緣。

「我們要和來自別族的黑暗森林貓兒會合。」

藤池被樺落的話嚇得愣住。「什麼時候？」

「現在。」

藤池吞吞口水。「你們要做什麼？」

「我們要在白天練習戰技。」鼠鬚補充道。

樺落傾身向前，兩眼發亮。「如果我們能好好練習黑暗森林教我們的技巧，我們的戰技就會突飛猛進。」

「還得想辦法讓黑暗森林的戰士也能進入我們的領地，這樣隨時都能找到他們幫忙。」

藤池倒抽口氣。「為什麼需要他們幫忙？」一想到鷹霜和虎星能自由自在地進出湖邊，就令她毛骨悚然。

樺落對她眨眨眼。「因為萬一有部族受到威脅，我們才可以一起過去幫他們。」

他們真的相信這種鬼話？藤池瞪看著自己的族貓。只見他們瞪大著無辜的眼睛。**一切都反了！**各部族戒慎恐懼、虎視眈眈地盯著彼此的邊界，而這些在黑暗森林受訓的戰士也開始愈走愈近。她搜尋著她父親的目光，想警告他，和他打交道的不是一般鼠輩，而是可怕的豺狼虎豹。

她心跳得很厲害。她不能告訴他們她是去臥底的，萬一他們出賣她怎麼辦？

一陣寒風猛地掃過頭上枝椏。

「怎麼樣？」鼠鬚質問道：「妳到底來不來。」

藤池不安地蠕動著腳。「在哪裡？」

樺落興奮地彈彈尾巴。「我們打算在邊界和陽擊會合。」

「她會帶雲雀掌和兔躍來。」鼠鬚補充道。

藤池非常驚惶，但仍強迫自己的毛髮服貼下來。他們怎麼這麼笨？她瞪著樺落。只見那身淺棕色的虎斑毛髮整理得光滑油亮。他一定以為他和風族戰士切磋是對部族效忠的一種表現。

我必須阻止這件事！

樺落和鼠鬚轉身離開穿過林子。藤池伸長耳朵，巴不得自己也有姊姊的能力。她不能命令他們不要去，這會洩露她在黑暗森林裡的真實身分。她得繼續擔任臥底，她得查出碎星會在何時何地進攻。

「等等我。」她匆匆跟在他們後面，步上通往風族邊界的小徑。小鳥在枝椏間飛掠，一隻松鼠在林地穿梭。她突然瞄到刺藤叢後方的狐紅色身影。不知道是誰正在追蹤那隻松鼠。

她頓時精神一振。「我等等就來。」

樺落回頭看她。「我們在河邊碰面。」他喵聲道。

「好。」藤池轉個方向離開小徑，低頭鑽進蕨叢裡，再把頭從另一頭伸出來，剛好撞見松鼠從眼前跑過。這時一團狐紅色的身影撲了上來，不偏不倚地落在松鼠身上，張嘴就咬。

「狐躍！」藤池從蕨叢裡跑出來。

那位戰士轉過頭來，扔下嘴裡叼著的松鼠。「什麼事？」

藤池回頭瞥了一眼，鼠鬚和樺落已經消失在高地。「你去帶一支巡邏隊到風族邊界去，」她斬聲道：「不要走這條路，沿著湖邊的小徑過來。」她不能冒險讓雷族巡邏隊追上樺落和鼠鬚，也不能讓族貓直接撞見他們和別族的黑暗森林貓兒約好的碰面處。

狐躍偏著頭。「為什麼？」

「我在邊界聞到風族的氣味，」她撒謊道：「我想可能有巡邏隊正在過河。」

狐躍皺起眉頭。「我去找幫手。」他拾起地上松鼠，跑回營地。

藤池回頭追上樺落和鼠鬚。「妳還好嗎？」樺落瞇起眼睛問道。

「還好。」藤池並肩走著，抬起下巴。「我只是去方便。」

樺落回頭瞥了小徑一眼。藤池發現林子的光線變亮了，他們已經快走到林子邊緣。她慢下腳步。再過去就是直通邊界的草地，她必須給狐躍一點時間去找幫手。

「我真以妳為傲。」樺落的毛髮輕輕刷過她的，在她耳邊低聲說道：「當我在黑暗森林裡見到妳時，我才明白自己當初是多低估了妳的能力。」

如果他知道她一直都在欺騙大家，還會以她為榮嗎？她想警告他，他選的這條路有多危險。她想招認她去黑暗森林的目的只是為了查出碎星的陰謀。可是她不能，這裡頭有太多風險。

他們緩步走進陽光裡。前方斜坡的盡頭是邊界那條河，再過去就是風族的草原高地，高地背後襯著蔚藍的天空。藤池掃視石楠叢，又偷偷瞥了湖邊一眼，還是沒有風族或狐躍帶著巡邏隊的蹤影。她瞄到斜坡上有一叢金雀花，離河邊只有幾隻狐狸身長之距。「我們躲在那裡等他們來吧。」

鼠鬚毛髮豎了起來。「為什麼要躲起來？」

藤池從他身邊走過去。「你總不希望讓大家都知道黑暗森林的事吧？」

她低身鑽進金雀花叢底下，設法擠到最裡面，灌木叢的刺不斷拉扯她的毛髮。她扭著身子轉過來，嘶聲對她的族貓喊道：「來啊，這裡還有空間。」

樺落和鼠鬚也跟著擠進來。她全身悶熱刺癢，只好伏低瞪看外頭的高地，心臟抵著地面，不停撲通撲通地跳。**求求祢，星族，千萬別讓樺落和鼠鬚聞到我身上的恐懼氣味。**萬一狐躍先到怎麼辦？樺落一定會懷疑是她告的密。藤池窺視著河對岸的石楠叢，祈禱風族貓快點現身。

新鮮的雷族氣味從灌木叢下方緩緩滲進來。**狐躍！**她繃緊神經，看見年輕戰士從湖邊爬上斜坡，蕨毛和灰紋走在兩旁。當他們快走到金雀花叢時，河岸遠處的石楠叢突然一陣窸窣，兔躍緩步走了出來，掃視邊界，雲雀掌和陽擊跟在後面。

「有看到他們嗎？」陽擊低聲對他的族貓說道。他們朝邊界走近，目光越過河流。

「退回去！」狐躍的吼聲從斜坡那頭傳來。雷族戰士跑向邊界，在風族貓對面煞住腳步。

「你們來這裡做什麼？」

「檢查邊界。」陽擊的目光與他對峙。「跟你們一樣。」

「你們已經侵入我們的邊界了！」蕨毛指控道。

「我們還沒越過邊界。」兔躍嘶聲道。

「這次沒有。」狐躍吼道：「但我們的戰士已經在河這頭聞到風族的味道。」

「他們有嗎？」樺落當場愣住，低聲問道。

「我不知道啊。」藤池聳聳肩，撒謊道。

「火星為什麼派巡邏隊來這裡？」鼠鬚的尾巴彈了彈，咕噥道。陽擊站在被河流一分為二的河谷邊緣，狐躍站在另一頭瞪著她。兩方人馬劍拔弩張。

陽擊齜牙咧嘴。「風族從來沒有越過邊界。」

灰紋甩著尾巴。「所以你是在指控雷族越過氣味記號囉？」

蕨毛蹲伏下來……那姿勢就像藤池今早教錢鼠掌和櫻桃掌的攻擊招式一樣。**千萬別打起來！**她覺得有罪惡感。她不想引起紛爭，她只是不想讓她的族貓犯下可怕的錯誤。

兔躍瞇眼，瞪著蕨毛。「一星說只要在我們的領地上發現別的貓，就不必對他們客氣。」

「這是我們的領地。」蕨毛的後腿一抖，肌肉一繃，作勢要跳。

「別過去！」樺落從金雀花叢裡衝出來。

狐躍霍地轉身，瞪大眼睛。「你們在這裡做什麼？」

「看守邊界啊。」樺落挺起身子，用尾巴示意鼠鬚和藤池出來。鼠鬚從灌木裡不情不願地出來，藤池跟在後面。

狐躍瞇起眼睛。「怎麼會在灌木叢裡看守？」

「我們在等他們會不會越過邊界。」樺落的目光瞥向陽擊，風族貓開始後退。

「大家都沒有越界，」樺落大聲說道：「我們撤退吧。」

狐躍吼道：「等我先檢查一下我們領地有沒有風族的氣味再說。」

「你找不到的。」陽擊的耳朵不停抽動，轉身帶著族貓退回石楠叢。

狐躍在邊界處來回踱步，嗅聞草葉叢。「沒有入侵的味道。」他瞥了藤池一眼，眼神有些許期盼，是她告訴他風族貓越過邊界。

她移開目光，覺得鬆了口氣。「這次沒有。」她喃喃說道。

狐躍又聞了金雀花叢一次，然後留下他的氣味記號。「走吧，我們回營地。」

藤池率先走進林子，覺得腳步有千斤重。她真希望自己仍在太陽底下的山毛櫸樹幹旁睡覺。這時一團身影刷過她身邊，她轉頭看見是狐躍追上了她。「妳早就知道他們會去那裡？」

她身子縮了一下。「我不知道啊。」

「可是沒有跡象顯示風族越界啊。」狐躍皺起眉頭。「為什麼妳要我帶巡邏隊去？妳是在地道的那場戰役裡偷聽到什麼嗎？」

藤池搖搖頭。「我只是憑直覺。」她嘀咕道：「你也知道最近部族間的關係很緊張。我在林子裡八成有聞到一點風族的氣味，剛好我又太緊張……」

「……所以就反應過度了。」狐躍幫她接話。

「大概吧。」藤池抽動著耳朵。

「妳還真會推測。」

藤池瞥了狐躍一眼，發現他的眼裡有疑雲，胃部不由得抽緊。**他不相信我**。藤池不安地彈彈尾巴，腳爪往前用力一蹬，衝回營地裡。臥底這種工作逼得她不得不背叛自己的部族。

這種日子到底還得過多久？

第七章

松鴉羽在離蕾光臥鋪一隻老鼠身長之距的地方扔了一顆小石頭，「妳能搆到嗎？」

「輕而易舉！」蕾光往前傾身，搆抓住那顆石頭，撈回臥鋪裡，結實的肩膀肌肉在毛髮下拱成弧型。

松鴉羽把鼻子探進她臥鋪裡，用牙齒叼起那顆石頭，費力舉起。為了今天的練習，他特地選了一顆很重的石頭。他把石頭丟到離臥鋪有半條尾巴之距的地方。「這樣呢？」

蕾光再度伸長前腿，這次花了點力氣，但仍有辦法用她那雙靈巧的腳爪把石頭撈回臥鋪。

「我檢查一下妳的背脊。」松鴉羽把鼻子探進她的毛髮，輕輕啃咬她背上的肌肉。脊椎斷裂處的前面肌肉都很結實強健，再過去就顯得軟綿無力，不過上頭的毛髮依舊光滑柔亮。

「妳很努力。」松鴉羽坐了起來。「只要繼續保持運動的習慣，就不會有問題。」

薔光把石頭丟出去，又伸腳去搆。「我想學會用前腳來爬樹。」她趾高氣揚地說道。

她費力去撈石頭，這時松鴉羽的思緒開始浮動不定。他一整個早上都在擔心第四隻貓的事情。而這時唯一可以幫忙對抗黑暗森林的只有蛾翅，所以一定是她。他使出自己的特異功能，讓思緒像鳥一樣飛馳出去，越過大湖，朝河族領域飄去。抵達營地時，還刻意先擋開其他情緒的喧鬧，只專注查探蛾翅。他感應到柳光正在計算藥草，也感應到蛾翅就在她旁邊，只不過仍跟平常一樣，他無法穿透那位巫醫貓的思緒，她的思緒就像蜘蛛網一樣層層包裹，難以穿透。

她一定是第四隻貓！只有她的夢不會被黑暗森林入侵，所以絕對不會被他們的詭計所騙。

「妳可不可以自己練習？」他問薔光。「我出去一下。」

「當然可以。」

窩外的陽光溫暖地照在他的背上。獅焰和白翅正在荊棘隧道旁分享一隻老鼠。棘爪和栗尾在空地邊緣互舔毛髮。蕨雲和黛西在育兒室外閒話家常，而小種籽和小百合則在山毛櫸的樹蔭下追逐落葉。

松鴉羽低頭鑽進入口隧道，獅焰這時突然跳了過來。「你要去哪裡？」

「我去找蛾翅。」

獅焰頓時緊張起來。「我跟你一起去。」

「不必了，謝謝。」他不想一路上跟哥哥爭辯冬青葉是不是第四隻貓。「這是巫醫的事。」

「可是你現在不是巫醫貓。」獅焰在他後頭喊道。

「星族會保護我的。」松鴉羽急步穿過隧道，很清楚自己在撒謊。棘莓告訴過他，星族再也看不到湖邊的貓，對祂們來說，黑暗已經降臨。「告訴火星我去河族那裡。」他注意聽獅焰有沒有跟來，卻只聽見荊棘叢裡傳來不得不聽從的歎息聲，他才鬆了口氣。

「如果你黃昏前沒回來，我就去找你。」獅焰喊道。

「不會啦。」但願如此。

他往湖岸走去，打算穿過風族領地。他張嘴嗅聞空氣，想知道岸邊有沒有風族戰士，卻聞到一股熟悉的氣味。

一星！松鴉羽繃緊神經。風族族長正站在前方水邊，距他只有幾隻狐狸身長之距。

松鴉羽小心翼翼地走上前去。「你好，一星。」

一星動也不動。「松鴉羽。」

「很抱歉我進入了風族領地。」松鴉羽垂下頭。「我只是要去找蛾翅說幾句話。」他很緊張，以為一定會聞到一星發怒的味道，但風族族長的毛髮平順如常。

「你可以安靜地通過。」一星告訴他。「只不過我以為巫醫貓已經不再互相來往了。」

「那是星族的想法。」松鴉羽喵聲道：「不是我的。」

「你敢違抗星族的旨意？」一星的語氣驚訝。

「是啊，」松鴉羽沒有道歉的意思，「如果可以維持四族間的和平，抗旨又有什麼關係。」

他聽見礫石移動的聲音，一星坐了下來，語氣沉重，「四族向來爭鬥不斷，但這是第一次連巫醫貓也開始不和。我總覺得好像有什麼壞事要發生。」一星目光熱切地落在松鴉羽的身上。「水面是平靜無波，」他喃喃說道：「但水面下方暗流洶湧。雖然看不見，還是能把貓兒拖下去溺死。」

「但如果你知道水流險惡的地點在哪裡，就不會出事了。」松鴉羽傾身向前。「一星，小心看好邊界，但也別忘了監看自己的部族。」

一星轉身看他，腳下礫石喀吱作響。「你是說我的戰士會有貳心？」

松鴉羽往後退。「再怎麼忠心耿耿，也有可能受到矇騙。」

一星的鼻息呼在松鴉羽的臉上。「你是說索日？」

「不是，」黑暗森林的威脅比愛製造麻煩的獨行貓來得危險多了。「你只要留意一下自己的戰士有沒有什麼異常行為就行了。」

風族族長瞬間怒髮衝冠。「我是以自己的生命在相信我的戰士。」

松鴉羽垂下頭。「請原諒我的失言。」他從一星旁邊擠過去，進入河族領地。他感覺到一星的怒目一路尾隨他，害他毛髮跟著微微刺癢。**也許我不該試圖警告他。**

河族的氣味記號線一路往下延伸，直抵水邊，連岸邊石頭也作了記號。松鴉羽穿過邊界。

「你在這裡做什麼？」

松鴉羽霍地轉身，爪子出鞘。他聞到甲蟲鬚的強烈氣味。鱒流和薄荷毛站在他旁邊，毛髮豎得筆直。

松鴉羽抬起尾巴。「我來找蛾翅。」

「你已經不是巫醫貓了。」甲蟲鬚身上的魚腥味迎面撲來。

松鴉羽強迫自己不要發抖。他聽說甲蟲鬚也在黑暗森林裡受訓。「河族無權為星族作任何決定，」他嘶聲道：「只有星族有資格取消我的巫醫資格。」

薄荷毛對他的族貓低聲說道：「我想這件事應該由霧星來定奪。」

「或許吧。」甲蟲鬚的喵聲顯得猜疑。松鴉羽突然覺得要是獅焰有陪他來就好了。

鱒流大步向前。「來吧。」母貓努努鼻子，示意他爬上坡，薄荷毛和甲蟲鬚走在旁邊。

「這裡有座樹橋。」鱒流的毛髮刷過松鴉羽的鬍鬚，身子跳到他前面。松鴉羽聞到地上樹幹的腐朽味。這根樹幹一定是樹橋，就橫跨在河族與陸地之間的河道上。他跟在她後面爬上去，爪子戳進斑駁的樹皮裡，小心翼翼地行走。後方薄荷毛和甲蟲鬚的重量將樹幹壓得搖搖晃晃，嚇得他心裡頓時抽緊。下方河水淙淙作響，萬一失足掉下去，一定會被沖進湖裡。

他感覺到自己爬到了樹幹的分枝處，這才確定已經抵達對岸。他蹲下身子，從樹幹上跳下來，但著地姿勢笨拙，竟跌進一堆樹枝裡，還好鱒流扶住他。

「走這裡。」她帶著松鴉羽穿過長草叢。當他們抵達空地時，河族的氣味立時覆滿他全身，他從營地貓兒的身上察覺到他們的驚愕。

「他怎麼會來這裡？」

鷺掌被奔尾制止。「別吵，等一下就知道了。」

「歡迎你，松鴉羽。」霧星從她窩裡出來，毛髮刷過旁邊的小樹枝。「你是來找蛾翅和柳光嗎？」

松鴉羽垂下頭。「是的，如果可以的話。」

「他沒有權利來找她們。」甲蟲鬚咆哮道。

松鴉羽感覺得到霧星身上釋出的熱情，至少她很高興見到他。「他擁有星族賦予的權利。」她提醒她的戰士，尾尖輕觸松鴉羽的腰腹。「我帶你去巫醫窩。」

他跟著她穿過空地，進入通往另一處小空地的青草隧道。松鴉羽聞到熟悉的款冬、琉璃苣和水薄荷味道。長草颼颼作響，有貓兒正拖著腳走路。

「松鴉羽？」蛾翅的聲音聽起來很訝異。

「發生什麼事了？」柳光的尾巴掃過柔軟的泥地。

霧星從他旁邊轉身緩步離開，毛髮輕輕刷過他的。「我走了，你們聊吧。」

柳光站在他旁邊一會兒。「有什麼事嗎？有誰生病了？」

「我來找蛾翅。」松鴉羽解釋道。

「你已經不是巫醫貓了。」柳光的聲音聽起來很困惑。「曦皮說你……」

松鴉羽打斷她。「影族可以命令河水不准流動嗎？」

「不是只有影族！」柳光愣在原地，接著反駁道：「星族也在夢中告訴我，巫醫貓必須保持距離。」

蛾翅哼了一聲。「祂們什麼都沒告訴我，我看妳去採集錦葵好了，我來跟松鴉羽談。」

松鴉羽感覺到兩位巫醫貓之間的緊張氣氛，然後柳光把尾巴往地上一甩。「好吧。」隨即跺腳離開窩穴。

蛾翅的尾巴抽了抽。「我想就算星族叫她跳進湖裡，她也會遵命照辦。」

松鴉羽聳聳肩。「她會游泳。」

蛾翅發出低吼。「胡鬧，我是認真的，是你告訴我，我們正面臨一場可怕的戰役。」

我要怎麼樣才能確定她是第四隻貓呢？他在她旁邊蹲下來。「四族必須在即將到來的戰役裡聯手合作，但是如果巫醫貓不先合作，這一切只是空談。」

「這太鼠腦袋了！就因為幾隻死掉的老貓說了幾句話，你們就昏頭到連基本常識都沒了。」蛾翅的爪子刮著地面，尾巴在松鴉羽旁邊揮了一揮，然後圈住自己。「對不起，」她道歉，「我知道你相信星族的存在，我也尊重你這一點。以前信仰可以幫忙帶領部族度過難關，但現在似乎只會造成阻礙。」

松鴉羽瞭解她話裡的沮喪。星族不准四族合作，這只會加劇黑暗森林的的威脅。「要是我可以找到焰尾，或許就能說服他把真相告訴小雲。」

「這也是個辦法。」蛾翅換了個站姿。「如果所有巫醫貓都認定你是兇手，就不可能奢談合作。」她坐了起來。「我會找小雲和隼翔，或許可以說服他們別低估巫醫守則的重要性。」

「妳覺得他們會不聽星族的話，反過來聽妳的嗎？」

蛾翅的爪子刮著地面。「我很慶幸自己的腦袋不會一天到晚聽見星族那像蜜蜂般的嗡嗡聲。因為如果老是有幾隻老貓一直在你耳邊嘀咕，你怎麼可能把事情做好？」

「松鴉羽？」霧星的喵聲在入口處輕聲響起。「你得離開了。」

可是我還需要點時間來查明蛾翅是不是第四隻貓！

「我的資深戰士都認為你不再是巫醫貓，」霧星語帶歉意地說道：「我必須尊重他們的感受，所以你不能再久留。」

松鴉羽感覺得到巫醫窩外四周空氣的敵意。「他們認為我是侵入者。」

「或許吧，」霧星催促他起身。「如果你現在能離開，自然最好。」松鴉羽只能朝蛾翅點點頭，然後朝通道走去。

甲蟲鬚在營地裡來回踱步，穴飛和鯉尾站在他左右兩旁，蘆葦鬚走上前來。「我們會送你去邊界。」

「謝謝你。」松鴉羽向河族副族長垂頭致意。**四名戰士護送他回去？**他貼平耳朵。**我又沒做錯什麼！**

他感覺到蛾翅跟在他後面。「如果我說服其他貓，讓他們明白了道理，一定會通知你。」

「我想四族已經失去理智了。」松鴉羽斷聲回答。他感覺得到河族戰士緥緊的肌肉，彷彿隨時準備上場作戰。**你們搞錯敵人了。**他強迫自己不要豎起毛髮，跟著蘆葦鬚一路走出營外，穴飛和甲蟲鬚走在兩旁，催他爬上河道上的樹橋，鯉尾從後面推了他一把。

「抓緊哦。」甲蟲鬚低吼道，不斷推他前進。

松鴉羽將爪子戳進腐朽的樹皮，沿著樹幹往前爬，一路膽顫心驚。到了對岸，沒等甲蟲鬚推他，就縱身一躍，跳了下來。護衛隊帶著他穿過沼澤地，他一句話也沒說。終於他聞到風族邊界的氣味，一語不發地跨過邊界。

「如果你下次想再來，就帶支隊伍過來，準備開戰吧！」穴飛在他後面吼道。

松鴉羽甩著尾巴，從他身邊走開。他嗅聞空氣。**哪裡是岸邊？**他聞得到上方的石楠味，也聽得到下方的水流聲，但有點太安靜了，這表示他離內地還很遠。他轉身朝湖邊走去，穿過長草叢，沼澤地在他腳下。

突然一股寒意竄上他尾尖，像禿葉季的薄霧一樣襲上他，裡頭還帶了點獵物的腐臭味。松鴉羽停下腳步，霍地轉身，腦海裡立刻出現許多帶著血汙的身影。

「是誰？」他又轉個方向，伸出腳爪，冷不防地碰到一個結實的身軀，他嚇了一跳。「你是誰？」有肩膀朝他撞過來，爪子刮過他的背脊。

松鴉羽只能逃。盲眼的他在沼澤地上跌跌撞撞，腳爪滑過泥地，陷進水塘。這時利爪從他身側劃過，然後又劃過另一側。不知道是誰用身體撞他，熱呼呼的惡臭鼻息炙烤著他的耳朵。他絆了一跤，跌進汙穢的泥地，又蹣跚爬起，孤身應付來自四面八方模糊的攻擊身影。

「星族不幫你帶了路嗎？」碎星的冷笑聲嚇得松鴉羽愣在原地。

黑暗森林的貓已經衝破防線，進入真實世界了嗎？

鷹霜從另一頭推他。「我們很快就會嚐到勝利的滋味。」

現在是虎星擋住他去路，松鴉羽一拳揮過去，卻被一隻結實的腳掌硬生生擋下。「你星權在握？」虎星的吼聲裡帶著一絲不屑。「看不出來耶。」

松鴉羽蹲伏下來，心臟緊挨著地面，撲通撲通作響，脈搏顫動得厲害。「你們永遠贏不了！」他恐懼化為憤怒，縱身往前一躍，爪子伸長，狠狠攻向暗處的攻擊者，但不知是誰的爪子突然劃過他的口鼻，尾巴被利牙戳了進去。

松鴉羽發出憤怒尖吼，死命搏鬥。「你們可以殺了我！」他尖喊道：「不過你們永遠阻止不了我！就算我死了，我也會把你們找出來，阻止你們！」

「松鴉羽！」他一聽見風族戰士的呼喊聲，立刻停止攻擊。黑暗森林戰士的臭味漸漸消失，鴞鬚、夜雲和金雀尾全圍上來，氣味溫暖又熟悉。

「你還好吧？」鴞鬚低頭看他。「你掉進荊棘叢裡了嗎？」

松鴉羽聞得到自己身上的血腥味，那是從他傷口滲出來的。「是……是啊。」他好不容易爬了起來，感覺到金雀尾正用鼻子抵著他的肩膀，扶他起來。

「你們在這裡做什麼？」松鴉羽認出伏掌的喵聲，這位風族見習生的聲音聽起來很驚愕。

「就是這隻巫醫貓殺了焰尾！」

「兇手？」夜雲低吼道。

「別說了！」金雀尾要他們安靜下來。「他現在是一隻需要幫助的部族貓。」

「我……我沒事。」松鴉羽努力克制住發抖的聲音。

鴞鬚的毛髮從他旁邊刷過去。「我們送你去邊界。」他的聲音尖酸。

「你可以走到邊界嗎？」金雀尾問道。

夜雲吼道：「如果他走不動，我們就用拖的。」

鴞鬚沒理會夜雲，反而去嗅聞松鴉羽。「只是一點刮傷。」他朝岸邊下方走。「來吧。」

松鴉羽小心翼翼地跟著，試著踏出步伐。他很慶幸身上的刮傷並不嚴重，肌肉也沒扭傷。

他加快腳步，靠著靈敏的嗅覺跟著鴞鬚的腳步前進。金雀尾緩步跟在後面，夜雲和伏掌殿後，身上滲出猜疑的氣味。

剛剛的幻影害松鴉羽到現在全身都還在發抖。那應該是幻影吧？黑暗森林的戰士還沒找到方法闖進湖邊領地，是吧？他甩開這念頭。**應該還沒，如果是的話藤池一定會提早警告我們。要不然星族也會……**

他突然感到絕望。星族一點用也沒有，竟然沒有祖靈出來保護他，那幻影真實到害得他身上到處是傷。然而黃牙呢？磐石呢？松鴉羽拖著腳走在礫石路上。看來四族即將獨自面對黑暗森林。

熟悉的雷族氣味覆上他的鼻子，他們已經抵達邊界。「從這裡我就可以自己走了。」

「我們最好還是送你回到營地比較好。」鴞鬚告訴他。

「你好像還在發抖。」金雀尾補充道。

松鴉羽想反駁，但又不好意思拒絕他們的協助，他不是一直希望四族團結合作嗎？

鴞鬚朝夜雲和伏掌喊道：「你們先去狩獵，我們待會兒去找你們。」後者落後了一大截，仍在湖邊那裡。

松鴉羽覺得輕鬆了點，心裡暗自謝過鴞鬚，至少他不是帶著整支隊伍進入雷族領地。他在前面帶路，穿過林子，腳下踩的是令他感到放心的熟悉小徑，最後終於來到通往營地的斜坡。

「現在我可以自己回去了。」他告訴鴞鬚。

「我知道，」鴞鬚從他旁邊經過。「但我想找火星談一下。」

松鴉羽不太高興地跟在風族戰士後面進入營地，金雀尾尾隨其後。

「波弟！」鼠毛的警告聲從忍冬樹叢那裡傳來。「我們是不是被入侵了？」

「不是啦，只有兩隻貓而已。」

火星從擎天架上跳下來。「發生什麼事？」他嗅聞著松鴉羽口鼻處的傷痕，語氣擔心。

棘爪從戰士窩匆匆趕出來。「你沒事吧？」

「他摔進荊棘叢裡。」鴉鬚告訴雷族副族長。

「在我們的領地上。」金雀尾強調。

「你不應該去那裡，松鴉羽。」火星的聲音嚴厲。「你已不再是巫醫貓。」

松鴉羽沒有爭辯，反正火星在風族貓面前也不能多說什麼。「我可以回臥鋪了嗎？」

「可以。」火星的聲音有著怒火。「但別再到領地外的地方遊蕩了，我還有更重要的事得操心呢。」

松鴉羽緩步走進巫醫窩，留火星自己去安撫風族戰士。他鑽進荊棘通道裡，往臥鋪走去。

「你還好嗎？」蕾光在水池邊喊道，木賊的辛辣味充斥在空氣裡。

「我沒事。」松鴉羽爬進自己臥鋪。「妳在做什麼？」

「煤心要我浸些藥草，幫鼠毛除身上的壁虱。」蕾光解釋道：「她已經塗過一層藥了，可是她要我把明天的分量也準備好。」

窩穴入口的荊棘叢窸窣作響，松鴉羽嗅聞空氣。「亮心？」

不知道是什麼原因讓這位戰士的思緒裡同時夾雜著喜悅與焦慮。松鴉羽疲倦極了，顧不得對方的複雜心情，開始梳洗他口鼻上的刺痛傷口。

亮心緩步走向他的臥鋪。「我可以跟你說句話嗎？」

「不能等到明天早上嗎？」松鴉羽只想睡覺。

「我不會花你很多時間。」亮心在他臥鋪旁重重坐下來。「我懷孕了。」松鴉羽聽見她聲音裡的困惑。「小貓應該會很健康吧？畢竟我年紀不輕了。」

松鴉羽坐直身子。為什麼大家現在都一窩蜂地生小貓？這只是把更多生命拱手送給黑暗森林的戰士！「妳在搞什麼啊？」他厲聲道：「禿葉季快到了，到時我們恐怕沒有多餘的食物來餵這麼多張嘴！」

亮心往後退。「可是……」

他沒等她說完。「妳怎麼這麼笨呢？現在懷孕？大家都變成鼠腦袋了嗎？」

「你怎麼可以這樣對我說話？」亮心霍地站起，身上迸出怒火。「我根本沒料到我會再懷孕，而且以前也有小貓在禿葉季出生啊。我還以為你會很高興呢。」

「小貓！」薔光拖著身子，快速穿過窩穴。「這真是個好消息。」

「松鴉羽不這麼認為。」亮心吼道。

「為什麼？」薔光語氣疑惑。

「天知道為什麼！」亮心氣呼呼地走出窩穴，松鴉羽筋疲力竭，身子癱進臥鋪裡。

「到底怎麼回事啊？」薔光追問道。

松鴉羽把鼻子塞進腳底下，不予理會，任由倦意將他襲捲。他到底要用什麼方法才能找到足夠的力量來對抗黑暗森林？

第八章

獅焰循著月光下的小徑回到營地。**我該告訴冬青葉她是第四隻貓嗎？**自從松鴉羽告訴他們部落貓的預言之後，這個念頭就一直縈繞著他。**但萬一她不是呢？她以前就很想成為三力量之一。現在再度點燃她的希望，這對她來說公平嗎？**

獅焰試著轉移自己的注意，去想點別的事情。頭上林子在微風中窸窣作響，夜色已經降臨，鳥兒都安靜了下來。他回頭瞥了一眼，栗尾和松鼠飛正緩步走在他後面。他們已經巡邏完邊界，沒有遭到入侵的跡象，現在他們正在回家的路上。

松鼠飛打呵欠。「我真想趕快回臥鋪。」

栗尾甩甩身子。「也沒那麼晚。」她抬頭瞥了一眼。「天才剛黑而已。」

松鼠飛打起寒顫。「可是很冷。」

我們為什麼需要第四隻貓？獅焰的思緒又開始奔馳。**星族不相信我們嗎？**他的心裡不太舒服。**我會拯救四族，這是我的天命，可是現在……**現在預言改變了。獅焰瞪著自己的腳，循著舊有的小徑慢慢走下山谷。**難道我的天命也改變了嗎？**

「都沒問題吧？」火星在空地上等候他們。夜裡的營地看起來很空曠，族貓們都回窩穴安歇了。

「風族重新標示了他們的氣味記號。」獅焰回報道：「影族似乎去過刺藤叢那裡嗅聞，不過沒有侵入我們的領地。」

火星的綠色眼睛在黑夜裡閃閃發亮。「還有別的事嗎？」

獅焰知道他是在問有沒有發現黑暗森林的戰士。**他們當然還沒衝破無星之地的防線。**但是獅焰看過藤池從夢裡帶回來的傷疤，那感覺再真實不過。

「沒有。」獅焰回報道。他向雷族族長垂頭致意，然後往戰士窩走去。他的臥鋪離地上那根山毛櫸樹幹很近，他小心翼翼地穿過熟睡中的戰士們，在煤心旁邊安頓下來，後者正在臥鋪裡睡覺。他閉上眼睛，心緒依舊紊亂。

「嘿，」煤心抬起頭來。「不要動來動去。」

「對不起。」獅焰抬起鼻子。

「你睡不著？」煤心朝他眨眨眼。

「我不習慣這麼早睡。」他坦承道。

煤心提起身子站起來。「走吧，」她跳出自己的臥鋪。「我們去散步。」

獅焰看著她鑽出窩穴。**像以前那樣嗎？**他的心裡燃起一線希望，跟著煤心走進空地。月光將她的灰色毛髮染成銀白色。

「不要那樣看著我。」他正想觸碰她，她竟低聲咕噥，轉身就往荊棘屏障的方向大步走去。獅焰一臉困惑地跟上去，尾隨著她走上斜坡，鑽出林子。下方湖水波光粼粼。

「來吧。」煤心沿著山脊跑。獅焰跟在後面，加快速度衝下坡，繞過灌木叢，在山坡下面的草地煞住腳步，然後躍過陡峭凹地，跳上湖灘。

煤心已經等在水邊。「每當我看見這座湖時，就覺得一切都會平安無恙的，包括我們的事，還有我們的族貓。」

獅焰隨著她的目光眺望遠方湖岸。河族的沼澤地在月光下閃閃發亮。野風拂過，星光下的蘆葦波浪起伏。他感覺到煤心的毛髮輕輕刷過他的。

「不管我們多努力，」煤心用那雙藍色的眼睛悲傷地看著他。「都永遠不可能，對不對？」

「什麼事永遠不可能？」獅焰話才說出口，就後悔了。他明白她的意思，他不想聽到她的答案。

她轉身面對湖水。「我們不該再對抗自己的命運。」

「我從來沒有對抗我的命運。」

「是嗎？」煤心倚著他。「那你為什麼跟我來這裡？」

「也許妳也是我命運的一部分？」

煤心用鼻子指著天上的星星。「可是你跟祂們的距離比較近。」

「妳錯了。」

「星族選定你去保衛四族。」礫石在她腳下喀喀作響。「我不能阻礙你實踐這個使命。」

「難道我就沒有選擇的權利嗎?」獅焰爭辯道。

煤心看著他。「事情沒那麼簡單。我也必須找出自己的使命,我得想清楚我究竟該成為巫醫還是戰士。但是如果我有了伴侶貓,這一切都不必談了。」

獅焰毛髮倒豎。「所以妳情願選擇相信命運,也不選擇我?」

「你想要我犯下跟葉池同樣的錯嗎?」

她的話令他心如刀割。「這不公平!」

「這世上沒有公平可言,」煤心轉身朝斜坡走去。「我們必須做出正確的決定,畢竟這當中牽涉到太多條性命。」她回頭瞥看。「你要跟我一起回去嗎?」

獅焰沒有回答。星空下的湖面映現著他黑幽幽的輪廓倒影,他低頭凝視,迷失在水中倒影裡。**那真的是我嗎?**

他突然往後退,出聲大吼:「我也受不了。」他轉身,希望看見煤心溫暖的目光,但她已經走了。他霎時覺得身心俱疲,在礫灘上癱倒下來,閉上眼睛。

⫽⫽⫽

獅焰醒來時只覺得全身僵硬冰冷。湖浪拍打礫石,只離他鼻子一根鬍鬚之近,露水已浸溼了他的毛髮。高地上方,一抹淺白的曙光照亮了天空。他臉部肌肉微微抽搐,蹣跚爬了起來,甩甩身子。**我會證明給煤心看,我們不必被自己的命運左右。**他冷到全身發麻,踉蹌地朝斜坡走去，進入林子。

下方的灌木叢間有團灰色身影在移動。**灰紋！**獅焰嗅聞空氣。**還有雲尾、松鼠飛和蜜妮。**八成是進行黎明巡邏。他衝下斜坡，追上他們。

「我可以加入你們嗎？」他在松鼠飛後面煞住腳步。

她立刻轉身，瞪視著他。「獅焰！」

灰紋轉身過來。「你整晚都在外面？」他的目光掃過獅焰身上潮溼的毛髮。

「我睡在湖邊。」獅焰喃喃說道。

雲尾偏著頭。「你還好吧？」

「當然很好，」獅焰繞著他的族貓轉。「我們要去哪裡？」

蜜妮踏踩著地上落葉，走到他身邊。「影族邊界。」

「那好。」獅焰低身鑽進拱狀的蕨葉叢。他急著想找點事情做，急到腳爪都微微刺癢。

灰紋從他旁邊擠過來，走到最前面帶隊，葉叢裡的棕色葉柄為之折腰。獅焰乖乖地跟在後面，風裡傳來新鮮的戰士氣味，他朝灰紋喊道：「你有沒有聞到那味道？」

「很像鼠疤的味道。」灰紋吼道。灰色戰士加快腳步，獅焰疾步跟上，全身亢奮難耐。

灰紋倒豎毛髮。「我看到他們了！」

六名影族戰士正沿著邊界移動。

獅焰背上的毛髮上下波動起伏。他張開嘴巴，影族的氣味強烈到連舌頭都嚐得到酸味。雲尾伸出爪子，戳進柔軟的地面，彷彿把腳下踩的泥地當成了影族貓的身軀。蜜妮停在白色戰士旁，尾巴蓬了起來，而松鼠飛則弓起了背。

一聲低吼自蜜妮喉間響起。「他們想入侵嗎？」

獅焰貼平耳朵。「諒他們也沒那個膽子！」

影族戰士不停嗅聞樹木和蕨叢，似乎在找什麼。

「來吧！」獅焰往前衝。

灰紋跟在後面，松鼠飛和蜜妮一個跳躍尾隨。雲尾轉個方向，改從側翼保護隊員。雷族戰士們在邊界處煞住腳步，影族戰士被他們嚇了一跳。獅焰認出了鼠疤、煙足和鼬掌。他低吼一聲，瞄見曦皮也跟在他們後面，雪鳥和橡欖鼻站在她旁邊。

「你們來這做什麼？」他掃視雷族這頭的領地，尋找影族留下的爪痕或葉叢被弄亂的痕跡。

「別費神了，」鼠疤挺起肩膀，嘶聲說道：「我們沒有越過氣味記號。」

煙足上前一步。「少裝模作樣了！」

雲尾當場愣住。「你胡說八道什麼？」

鼬掌衝到邊界處，嘶聲說道：「有隻雷族貓曾跑進我們的領地。」

獅焰又嗅聞了空氣一次。**鴿翅！**他聞到她的味道，這味道比邊界影族貓留下的氣味記號還新鮮。**她一定是常來這裡監視對方**。

曦皮從鼠疤旁邊衝過來，傾身探過邊界，呸口罵道：「所以你們不只是冷血兇手，還是侵入者！」

「我來聞聞看，」他大步跨過邊界，尾巴在後面揮打，一聞到鴿翅的氣味，立刻站在上頭，用自己的味道加以掩飾。「我什麼也沒聞到。」

鼠疤瞪著他。「滾出我們的領地。」

影族戰士朝他逼近，獅焰縮起爪子。這是個大好機會，可以向煤心證明他也能掌握自己的命運。

「快回來！」灰紋下令道。

「有什麼關係？」獅焰慢慢環顧影族貓。「你怕我傷了誰嗎？」

「回來，獅焰！」灰紋吼道：「我們不是來這裡找碴的。」

獅焰抬起下巴。「也許應該說還好我們剛趕到，才沒讓對方有機會找我們碴。」他吼道。

鼠疤退了回去。「他瘋了是不是？」他緊張地瞄了灰紋一眼。

灰紋瞇起眼睛看著獅焰。「你確定你要這麼做？」

松鼠飛瞪大眼睛。「回來，獅焰！」

獅焰朝她彈彈尾巴。「他們說雷族貓踏進他們的領地，」他吼道：「我不過是送給他們一點證據好撒謊啊。」他朝鼠疤呸口道：「現在你高興了吧？」

「伏掌，」鼠疤瞇起眼睛，低聲道：「你不是想找個機會練習一下你的格鬥招式嗎？」他朝獅焰點點頭。「可以找他試一試啊。」

伏掌動動鬍鬚，這隻瘦巴巴的見習生蹲伏下來，準備攻擊。**別找這傢伙來好嗎?**獅焰豎起毛髮，很是不悅，影族貓這時撲了上來。獅焰撐起後腿，前爪一揮，輕鬆擋掉伏掌。**要是見習生就能把我打敗，那我不成了笑話了?**伏掌蹣跚爬了起來，獅焰怒目瞪向鼠疤。「原來影族都是先派見習生來當替死鬼嗎？」

鼠疤咧嘴露出黃汙的尖牙。

獅焰再次挑釁。「你是要我先解決掉他，再來解決你？」

鼠疤怒聲一吼，撲了上去。

「快去幫他！」松鼠飛衝上去，但灰紋用前腳壓住她尾巴。

「是他起的頭。」戰士吼道：「讓他自己收拾爛攤子。」

「不！」鼠疤撞上來時，獅焰這樣大喊道。他抬起雙腳護住臉，擋住對方又猛又狠的攻勢，卻沒有試圖反擊。對方的拳頭如雨下，又快又急，獅焰低下身子，感覺到面頰、肩膀和腰腹的毛髮被硬生生扯掉。**不要反抗！不要反抗！**

他覺察到毛髮裡滲出鮮血，於是往旁邊一滾，順道用後腿推開鼠疤。**千萬不能讓他們發現我是故意輸他的。**他知道他的同伴們都在旁邊驚恐觀戰。他前爪一揮，使出標準招式想從下方勾住鼠疤的腳，但鼠疤不是笨蛋，反而及時躍起，獅焰只勾到地上的落葉。

這時有腳爪猛搥他，力道深到連獅焰都忍不住尖叫。**別的貓被攻擊時，也是這種感覺嗎？**

「滾出我們的領地！」鼠疤把獅焰往後用力一鏟，直接丟出邊界外。

「夠了！」灰紋咬住他的頸背，將他拉起來，「把他抓住！」他對著松鼠飛和雲尾下令道。

獅焰感覺到他們的爪子壓住他，縱然他想爬起來看眼前是怎麼回事，也只能趴在地上，口鼻緊抵著地面的草葉。

「對不起，」灰紋面對鼠疤。「我們並沒有侵入你們領地的意思。」

「難道雷族戰士連守則是什麼都忘了嗎？」鼠疤斥責道，眼裡閃過一絲得意。

「只是現在各部族的關係愈來愈緊張罷了。」灰紋提醒他。

曦皮縮起爪子。「那你們還不快滾回去！」

伏掌在邊界踱步，毛髮倒豎。「除非你們真的想開戰。」

灰紋貼平耳朵退了回去。「來吧，」他對他的隊員喊道。「我們回去。」

獅焰感覺到背上的爪子鬆了開來，趕緊一躍而起，頓時一陣刺痛，他卻頗為得意。**所以我不見得是所向無敵的！**他瘸著腿，跟著族貓離開邊界。**我可以選擇自己的命運！**

「告訴火星，如果再有雷族貓敢再越過邊界，我們一定會開戰！」鼠疤在他們身後吼道。

灰紋愣了一下，但仍然目不轉睛地看著前方。獅焰瞥了旁邊一眼，剛好撞上松鼠飛投來的驚駭目光。**他們一定以為我變成兔腦袋了！**他抬起下巴，默默走在同伴後面。

「看在星族份上，你腦袋到底在想什麼？」灰紋突然轉身對獅焰吼道。

松鼠飛擋在他們中間。「他是故意越過邊界的，」她搜尋獅焰的目光。「對不對？你在幫忙掩飾雷族貓的氣味，我說得沒錯吧？」

灰紋頂開松鼠飛。「那也不用去挑釁啊！」

獅焰從灰色戰士旁邊擠過去。「對不起，好不好？」

灰紋吼道：「我們就聽聽火星怎麼說。」

巡邏隊繼續默默前進。獅焰每一步都踩得他臉部抽搐，鮮血汩汩滴進眼睛裡。

雲尾緩步走到他旁邊。「我扶你。」他低聲道。

獅焰搖搖頭，加快腳步，第一個回到營地裡。

「獅焰！」他蠕動身子，鑽過荊棘隧道，迎接他的是沙暴的驚呼聲。

「你怎麼了？」蛛足一路躍過空地。莓鼻和罌粟霜擠在旁邊。

「影族巡邏隊。」獅焰嘀咕道。

罌粟霜驚訝地瞪著他看。「可是你是我們族裡最厲害的戰士。」她眨眨眼睛，這時其他隊員也從隧道裡出來。「影族巡邏隊的火力八成很猛。」

「獅焰？」他聽見煤心的喵聲，立即朝獵物堆轉身，她正把一隻歌鶇鳥放進獵物堆裡。獅焰眨眨眼睛，擠掉眼睛四周的血，直視著她。

「你怎麼變成這樣？你不可能受傷的，發生什麼事了？」煤心走了兩步，來到他身邊，伸舌舔掉他身上的血，然後突然愣了一下。「會發生這種事，只有一個原因，你故意受傷的。」她在他耳邊壓低聲音，只讓他聽見。「告訴我，你不是故意的。」她退後幾步，瞪看著他。

「你說過，我們可以選擇自己的命運。」他提醒她，但卻感覺到恐懼像石頭一樣壓住他。

「所以我選擇這次當個平凡的戰士。」

煤心眨眨眼。「我告訴過你，我們必須作出正確的選擇。」

「妳怎麼知道我的選擇不正確？」

「你看看你！」她嘶聲道，伸爪指著他的傷口。

煤心背上的毛髮豎得筆直離去，獅焰的心跟著碎了。這時一團灰色身影出現在他眼角。

「來吧。」松鴉羽站在他旁邊，把他輕輕推向巫醫窩。獅焰準備接受另一場斥責，他想松鴉羽一定會罵他是鼠腦袋，甚至說他是叛徒，因為他否定了預言。但松鴉羽只是帶著他穿過刺藤隧道，進入巫醫窩。

蕾光正躺在臥鋪裡。她撐起前腿問道：「怎麼了？」她一看見獅焰，立刻倒抽口氣。

「去拿點獵物來。」松鴉羽告訴她。

「可是……」

松鴉羽彈彈尾巴。「快去。」

蕾光只好從臥鋪邊緣撐起身子，拖著後腿爬出巫醫窩。

松鴉羽緩步走到窩穴後方的岩縫處。「坐下。」他把頭探進暗處，拉出一團草葉，然後蹲下來，開始嚼成藥泥。

這時窩穴入口的刺藤簾幕猛地揮開。「你要不要跟我解釋一下到底是怎麼回事？」火星站在入口，綠色眼睛射出怒火。「灰紋說是你去挑釁影族巡邏隊的！」他打量著獅焰，耳朵不停抽動。「為什麼你讓他們把你打成這樣？」

獅焰愣了一下。「我一定得每次都贏嗎？」

「沒錯！」火星的鼻子湊了過去，正對他的臉。「這是你的天命！也是預言裡已經決定的事！」

獅焰怒聲一吼。「所以我一點選擇也沒有？」

「是的，你沒有選擇！」火星縮起爪子。「你必須服從自己的天命！」

憤怒像野火燎原一樣橫掃他全身。「我真希望我不必服從天命！這從來不是我想要的！你不能逼我做任何我不想做的事！」

火星瞪看他好一會兒，然後退後一步。「你說得對，獅焰，」他的聲音疲憊。「我不能強迫你走星族為你安排的路。」他轉過身，尾巴刷過地面。「你的命運由你自己決定。」

獅焰看著他的族長消失在刺藤隧道裡。「所以呢？」他轉身看著松鴉羽。「你是不是也要罵我笨？」他激動說道：「然後再提醒我這預言是全世界重要的事情。」

松鴉羽咬起一坨嚼好的葉子，緩步走到他旁邊，放地上後用腳翻動它。「我不想罵你。」

獅焰眨眨眼。「什麼？」

松鴉羽舔起一小坨葉泥，敷上他的傷口。獅焰咬著牙，驚訝這傷口竟然這麼痛。「你想說什麼，就說吧！」

松鴉羽用後腿坐下來。「我能說什麼？」他喃喃道：「萬一這預言也不能拯救這些部族，那該怎麼辦？搞不好這只是一群窮途末日的祖靈在絕望下最後僅存的希望。」他嗅聞獅焰面頰上那道很深的傷口。「你是打遍天下無敵手，鴿翅有順風耳，我可以在別隻貓的思緒和夢裡潛行。但這有用嗎？我們曾經差一點打敗過黑暗森林嗎？如果有的話，何必還要找第四隻貓？」

「所以你認為這預言拯救不了我們？」獅焰突然忘了身上的疼痛。

「我不知道。」松鴉羽嘆口氣，開始處理身上其他的傷口。

獅焰躺回堅硬的地面。他弟弟說對了嗎？這預言充其量只是星族最後僅存的希望？

第九章

「不，不對！」蜂紋吼道。

鴿翅霍地轉身，面對他，爪子緊緊攀住樹枝，以防從樹上掉下去。「是你要我爬樹的，我在爬啦！」她厲聲道。**為什麼我做什麼都不對？**

「我不是叫妳爬樹幹！」蜂紋沿著一根很粗的橡樹枝緩步朝她走來。「如果作戰的時候每隻貓都爬上這根樹幹，那不就亂成一團了。」他抬起鼻子，指指離他頭上兩條尾巴之距的一根樹枝。然後蹲伏下來，一躍而起，前爪攀住它，身子撐了上去。「該妳了。」他隔著泛黃的樹葉低頭看她。

鴿翅低吼一聲，蹲下去，繃緊肌肉，往上一躍，爪子戳進上方樹枝。她彈彈尾巴，敏捷地攀了上去，剛好落在蜂紋旁。「這樣可以了嗎？」她哼了一聲。

蜂紋瞥了瞥她剛踢下去的滿地落葉。「妳最好去爬一棵禿一點的樹。」他建議道：「不然每次妳一爬，就有一堆葉子掉下去，敵人一定知道妳在樹上。」

鴿翅閉上嘴巴，以免自己忍不住對這隻傲慢的毛球惡言相向。**真不敢相信我以前還以為我們會不只是朋友而已！**再次遇見虎心的她乍然明白自己以前的選擇有多蠢。**我以前會喜歡你，純粹是因為你是隻雷族貓。**如果是虎心，他才不會管她爬的是不是樹幹，或者會不會把樹葉弄得窸窣作響。他是貓戰士，不是嘮叨鬼！

他們一整個早上都在練習樹上作戰技巧，鴿翅覺得又熱又倦。「我們為什麼要學這個？」她對棘爪抱怨道：「哪有貓會跑到樹上打架？又沒有松鼠族！」

蜂紋眼帶警告地瞪她一眼。「閉上妳的嘴！」他嘶聲道。

這時棘爪已經沿著花楸樹的一根細樹枝跑過來，他的重量壓得樹枝上下抖動，嚇得蟾蜍步趕緊抓住樹枝不放，全身毛髮豎成針狀。棘爪輕鬆一躍，就從另一棵樹上跳過來，手腳輕盈到完全沒晃動到結實的橡樹。「我知道有些貓不喜歡樹上的訓練，」他沿著樹枝朝他們走來。「但這項技術可以讓我們比別族多占一點優勢。如果我們能在領地裡穿梭自如，從敵人的上方攻擊，一定會嚇得他們措手不及。」

鴿翅翻翻白眼。「我知道啊，可是蜂紋把我批評得好像我從沒爬過樹一樣。我每次犯點小錯，他就嗓門大到怕我沒聽見似的。」

蜂紋瞪著自己的腳爪。「我只是想幫忙。」

棘爪彈彈尾巴。「鴿翅，蜂紋對妳已經算很有耐心了。」

「耐心？」鴿翅反駁道。不管她做什麼動作，他都有意見。「我們可不可以直接學完空降攻擊，就去狩獵？」

「她已經可以學空降攻擊了嗎？」蜂紋問棘爪。

棘爪抽抽耳朵。「看她這種爬法，我想她還是先練習怎麼跌下去不會跌傷比較好。」

「好啦！」鴿翅怒瞪著他，厲聲道：「我再多練習幾次嘛！」她毛髮倒豎，直接跳上更高的樹枝，然後再往上跳，直到看見葉叢下方的棘爪和蜂紋成了兩小坨毛球為止。終於擺脫蜂紋的嘮叨，她於是呼了口氣，望向林子遠方。自從那天和虎心度過一夜之後，這還是她頭一回爬到這麼高的地方。她看得到他們曾經一起追逐玩耍的樹坡，感覺好遠啊，她不敢相信他們一個晚上竟然能走這麼遠的路。

她豎起耳朵，影族的聲音在邊界響起。鴿翅頓時愣住，趕緊聽仔細。

「去拜訪雷族有什麼意義？」她聽出鼠疤的吼聲。「火星一定會給一些有的沒的理由。」

黑星回答他。「他要給多少理由都可以，只要我們把話傳到就好。」

「他應該要感激我們沒把獅焰撕成碎片。」鼠疤咕噥道。

「影族貓！」鴿翅對下方的同伴嘶聲道。

她看見葉叢下方的棘爪瞪大著眼睛。「在哪裡？」

「往我們的營地來了！」她爬下來，滑過一根又一根的樹枝，終於回到棘爪和蜂紋旁邊。

蜂紋轉著耳朵。「我沒聽見。」

「這裡太多樹葉了。」鴿翅很快地說道：「上面聽得比較清楚。」

蜂紋甩著尾巴。「他們一定是想入侵我們的領地。」

到營地。」

「不是！」鴿翅飛快地動著腦筋，心想該怎麼向他們解釋影族貓是來找火星談事情，不是入侵營地，但又不會在話裡頭洩露出自己的特異功能？「聽那聲音只是一支很小型的隊伍，沒有刻意不出聲，怕我們察覺。」

鴿翅聽到影族隊伍正經過古橡樹。「如果我們動作快一點，應該可以趕在他們到達之前回到營地。」

「我們應該先追上他們，」蟾蜍步吼道：「再提議由我們護送他們去營地。」

鴿翅朝營地的方向彈彈尾巴。「可是我們不是應該先警告火星嗎？」

「妳說得沒錯。」棘爪縮起爪子，回頭瞥了林子一眼。「讓他們自己找路去山谷吧。」他跳開來，改走另一條小路，直穿空地中央，繞過練習坑。

鴿翅又仔細去聽影族隊伍的動靜，發現他們已經不再交談，但仍聽得見地上的腳步聲，表示他們正往營地來。她加快腳步，跟在棘爪後面，後者正在前方的灌木叢裡穿梭疾行。蟾蜍步殿後，腳步輕輕踩踏著地上的落葉。

他們跑進山谷，這時鴿翅聽見後方傳來蕨葉的沙沙聲響。她直覺轉頭，一眼瞧見鼠疤和虎心現身坡頂。伏掌站在他們旁邊，兩眼閃閃發亮。

黑星從後方走出來，瞪看下方的雷族戰士。「我是來找火星的。」

棘爪垂下頭，以尾巴示意。

火星正等在擎天架下方，他的頭抬得高高的，毛髮平順。鴿翅趕緊從空地邊緣過去找她的族長。「他們是來找你談上次和獅焰起衝突的事。」她低聲道。

「謝謝妳，鴿翅。」火星移動腳步，抬高下巴，這時黑星已經停在空地中央。「獅焰！」

獅焰從戰士窩裡慢慢走出來，瞇起眼睛，毛髮間依稀可見上次打架留下的傷，口鼻處也仍有血跡已乾的長形傷口。他的目光掃過黑星，迎向火星。「他們來做什麼？」

黑星吼道：「你心裡清楚得很。」

火星上前一步。「獅焰上次越過你們的邊界，引起紛爭。」

鼠疤齜牙咧嘴。「至少他們還肯承認。」

「雷族戰士不會說謊，也不會為自己犯下的錯找任何藉口。」火星的綠色眼珠瞟向獅焰。

鴿翅感覺到空氣的緊繃。她目不轉睛地看著黑星，不敢移向虎心，即便他那身光滑的暗色身影一直在她眼角閃現。

火星的尾巴抽了抽，對獅焰皺起眉頭。「你怎麼說？」

獅焰的爪子不停地一張一縮，最後收了起來。「對不起。」他咕噥道。

黑星偏著頭。「看你那副樣子，我一點也不驚訝你會說對不起。」他轉身對火星說。「鼠疤是一位傑出的戰士，只不過他以為獅焰會很難打敗。」

「簡直就像跟一個見習生對打一樣。」鼠疤奚落道。

獅焰貼平耳朵，鴿翅聽得到金色戰士的喉嚨裡發出隆隆低吼。

黑星繞著他的族貓走。「現在這時候就優勢不再，恐怕不太好吧？」他對火星挑釁道。

火星上前一步，毛髮豎成針狀。「現在這時候就來威脅我們，也不先想想後果會如何，恐怕也不太好吧。」他一無所懼地迎視影族族長。「我想你們應該離開了。」

「除非你保證你的戰士們不會一而再、再而三的越界。」黑星回嗆道。
「我只越界過一次。」獅焰嘶聲道。
「我們有聞到別隻貓的味道。」伏掌脫口而出。
鴿翅吞吞口水。**我應該更小心才對！**她偷瞄虎心一眼，只見他瞪著自己的腳。
火星的耳朵抽了抽。「你確定你的族貓沒把兔子的味道誤認成戰士的味道？」
黑星的目光掠過獅焰。「就算我們誤認了，也不能怪我們，因為味道太像了。」
「你在影射我嗎？」
火星阻止獅焰。「你們該離開了。」他命令黑星。「需要我們送客嗎？」
「越界的事怎麼說？」黑星堅守底線。
「以後不會再有雷族戰士越過你們的邊界。」火星告訴他。
黑星彈彈尾巴。「很好，」他轉身朝屏障走去。「不用送了，我們會找到路自己回去。」
鴿翅看著虎心跟著影族族長離開。他經過她時，目光迎了上來，她趕緊瞥開，全身發燙。
影族隊伍一走，蜂紋立即穿過空地。「妳還要去狩獵嗎？」
鴿翅朝他眨眨眼。「你說什麼？」
「妳剛剛不是說，上完爬樹課後，想去狩獵。」
「有嗎？」鴿翅看著入口。虎心剛剛鑽出去的荊棘叢仍在微微抖動。
蜂紋豎起背上毛髮。「我們出去的時候，也可以順道監看一下影族有沒有真的離開。」
鴿翅避開蜂紋的目光。「我們找狐躍一起去。」她不想單獨和蜂紋出去狩獵，他只會不斷挑剔她的追蹤技巧。「嘿，狐躍！」

那位黃褐色的戰士正在山谷入口處踱步。「什麼事？」

「我們要去狩獵，」鴿翅喊道：「要不要一起來？」

狐躍瞇起眼睛。「我想先去確定黑星已經離開我們的領地。」

蜂紋伸出爪子。「這件事也可以順便辦啊。」

花落穿過空地。「我也一起去，」她低吼道：「我現在舌間還聞得到影族的氣味。」

蜂紋往入口走去，花落從他身邊衝過去，率先鑽出營地。狐躍追在他們後面。鴿翅停下腳步，空地到現在都還聞得到虎心的味道。

「快來啊！」狐躍用尾巴朝她示意。

她快步追上。等她跑出荊棘隧道時，蜂紋、狐躍和花落已經衝上斜坡。

「我們要去影族邊界。」蜂紋回頭喊道：「要不要一起來？」

「我去山毛櫸林那裡檢查一下，免得他們誤入林子。」鴿翅很高興終於可以自己獨處。

「噓！」接骨木叢裡突然傳出嘶聲，嚇了她一跳。

鴿翅嗅聞空氣。「虎心！」她的心頓時抽緊，趕緊轉身，掃視林裡有沒有其他貓兒。

「放心，」虎心從灌木叢底下鑽出來。「他們都在忙著追蹤黑星，我是折回來找妳的。」

「你怎麼知道我會出山谷？」

他的鬍鬚抽了抽。「直覺囉。」

她平貼耳朵。「你是認定我一定會出來追你啊？」她憤憤不平地說道。

「我又不是每天都能找到藉口來雷族領地。」虎心聳聳肩。「只能儘量抓住機會了。」他那雙淡色的眼睛頓時柔和了起來。「我好想妳。」

鴿翅的頭靠在他肩膀。「我也是。」

「我不能久留，」虎心的目光越過她的頭顱。「我告訴他們我留下來查探氣味，看能不能找到當初在邊界那裡聞到的味道。」

鴿翅垂下目光。「我們不能再犯同樣的錯。要是兩族發生戰爭，我們會更難見到彼此。」

「下次我們去邊界以外的地方見面。」

「兩腳獸的巢穴？」

虎心點點頭。「妳今晚能來嗎？」

鴿翅興奮到連腳掌都好像在滋滋作響。「我會儘量趕在月正當中前到那裡。」

「太好了，」虎心從她身邊抽開身子，開始往林子走。「我等不及了。」他回頭看她，琥珀色的目光看得她的心神盪漾。

鴿翅目送著他一路跳躍進林子裡，興奮到全身發抖。

「妳有沒有聞到影族的味道？」旁邊蕨叢突然一陣抖動，蜂紋緩步走了出來。

鴿翅趕緊保持冷靜。「哦，是啊，我也聞到了。」她不安地蠕動著腳。「他們剛剛一定是走這條路。」

蜂紋皺起眉頭。「我剛剛追蹤的時候，還以為他們已經過了邊界。」

「或許他們又繞回來了，你沒注意到而已。」鴿翅抽抽耳朵，儘量裝作不在意的樣子。

「他們現在走了。」她嗅聞空氣，細細品味虎心漸淡的氣味。「這味道已經淡了。」

蜂紋皺起鼻子。「典型的影族作風，」他低吼道：「行事從來不光明正大，他們只是來營地裡炫耀他們打敗了獅焰而已。」

「影族貓向來狐頭狐腦。」鴿翅看著自己的腳。**但是長得很帥**。她抬起頭來，卻看見蜂紋眼色黯了下來，裡頭藏著憂色。

「對不起。」他脫口而出，尾巴掃過地面。

「對不起什麼？」

「剛剛上爬樹課的時候，我一直挑妳毛病，很對不起。」

鴿翅早忘了這回事。「哦，」她用尾尖彈彈他的肩膀。「沒關係，其實我那時候也很討人厭。」

蜂紋眼睛一亮。「那倒是真的。」

「嘿！」鴿翅伸出腳玩笑地打他。

蜂紋低下身子閃過，喵嗚笑道：「我們要不要去狩獵？」

「好啊。」虎心應該已經出邊界了，但為了保險起見，鴿翅故意帶蜂紋往反方向的林子深處走。「我們去看看山毛櫸林那附近有什麼。」

「快！」星光斑駁灑在兩腳獸窩的屋樑上，鴿翅從上方一躍而下。「我們去河狸小徑。」

虎心在她旁邊著地。「河狸小徑？」

「就是我們當年去水壩的那條路啊。」

虎心眨眨眼。「那好像是八百年前的事了！那時我才剛當上戰士。現在雖然我還是我，但總覺得我好像已經變了很多，妳懂我的意思吧。」他的眼睛若有所思地瞇了起來。

鴿翅完全懂他的感受。她那時也才剛知道自己是三力量之一，而當時她並不曉得這個身分對她這一生的影響有多大。**現在全部族都得靠我**。她的胃頓時抽了一下，趕緊甩開黑暗森林和戰爭即將來臨的念頭。現在她只想在這裡陪著虎心。「下個落葉季，你恐怕就得住在雷族了，」她低聲道，這想法令她心情瞬間歡喜了起來。「我們可能會有小貓。」

虎心頓時從她身邊抽開，她心底一涼。「咳！」他瞄她一眼，仍然踱著步。「現在說這些還太早吧，不是嗎？」他的聲音很輕，但每個字都像爪子一樣劃在鴿翅的心裡。

「是……是太早了點！」她幹嘛脫口而出這種無聊話？就算虎心還沒做好心理準備也沒關係，**反正當戰士的感覺也不錯**。

她的耳朵抽了抽。有聲音？她仔細去聽。有腳步聲正穿過雷族領地，就在他們下方遠處。**也許是火星派出夜間巡邏隊**。她試圖聽出聲音的源頭，但聽起來很陌生，語氣帶著憤怒。

「來吧！」虎心用尾巴彈彈她的腰腹，隨即衝進暗處。「我們來賽跑！」

「你會輸的！」她追在後面，腳下枯葉飛濺。森林在她的奔馳下模糊成一片，腳步不斷拍擊地面。虎心的身影在林間忽隱忽現，只離她幾條尾巴之距。「我會抓到你的！」她大喊道。血液衝上她的腦門，淹沒了雷族領地傳來的低語聲。可能沒什麼大不了吧，就算她有一個晚上不在，她的族貓也應該應付得來。

第十章

藤池全身發抖，腳下薄霧縈繞，黑暗森林似乎變得比以前更冷。這裡也有禿葉季嗎？她抬頭看著林子，搜尋枯黃的樹葉，但黑暗吞沒了樹木的枝椏。

「今晚一切都會改觀。」

虎星的吼聲嚇得她回神。暗色戰士站在地上的枯木上，爪子蜷進黏滑的青苔裡。破尾、鷹霜和暗紋抬頭看著他，楓影則和雀羽留在暗處裡沒有出來。薊爪和碎星眼睛瞇成細縫旁觀。蘋果毛、穴飛和紅柳聚在一起，興奮到毛髮豎成針狀。樺落和甲蟲鬚也在那裡，虎心和荊豆皮也在。**怎麼會有這麼多貓相信虎星的謊言呢？**

虎星的眼睛銳光一閃。「這是第一次任務，以後還會有很多次。」

藤池往花落挨近。「很多次什麼？」她沒有仔細聽。

花落把嘴巴湊近藤池的耳朵。「特殊巡

邏。虎星打算帶我們進入部族的領地。」

藤池頓時感到反胃。她瞪著暗色戰士，後者的肩膀在詭異的幽光下波動起伏。

「知識就是力量！」虎星的琥珀色眼睛掃過群眾，落在她身上。

藤池一無所懼地迎視他的目光，抬高下巴，聽他講下去。

「熟悉戰場地形將帶來難以想見的優勢，因為你的敵人絕對料想不到這一點。你們大部分都還不太熟悉湖邊的領地，所以我要帶著你們逐一拜訪各部族，這當然不能讓部族貓知道，不過你們將因此得知哪些作戰地點最有利於己。」

紅柳上前一步：「知道哪裡可以埋伏！」

穴飛刨抓著地面。「哪裡可以陷住你的敵人！」

薊爪甩著灰色的長尾巴。「哪裡可以追趕你的獵物。」

獵物？藤池將爪子戳進地裡，免得腳忍不住發抖。他是指戰士嗎？

花落的鼻息呼在她耳邊。「四族會在重要時刻聯合起來。」她正在引述火星的話！「無論哪個部族需要幫助，我們都能馳援抗敵。」

藤池扭頭看著自己的族貓。**你怎麼會這麼笨？**她又轉頭去看虎星。「我們要從哪個部族先開始？」她喊道。

虎星的鬍鬚抽了抽。「雷族。」

「我倒很想見識一下。」楓影蹣跚走上前來。

「我也是！」雀羽跳到身形已然模糊的戰士旁邊。

虎星瞇起眼睛。「還有其他志願者嗎？」

虎心和荊豆皮走上前去。

虎星點點頭。「河族呢？」他的目光停在甲蟲鬚身上。「你會來吧，還有穴飛。」

藤池直視虎星。他只打算帶其他部族貓去熟悉雷族領地嗎？她上前一步。「那我的見習生呢？」她質疑道：「樺落和紅柳也應該去。」藤池朝花落偏著頭。「還有她。」**快點啊！快拒絕啊！**如果虎星只肯向雷族的敵營介紹雷族領地，那他們就應該看得出來，虎星這麼做不是為了四族好，而是為了遂他一己之私。她希望虎星露出馬腳。

虎星垂下頭。「很好，藤池，他們也可以來。」

「那我呢？」她上前一步。

虎星露出尖牙。「當然可以，」他圓滑地說：「妳可以當我們的嚮導。」暗色戰士向碎星點個頭。「等我們回來，再向你們報告。」他躍下腐木，緩步走進林子裡，同時以尾巴示意他們跟上。

藤池跟著隊伍走，同時回頭環顧，掃視所經之處的林子和灌木叢。如果這條路是黑暗森林到湖邊領地的唯一通道，她就一定要牢牢記住。他們穿過陰暗的林間空地，經過惡臭的泥塘，越過泥濘的溪流。腳下的地面，從一開始溼滑的青苔，突然變成柔軟的草地。藤池抬頭一望，終於可以看見頭上樹木的枝椏。黑影消散，上方是袤廣的星空和皎潔的月亮。

我們已經穿過了！她沒有立刻認出眼前高聳的斜坡。可是等到爬上去之後，小徑開始出現茂密的刺藤叢，四周林木就變得熟悉了起來。路旁蕨葉充斥著濃郁的雷族氣味。

穴飛皺起鼻子。「你們怎麼受得了這麼臭的地方？」他向藤池低聲問道。

藤池用尾巴彈彈河族戰士的耳朵。「如果你能忍受我們的氣味，那麼等我們去拜訪河族領地時，我也能忍受你們的氣味。」她取笑道。

紅柳走在他們旁邊。「謝謝妳讓我加入，」他低聲道。「我覺得學得愈多，就愈能儘早成為真正的黑暗森林戰士。」

「真正的黑暗森林戰士？」藤池扭頭瞪著他看。「你不是只想成為最厲害的影族戰士嗎？」

「黑暗森林戰士比影族戰士強多了。」穴飛輕推她。「而且他們不在乎什麼守則不守則。」

紅柳點點頭。「我覺得和我的族貓在一起時，就好像在訓練小貓似的。」

「在這裡，只有強者才能生存。」穴飛低吼道。

「部族也應該這樣才對。」紅柳補充道。

藤池瞪著他。「你是說如果你的族貓很弱，你就不想管他們的死活了？」

紅柳的眼裡閃過一絲倉皇，彷彿突然發現自己洩露了太多心事。「當……當然不是這意思。」他的目光瞟向穴飛。「我們只是覺得我們可以從黑暗森林的戰士身上學到很多，就這樣而已。我們可以成為真正的戰士。」

「是啊，」藤池繼續往前走，試圖不讓毛髮被他們的這番話給嚇得豎成針狀。「我想這也是我們在這裡受訓的目的。」

虎星停在斜坡頂，後方林子可以看見下方的湖水。「你們看這裡的樹幹這麼粗。」他朝一棵結實的山毛櫸點頭示意。「這也是為什麼我們在黑暗森林裡要教會你們爬樹。因為在雷族領地裡，是以林間作戰為主。」他的目光落向花落。「妳解釋一下好了。」

花落擠到隊伍前面，挺起胸膛。「所有雷族貓都要學爬樹，這樣才可以從樹上伏擊敵人，完全不用落地，從一根樹枝跳到另一根樹枝，穿越整座森林。」

「跟松鼠一樣。」紅柳喃喃說道。

花落彈彈尾巴。「我們可以像松鼠一樣移動位置，像狐狸一樣作戰。」

藤池背上的毛豎了起來，花落把雷族的祕密全洩露光了！「我們現在幾乎很少採用樹上戰術。」她很快地撒了個謊。

「可是鴿翅和棘爪很久以前就開始練習爬樹了。」花落脫口而出。

藤池捕捉到樺落的目光，慶幸他的眼裡也有憂色。他瞭解這其中的風險性。

「花落，不需要讓他們知道所有事情。」樺落出聲警告。

「別擔心，樺落，」虎星換個站姿，喵聲道：「我們是朋友。」他目光掃過整支隊伍。「現在我們都是同部族的，所以沒必要隱瞞彼此。」

楓影用力踱步，爬上斜坡，停在虎星旁邊。「也許樺落不覺得他是我們的一份子。」語調裡帶了一絲威嚇。

「他當然是我們的一份子！」藤池吼道，挺身站在她父親前面。

「那他為什麼不告訴我們有關雷族領地的事？」虎星勸誘。

「這……這裡都是林子，」樺落開口，藤池從他顫抖的尾尖感覺得出他的不安。「只有通往湖岸和風族邊界的斜坡沒有林子。」

「所以雷族比較擅長在林子裡還是開闊的空地作戰？」虎星追問。

樺落緊張地看了荊豆皮一眼。「我想雷族比較擅長在林子裡作戰。」他承認道：「我們會利用矮木叢來誘捕敵人。」

完了，什麼都招了！藤池緩步走上坡頂，掃視河族那頭的湖水。「甲蟲鬚，何不由你來介紹一下你的領地？」

甲蟲鬚抬起尾巴。「我們有松樹，沒有橡樹。」他開口道。

斜坡底的刺藤叢傳來窸窣聲響，藤池愣了一下。「有貓來了！」蛛足的身影正在下方的矮木叢裡移動，棘爪跟在後面。

「你確定你有聽到聲音？」棘爪問道。

「我在入口擔任守衛的時候，聽到腳步聲。」蛛足有點結巴。「老實說，我一開始並不確定是不是腳步聲，我以為是自己想像出來的。可是後來我聽到有聲音從那個方向傳來。」

「希望不是風族又來犯了。」棘爪低吼道：「我們應該檢查一下那條地道入口。」

「可是那聲音是從這裡傳來的。」蛛足走上斜坡，身影消失在蕨葉叢裡。

「我們得馬上離開這裡！」藤池的雙耳立時充血，對虎星嘶聲道。

「那不就錯過了練習戰技的機會？」虎星呸口道。

「不行！」恐懼竄上藤池全身。「快帶我們回去！」

「妳是怕被妳的族貓發現嗎？」虎星在她耳邊低語，聲音輕到像在呼吸一樣。

我絕對不能讓他們知道我和黑暗森林有來往！他們下方的刺藤叢沙沙作響，藤池開始驚慌。「如果他們發現我們在這裡，」她低聲道：「以後就會派出夜間巡邏隊。」虎星的耳朵不停抽動，這使她的心裡燃起一線希望。「等到最後開戰時，我們就失去了乘其不備的優勢。」

虎星瞇起眼睛。「你說得對。」

暗色戰士以尾巴示意，帶著隊伍沿坡頂快速安靜地離去，藤池終於才鬆了口氣。藤池躲進刺藤叢和地上蔓生的杜松林裡，放低身子，跟著虎星前進，不時回頭察看其他隊員有否跟上。矮木叢愈來愈暗，等到她抬頭看時，月亮已經消失，腳下地面又變得泥濘，糾葛的荊棘叢取代了蕨葉，空氣裡充斥著腐臭味，藤池皺起鼻子。他們又回到黑暗森林了。

正當隊伍穿過黏滑的刺藤叢時，虎星突然停下腳步。

楓影繞著他轉。「我們為什麼不留下來打一架？」

花落抬起鼻子。「我們是去那裡學習，不是去打架。」

紅柳坐了下來。「我從來沒深入過雷族領地。」他用爪子刷刷自己的鬍鬚。「等你們看過影族的林子，就會知道有多不一樣了。」

「河族領地也是。」穴飛附和道：「蘆葦灘最適合伏擊了。」

雀羽縮張著爪子。「我希望能多瞭解你們的領地。」

他們難道看不出來他眼裡的威嚇之意嗎？正當藤池緊張地瞪著那位黑暗森林戰士時，突然有爪子戳她肩膀。

「不准妳再像剛剛那樣質疑我的命令。」虎星把她撞到地面，眼裡射出怒火。

藤池痛得扭動身子，怒目回瞪他。「我只是想保護這支隊伍！」

樺落緊張地瞪大眼睛，走向虎星，藤池愣了一下。**千萬不要幫我辯解，這只會對我們兩個更不利。**

樺落面對虎星，「我們去湖邊的目的究竟是什麼？」

他在試圖分散他的注意力。藤池鬆了口氣，很是感激。虎星的爪子戳進她的肩膀，痛得她臉部抽搐。「藤池，何不由妳來向妳的族貓解釋呢？」老戰士吼道。

藤池嚥了嚥口水。「一名優秀的戰士必須熟知地形。」她氣喘吁吁。

虎星鬆開他的箝制。

「我們的作法完全符合戰士守則。」藤池繼續說道。她掙脫虎星，站在她父親旁邊。「把湖邊所有地形都當成自己族裡的領地來認識，這將有利於我們彼此協防。」她討厭為虎星辯解，但只能靠這方式來掩飾自己的不忠。

一個吼聲從虎星身後傳出。「進行得怎麼樣了？」碎星走進空地。身後的黑暗森林戰士像大老鼠一樣蜂擁而出，個個眼裡都閃著好奇。

「怎麼樣？」破尾低吼道。

「你們看到星星了嗎？」暗紋嘲弄道。

藤池環顧這一張張帶著傷疤、表情陰沉的臉，不禁想起她那些正在山谷裡安穩睡覺的族貓。**他們不知道自己身陷危險。**她難過到心裡隱隱作痛。**但是我保證，只要我有一口氣在，一定會誓死保護你們。**

第十一章

太陽落向林子後方，陰影籠罩山谷。松鴉羽坐在巫醫窩外面，感覺陽光正慢慢消失，全身不禁打起寒顫，族貓正在四周交談。

「一定是惡棍貓。」棘爪的尾巴彈打著擎天架下的地面。

「可是蛛足說有部族貓的氣味。」火星直言道。

沙暴在她的伴侶旁邊不安地踱步。「會不會是其他部族已經結盟了，準備要對付我們？」

「他們為什麼要結盟？」松鴉羽聽見雷族族長的聲音帶著一絲緊張。

灰紋八成也聽到了。「我們要先做好萬全準備。」他輕聲警告。

火星的思緒裡帶有一絲絲的絕望，松鴉羽感覺到他刻意揮開那念頭。「我們先做好準備。」火星腳比劃著。「棘爪，白天派出更多巡邏隊，夜裡也要確實巡查邊界的動靜。」

棘爪的身上釋出驚訝的氣味。「你要動員

整個部族嗎？這樣恐怕會造成大家無謂的恐慌。」

「如果真的有危險，就應該讓大家知道。」火星語氣嚴厲。

松鴉羽把注意力轉向其他族貓，感覺得到他哥哥身上傷口的疼痛。獅焰正在吃老鼠，每咬一口，臉頰上的傷便刺痛一次。**是你自己選擇受傷的！**他雖然氣惱獅焰這個決定，但並不驚訝，因為他能明白他哥哥為什麼想逃避這條命定的道路。

這時傳來爪子刮抓地面的聲音，薔光正拖著身子朝他爬來，強而有力的前爪深戳進地面。

「我要回我的臥鋪了。」她經過時，告訴松鴉羽。

她很累。他突然擔心起來，直覺她的身體有恙。「我也要回去了。」她的身上立刻釋出憤怒的氣味。「我自己能照顧自己。」

「我知道，」松鴉羽回答。「可是我也睏了。」

他跟在她後面鑽進巫醫窩。「妳為什麼這麼累？」他試圖隱藏聲音裡的掛慮。

「蜜妮幫我想出一種新的運動。」薔光打個呵欠。「她和白翅把我抬高，讓我搆到山毛櫸的低矮樹枝，再用前腳巴住，能巴住多久算多久。」

「這聽起來很難。」松鴉羽非常刮目相看。

「能讓肚皮吹到風，這感覺也挺不錯的。」薔光喵聲道。

「如果繼續練習下去，也許有一天妳就能自己爬上樹了。」

「我會練到我能辦到為止。」薔光爬上臥鋪邊緣，然後滾進去。

松鴉羽穿過窩穴，直到前腳碰到她臥鋪旁的小樹枝才停下來。「這樣舒服點了嗎？」他傾身向前，在她四周塞進青苔，偷偷用口鼻探查她的體溫。感覺很涼，純粹是因肌肉疲累而無力，他滿意地退出來。「好好睡一覺吧，薔光。」

「你還好吧？」薔光的話嚇了他一跳。「感覺你好像有心事。」

「沒什麼。」他撒了謊，「我只是累了。」他轉身走向自己的臥鋪，覺察到薔光注視了他好一會兒，然候才聽見她安頓在臥鋪裡窸窸窣窣的聲響。他爬進自己的臥鋪，轉了幾圈躺下來，把鼻子塞進尾巴裡。

黑暗森林這幾個字不斷在他腦海裡閃現，他眨眨眼睛，想擠掉那些無處不在的黑影。他雖然看不見，但一直想像黑暗大軍正蜂擁而來。

琉璃苣的葉子可以退燒，貓薄荷可以治綠咳症。他為了擋住這些夢魘，開始在腦袋裡覆誦這些藥草。**酸模草治刮傷，小白菊降體溫**。

「星族幫不了你嗎？」

楓影的冷笑聲充斥他的思緒。**紫草治骨折**。

「我們馬上就要嚐到勝利的滋味了！」

他到現在還忘不了鷹霜當時把他推到泥地裡的感覺。**老鼠膽汁除壁蝨**。

「你這叫星權在握？」

松鴉羽貼平耳朵，彷彿這樣便可擋掉虎星的嘲弄。

金盞花防感染，款冬緩和氣喘，罌粟籽止痛、收驚、助眠。松鴉羽把思緒專注在牆上整齊堆放的藥草上，不停覆誦它們的名字，直到字句愈來愈模糊，最後沉入夢鄉。

等他眨眨眼睛睜開時，竟看見四周是濃密的綠色森林，林子裡充斥著熟悉的氣味。我在夢裡。樺落和蛛足的麝香味仍殘留在灌木叢間，顯然他們才剛巡邏過這地方，這裡是雷族領地。松鴉羽抬頭，看見樹頂上方閃亮的星空。附近有貓頭鷹尖嚎，在林間俯衝而下，樹枝微微顫動。

松鴉羽後方的蕨叢窸窣作響，他轉身嗅聞空氣。「鴿翅？是妳嗎？」

年輕的灰色母貓從葉叢裡鑽出來。

「鴿翅？」還有另一個喵聲與松鴉羽的呼應，原來是獅焰正沿著小徑朝他緩緩走來。

三隻貓看看彼此，一臉不敢相信。

「我是怎麼到這裡的？」鴿翅瞥了林子一眼。「我剛剛在臥鋪啊。」

「我也是。」獅焰停在松鴉羽旁邊。

「我們進入夢裡。」松鴉羽解釋道。

獅焰皺皺眉。「所以你們跑進我夢裡？」

「我們做的是同一個夢。」

「為什麼？」鴿翅窺探暗處。

松鴉羽朝旁邊的短坡走去，地上裂出一個凹洞，裡面的地道深不可測，散發出岩石和水的氣味。「我想我們應該下去。」

「你確定？」獅焰聽起來不太有把握。

鴿翅緩緩上前，嗅聞地道入口。「不然我們為什麼做同一個夢，又被夢帶到這地方？」她慢慢走進去，瞬間被黑暗吞沒。

「等一下。」獅焰瞪看著松鴉羽。「你的樣子好像你真的看得到地道。」

「我是看得到啊。」松鴉羽平靜地回答。

「怎麼可能？」獅焰瞪大眼睛。

「我在夢裡不是瞎子。」

「所以你知道我長什麼樣子？」這件事似乎令金色戰士很震驚。

松鴉羽瞇起眼睛。「你沒受傷的時候，看起來比較好看。」

獅焰彈彈尾巴。「我會痊癒的。」他跟在鴿翅後面鑽進洞裡。

松鴉羽也跟了進去，他擠到最前面。「我來帶路，」他告訴他們。「我不怕黑。」腳下地面泥濘潮溼，地道深處的地面更是冰涼，冰到連腳墊都有點痛。松鴉羽憑鬍鬚的觸感來帶路，地道曲折，牆面粗糙。「你們兩個還好嗎？」他回頭喊道。

「還可以。」獅焰的喵聲在岩面迴盪。「鴿翅呢？」

「我在你後面。」她回答道。

獅焰的鼻子碰到松鴉羽的尾尖。「你知道你要去哪裡嗎？」

「不知道。」可是他感覺得到腳步的堅定，好奇心驅策著他不斷往前。他聽見獅焰在他後面嗅聞空氣，舌頭舔著嘴脣。那位戰士的腦海裡充斥著利爪和鮮血的畫面。

「這次不會再碰到風族的貓了。」松鴉羽保證道。

「你們聽！」鴿翅停下腳步，身上迸出恐懼的氣味。

松鴉羽豎起耳朵，前面有潺潺水聲在岩壁間迴盪。松鴉羽感覺到他哥哥的身子從他旁邊擠過去，衝到最前面。

「我知道我們在哪裡！」獅焰喊道。

松鴉羽追上他。戰士厚實的肩膀背著光，原來地道前方出現一個大洞，月光透過洞頂上方的縫隙流瀉進來，照亮高聳的岩壁，一條熒熒閃爍的湍急小溪將沙地一分為二。

鴿翅緩步走出地道，眨眨眼睛。她停在溪邊，伸出腳爪去碰。黑色溪水立刻淹漫她的腳。

「你們來了。」

上方突然傳來粗重的聲音，嚇得她往後一彈。松鴉羽扭頭望向牆邊突出的岩架，月光照在一隻古怪的公貓身上，只見他蹲坐岩架上，全身光禿無毛，眼球灰白外突，皮膚蒼白多皺。

「他是誰？」鴿翅尖叫。

松鴉羽彈彈尾巴。「祂是磐石。」他抬頭望向古代貓。既然都已經沉默了這麼久，為什麼現在還要召喚他們來？他不禁一肚子火。上次磐石出現時，竟叫他撒手別救焰尾。松鴉羽貼平耳朵，瞪看著磐石。

「祢叫我別管湖裡的焰尾！祢是故意要讓別族的貓以為我是兇手嗎？」

磐石一無所懼地迎視他，彷彿看得見松鴉羽那身倒豎的毛髮。「這很重要嗎？」祂嘶聲道。「我不能讓你為了改變另一隻貓的命運而白白送命！」那隻醜貓齜牙咧嘴，盲眼掃過他們三個。「你們為什麼總是不肯好好走我們幫你們安排的路？」祂的喵聲帶著憤怒。

松鴉羽的爪子微微顫抖。**磐石這句話什麼意思？**

「祂究竟是誰？」獅焰低聲問道。

鴿翅抬頭瞪看磐石，嚇到動都不敢動。「祂從星族來的？」

磐石低吼道。「我不是從星族來的。早在星族出現之前，這裡就是我的地盤了。」

松鴉羽察覺得到哥哥的困惑。「你怎麼認識祂的？」獅焰邊偷窺磐石邊在他耳邊低語。

磐石從岩架上探出身子，左右搖晃頭顱，彷彿是一條準備攻擊的蛇。「松鴉羽和我已經認識好幾個月了。」祂低吼道。

「祂看得到我們嗎？」鴿翅盯著祂那雙灰白的禿眼。

磐石伸個懶腰，尾巴不耐地彈了彈。「我從來不知道你的同伴竟然這麼鼠腦袋。我召他們到夢裡來，他們卻問東問西，活像是兩隻頭一天離開育兒室的小貓。」

松鴉羽上前一步。「是祢召我們來的？」

磐石朝他眨眨眼。「你以為只有你能操控別隻貓的夢嗎？」祂哼了一聲，露出尖牙。「你們這群白癡！」祂突然踮起腳，弓起背，呸了一口。

獅焰立刻挺直身子，蓬起尾巴，爪子劃過地面。

「不要妄動。」松鴉羽低聲警告。

「是你們的錯！」磐石咆哮。「你們是三力量。若你們沒有出生，黑暗森林就不會崛起！」

松鴉羽愣在原地，滿臉驚訝。「又不是我們自己想出生的！」

「就是你們！」磐石呸口道：「你們應驗了最起初的預言，賜予了那些早該被貓族遺忘的敵人新的崛起力量。」祂在狹小的岩架上來回踱步，像隻被困住的大老鼠一樣扭動身子，憤怒使他那一身皺掉的皮像波浪一樣起伏。「現在又因為你們的存在，而使部族貓面臨最黑暗的時刻。」祂突然停下動作，從岩架上探身出來。「你們這些部族貓把過去的記憶留得太久了！你們記得死去的戰士，老愛流連那些舊日往事，不斷傳頌戰爭故事，其實你們早該把它們拋在腦後，不該留戀那些腐臭的記憶！」

松鴉羽吞吞口水，非常憤憤不平，磐石竟然敢貶抑部族貓的傳統。

「這場戰爭是部族貓自找的，」磐石吼道：「你們積怨太久，拒絕放手。那些殘忍邪惡的貓早該被遺忘，卻被你們牢牢記在心裡，才使他們有機會在星族邊陲的無星之地，找到邪惡的同類。」祂搖搖頭，放軟身子。「為什麼你們不能把他們從過去的記憶裡完全抹去？」

「那祢呢？」鴿翅上前一步，頸毛倒豎。「祢也希望祢從記憶裡被完全抹掉嗎？」

松鴉羽試圖拉她回來，但鴿翅掙開他，腳爪踏進水邊，眼睛眨也不眨地瞪著磐石。

磐石坐了下來。「是的，即便是我。」祂粗啞的聲音輕聲說道。

松鴉羽突然憤憤不平。**磐石怎麼能把錯都怪他們？**「我們認為榮耀祖靈是我們應當做的事。」

「所以才會造成部族今天的命運，」磐石肩膀垂了下來。「被牢記在你們心裡的都是些不存在的貓。」

獅焰抬起下巴。「榮耀祖靈能使我們變得更強大。」

「但現在卻成了你們最大的威脅。」磐石搖搖頭。「我們早就知道這一刻終將來臨，沒有黑暗，便沒有光明。而現在星辰之間的黑暗正在升起，光明不再。」祂又伸出鼻子，瞪大眼睛。「你們曾經是我們最後的希望，三力量加上第四力量！」

松鴉羽甩著尾巴。「我們現在還是啊！」

「是嗎？」磐石直視他，暗處的灰暗眼球閃閃發亮。「那為什麼還沒開戰，就先放棄了？」

鴿翅從溪邊縮了回去，溜回同伴身邊。獅焰垂下目光。松鴉羽還沒來得及查探他同伴的想法，罪惡感便先襲上了他。「殺無盡部落告訴我，光靠我們還不夠！」他把問題丟回去，他才不是毫無來由地喪失信心！「祂們告訴我，我們不能單靠三力量，我們必須找到第四隻貓。」

「那你們找到了嗎？」磐石嘶聲道。

松鴉羽縮了回去。「我們不知道去哪裡找。」

磐石打斷他。「你們只會閒聊瞎猜。沒有時間再這樣耗下去了！快去找第四隻貓！選定自己的命運！這是部族最後的希望！」

月光突然閃爍不定，彷彿有雲層剛拂過穴頂上方的洞。這時松鴉羽注意到岩架下方的暗處有眼睛在閃爍，原來是有幾隻貓兒蹲在那裡旁觀。松鴉羽趨近嗅聞空氣，那不是星族貓，祂們的毛髮沾染了天空和岩石風化的味道，彷彿來自更遠古的年代。**祂們是磐石的族貓嗎？**松鴉羽在裡頭聞到一個令他心跳不已的氣味，不禁愣了一下。**半月！**

現在松鴉羽可以從祂們當中分辨出半月那身蒼白的身影。但同時他也注意到祂們旁邊有一個龐然大物。一隻獾從容地走出暗處。

鴿翅挨著松鴉羽驚訝道：「那是午夜嗎？」她低聲問，「是育兒室傳說中的那一個嗎？」

松鴉羽點點頭。

獅焰推推他的肩膀。「其他貓是誰？」

松鴉羽注視著半月。「祂們是古代貓。」他近一點細看，結果在那幾張不太熟悉的臉當中認出了碎影和梟羽。「有些貓來自遠古的部落。」

「我們已經等得夠久了。」午夜的隆隆低吼在溪間迴盪，老獾那雙又圓又黑的眼珠子盯在鴿翅身上。「要學會誰才能相信，而真相只有你的心最明白。」她把那顆長著橫紋的大頭顱轉向獅焰。「不要閉上眼睛等待道路來選擇你，路要自己選，自己走。」

松鴉羽傾身向前，等著聽午夜要告訴他什麼。

「你！」她的目光突然射向他，他嚇得縮起身子。「當所有貓兒都閉上眼睛時，我們卻賜與這隻盲眼貓一雙看得見的眼睛。你的視界比誰都來得清楚，但也請反觀你的內心，看清自身的力量。」

就這樣？看清自身的力量。松鴉羽深感挫折。「不要再說謎語了。告訴我們該怎麼做才能拯救這些部族？起碼告訴我們誰是第四隻貓！」

磐石從岩架上吼道：「我們已經看見你們的軟弱，難道還要我們把你們變得更軟弱嗎？」祂爪子一揮，岩架上的沙礫如雨落下。兩根像碎骨一樣的尖銳碎片瞬間插進下方地面。「你們還不夠努力！」他厲聲道。

松鴉羽幾乎沒聽他說什麼，他目不轉睛地盯著掉下來的木片。他衝上前去，躍過小溪，繞過那些古代貓，走到碎片旁邊。

我的木棍！當他看見斷成兩截的古代枝條時，心跳開始加速。即便月光淺淡，他還是看得見上頭的爪痕，它記錄了幾世代以前地道裡迷途貓兒的生死。

「他們都是勇敢的戰士！」磐石低頭嘶聲對他說。「他們在黑暗中抓住機會，找到返回光明的路。」

松鴉羽瞪著刻印在木片上的一半爪痕。「也有一些貓找不到路回來。」他低聲道。他感覺到他旁邊的碎影縮起身子，落葉的死就刻印在上頭。

磐石從岩架上低頭探看，更多的沙礫灑將下來。「但至少他們努力過！」碎影移近了點。「有太多的貓在等你們。」她低聲道。

「早在部族還沒出現之前，他們就在等你們。」磐石補充道。

松鴉羽抬頭看見半月注視著他。「你們憑什麼拋棄我們？」祂懇求道。他看見了祂眼裡累積了幾世的悲傷，感覺到四周貓兒的頸毛都豎了起來。古代貓喉間發出隆隆低吼，他從祂們中間退了回去。尖叫聲響徹洞穴。

「你們竟敢拋棄我們！」

松鴉羽躍過小溪，跳回來蹲在獅焰旁邊。古代貓步步進逼，毛髮倒豎，眼裡噴出怒火。

「你要讓我們再全死一次嗎？」岩架上的磐石尖喊道。

溪水漫過松鴉羽的腳爪，他往後退，卻濺起更多水花。小溪淹出來了嗎？他低頭一看，頓時驚慌不已。溪水已經漫出邊緣，沖刷洞穴的地面，但不是黑水，而是猩紅的顏色。

是血！它流向松鴉羽的腳，浸溼毛髮。他忍住驚慌，不敢尖叫出聲。**這全是我的錯！**松鴉羽眨眨眼再度睜開，發現自己醒了過來，變回了瞎眼貓。恐懼使他的毛髮豎成針狀，心跳快到連身體都微微發顫。

快去找第四隻貓！磐石的聲音在他耳邊哀號。**快去找第四隻貓！**

第十二章

「獅焰，快出來！」

松鴉羽正嘶聲喚他，他霍地扭頭，從臥鋪坐起來，就著戰士窩裡的淺白晨光眨眨眼睛。那個夢仍在他的腦海裡清晰可見：洞穴、瞎眼公貓，還有像鬼魅般的古代貓。他撐起身子，爬出臥鋪，緩步走出窩穴，腳爪有點麻。他環顧四周，尋找松鴉羽，身體不住地發抖。

「獅焰！」松鴉羽從戰士窩旁邊衝出來。「我們必須討論一下那個夢。」

獅焰朝見習生窩的方向點點頭。「鴿翅醒了嗎？」

「我剛剛叫過她。」

松鴉羽還沒說完，鴿翅就從窩裡爬出來，睡眼惺忪。

「來吧。」松鴉羽匆匆往荊棘隧道走去，鴿翅緊跟在後，獅焰也尾隨其後。

松鴉羽繞過小徑的彎道，停在一株刺藤旁邊。獅焰也停在他旁邊回頭張望。

鴿翅兩眼發亮，她已經完全清醒了。「所以我們都做了同樣的夢？」

松鴉羽點點頭。

獅焰瞇起眼睛。「你以前見過那些貓？」

「是的，」松鴉羽厲聲道：「不過那不重要。」

鴿翅從獅焰旁邊擠過來，焦急地來回踱步。「我不敢相信這些貓等了那麼久！」

獅焰捲起尾巴。「早在部族還沒出現之前就在等我們了！」

「我們必須把注意力放在眼前的問題上！」松鴉羽堅持道，他的爪子不停縮張。「我們會在這裡是因為祖靈的信仰。」

「還有黑暗森林。」獅焰冷冷地提醒他。

「沒有信仰，就沒有黑暗森林，」松鴉羽哼了一聲，重複磐石的話。「可是我們有，所以我們必須找到第四隻貓。」

「不是藤池，」鴿翅抽動著尾巴。「我問過她了。」

「你覺得是蛾翅嗎？」獅焰注視著松鴉羽。

松鴉羽搖搖頭。「從她身上看不出來。」

「那就一定是冬青葉！」獅焰非常篤定。他的姊姊打從一開始便參與這整件事，後來她還及時趕回來拯救雷族，免於風族的侵略。

鴿翅皺起眉頭。「我在想我們可能找錯方向了。」

「那正確的方向是什麼？」松鴉羽嗤之以鼻。

「我不知道，」鴿翅嘆口氣。「有可能是其他部族的戰士。」

「那我們乾脆叫火星在下次的大集會上宣布好了。」松鴉羽譏諷道：「他可以叫第四隻貓自己舉起尾巴承認，這樣我們就知道是誰了。」

鴿翅沒理他。「我們一定錯過了什麼明顯的線索。」

「是啊，」獅焰開始踱步。「所以我說是冬青葉！」

「但如果不是她，」鴿翅試探道：「我們就得找出一隻和我們一樣銜著天命出生的貓。」

松鴉羽瞇起眼睛。「一隻星權在握的貓。」

「風皮呢？」鴿翅提議道：「他是你們同父異母的手足，也許他也有特異功能？」

「他不是火星至親的至親。」松鴉羽直言道。

「那是星族的預言，」鴿翅辯稱道。「也許新的預言不在乎是不是至親。」

獅焰甩著尾巴。「你們可以繼續辯到太陽下山。」他厲聲道。「我一定會想辦法找出來。」他轉身跑回山谷。如果他可以多花點時間與冬青葉相處，或許就能知道答案。

即便陽光已經為山谷上方的樹梢染上顏色，但暗處的窩穴仍顯陰暗。擎天架下方，棘爪正不斷用腳掌為自己梳洗，眼裡仍有睡意。蛛足從戰士窩裡出來，停下來伸個懶腰。在空地另一頭，蕨雲正從育兒室探頭。狐躍和蟾蜍步趁等候同伴集合的同時，先練習過招。

獅焰走到煤心旁邊，後者正朝棘爪走去。

「你還好嗎？」她問道，但沒有看著他。

他瞥了她一眼。「很好啊，為什麼這麼問？」

她仍然注視前方。「你睡覺時一直在說夢話，做惡夢啦？」

「只是做夢而已。」她沒再多言，於是他繼續說道：「我錯了。」他不應該試圖扭轉命運。畢竟有太多條性命得仰仗他，他必須走上那條早已準備好的道路。「這種事以後不會再發生了。」

他感覺到身邊的煤心愣了一下，她知道他話裡的真正意思。**我再也不會為了妳而苦惱了。**

她轉身面對他，眼裡閃著微光。「好吧。」她的聲音冷靜，但他看得出來她眼裡的哀傷。

獅焰的心跟著抽緊。**對不起，煤心。**

「一切以部族為優先。」她輕聲道。

「一切以部族為優先。」獅焰垂下頭，緩步走過她身邊，停在棘爪前面。「我可不可以和冬青葉去狩獵？」

棘爪停下梳洗的動作。「就你們兩個？」

「是的，我必須找她談一談。」

「好吧，就隨你吧。」棘爪開始整理口鼻處的毛髮。獅焰於是往戰士窩走去。

冬青葉正在入口處伸懶腰。冷風吹亂了她的毛髮。

「來吧，」獅焰用鼻子推推她的肩膀。「我們去狩獵。」

冬青葉挺直身子，忍住呵欠。「還有誰要去？」

獅焰往荊棘屏障走去。「就我們兩個。」

冬青葉走在他旁邊，他們鑽出營地，爬上斜坡。「我已經學會所有新的狩獵技巧了。」她向他保證道。

「我知道，」獅焰爬上陡峭的邊坡，繞過一株刺藤叢，「我想我們可以抓松鼠。」

他走出斜坡頂端的林子，瞇眼擋住刺眼的陽光。下方遠處的湖水被風吹起漣漪，熒熒閃爍。枯葉從樹梢掉落，沿著水面不停翻飛，地平線上堆起層層雲海，入夜前勢必會下一場雨。

「我們從哪裡開始？」冬青葉追上他。

「我們沿著河走。」獅焰提議道。他從這裡可以看到溪谷，溪水從林子裡一路漫向岸邊。

「從這裡走到山毛櫸林，」冬青葉提議道。「可以碰到正在找堅果的松鼠。」她往前跑，衝下山坡，毛髮被風揚起。

獅焰出奇快活。有那麼一會兒功夫，他彷彿又變回見習生，跟著姊姊一起跑進林子，滿腦袋只想著第一回的狩獵。他在草原上賣力奔跑，跟在冬青葉後面衝。他們一抵達那條河，便跳進淺水灘，冬青葉臨時轉向，像水獺一樣濺起水花。

「妳成了河族貓啦？」獅焰驚訝喊道，只見她極有自信地快步逆流而上。

冬青葉停下來，轉過頭來，鬍子不停抽動。「這可能是落葉季裡最後一個豔陽天了！」她回頭喊道。「我們一定要好好享受一下。」她跳進沙洲，甩甩毛髮。

獅焰跟在後面，很是訝異腳下的河水竟令他如此舒暢快活。他跳上沙洲，來到冬青葉旁邊，喵嗚地說：「我們比賽跑到山毛櫸林那裡！」

他倏地跳開，穿梭林間。冬青葉緊追在後。他感覺到她的鼻息噴在他的尾尖，於是跑得更快。**我看妳能跑多快？**他加快速度，兩邊的灌木叢模糊一片。他回頭瞥看，希望看見冬青葉突然從他身邊衝過，施展出林中無可匹敵的飛毛腿速度。這樣或許就能證明她是第四隻貓。但是她落後一大截，被他遠遠拋在後面。

獅焰停了下來，冬青葉終於可以慢下腳步，氣喘吁吁地趕上來。「真好玩！」她上氣不接下氣，隨即回頭環顧。她看見一棵山毛櫸，眼睛頓時亮了起來。她爬上樹幹，從低矮的樹枝往下探出頭。「來吧，你這隻跟屁蟲。」

獅焰也一鼓作氣攀上去。「我們來比賽爬多高！」他又在測試她，他先讓她跳，再跟著她選的路徑穿過枝椏，觀察她的每一個跳躍動作，想知道她的跳躍是不是比別隻貓輕巧，力氣是不是比別隻貓大。他瞄見他們所在的這棵樹與旁邊的山毛櫸隔著一段不小的距離。「妳看！」

冬青葉停下腳步，循著他的目光。「看什麼？」

「妳覺得妳跳得過去嗎？」

「跳到另一棵樹上？」冬青葉偏頭想了一想，隨即在樹枝上助跑，衝到尾端，一躍而起。當她身子騰空的那一剎那，獅焰的心跳頓時加快。他爬向枝條尾端，兩耳充血，看著冬青葉伸長前爪去搆隔壁的樹，一把抓住枝條末端，後腿懸在半空。

「小心！」獅焰大聲喊道。冬青葉的身子掛在枝條間。一陣風吹來，林葉窸窣抖動。「抓緊啊！」

「我沒事！」冬青葉後腿蹬了一會兒，終於撐起身子攀上樹枝，洋洋得意地站在上頭，回頭看他。「該你了。」

獅焰瞪著兩棵樹之間的距離，覺得一陣反胃。這中間的缺口很大，而他剛剛竟然叫冬青葉拿性命去冒險，只為了證明他對她的看法是對的。她是辦到了，但萬一有個三長兩短怎麼辦。

他自己有辦法跳這麼遠嗎？「我們還是……」

他話還沒說完，冬青葉的目光突然往上瞟。原來頭頂上的樹枝正在抖動。**松鼠！**她隨即跳上去，身影消失在漸黃的葉叢裡，樹葉跟著窸窣作響。獅焰仔細盯看，這時整棵樹突然不停顫動，他當場愣住，不免擔憂。這時冬青葉大吼了一聲，葉叢瞬間歸於平靜。

「冬青葉？」他喊道。

沒有回答。

「冬青葉！」獅焰爬到下方樹枝，再跑向樹幹，倒退著爬下去，然後左彎右拐，繞過突枝，直到看見下方的地面，再縮起爪子，一躍而下，落在林地上。

「冬青葉！」**她掉下來了嗎？**他掃視地面，恐懼爬上他全身每寸肌肉。上方樹枝忽然一陣窸窣，獅焰抬頭張望。

冬青葉從葉叢裡探出頭來，嘴裡叼著一隻松鼠。她喵嗚出聲，跳下地面，在他旁邊落地，丟下嘴裡獵物。「所以呢？」她的目光裡帶著某種挑釁。「我通過評鑑了嗎？」

獅焰驚訝地眨眨眼睛。「這不是評鑑。」

冬青葉偏著頭。「那你為什麼要我在林子跑，又要我在樹上跳，活像我有翅膀似的。」

獅焰吞吞吐吐。四周的風勢更強了，不停拍打頭上樹枝。「這和預言有關。」他承認道。

「好吧，」冬青葉點點頭。「說來聽聽。」

「有第四隻貓。」冬青葉的耳朵豎得筆直，獅焰繼續說道：「我認為那可能是妳。」

冬青葉低頭看著自己的腳。「不可能。」

「為什麼不可能？」獅焰傾身靠近。「妳剛剛已經證明妳是很厲害的爬樹者和狩獵者。」

「只是訓練有素而已！」她辯解道：「我本來就得學爬樹和狩獵。而且我已經練很久。」

獅焰無視她的回答。「可是妳願意為妳的部族付出一切！當初在地道裡與風族交戰時，妳的膽識和戰技便極為出眾。」他搜尋她的目光。「妳有沒有做過什麼夢？星族和妳說過話嗎？還是殺無盡部落找過妳？」

冬青葉瞪著他。「我又不是巫醫貓！」

「可是如果妳是預言的一部分……」

「我不是預言的一部分！」冬青葉的喵聲裡帶了一點怒氣。「我殺過一隻貓，你記得嗎？」她開始踱步，爪子劃破地上樹葉。「我不是因為膽識過人或有什麼崇高的理想才殺了灰毛，我是氣我們的出生破壞了戰士守則！」她霍地轉身，眼裡閃著惱恨。「灰毛的死是因為我太憤怒了，憤怒到忘了去想什麼才是對的！」

獅焰難過到像有把刀插進肚子裡。「這不是妳的錯！」他的身子從她旁邊刷過，急著想安慰她。「始作俑者是葉池和松鼠飛。要怪應該怪她們！」

冬青葉搖搖頭。「不，她們是犯了錯，但她們只想儘量降低傷害。可是我不能因為葉池走錯了路，就認定誰是死有餘辜。」她目不轉睛地看著獅焰。「每隻貓一生當中不都多多少少會犯點錯嗎？」

獅焰退後幾步。「我……我是覺得……」他有點結結巴巴。「不過到最後，真正的戰士都會做對的事情，不是嗎？」

「是啊，」冬青葉坐了下來，疲憊地撥撥死松鼠。「所以我要盡最大的努力來彌補部族。」

獅焰心裡再度燃起希望。「這也證明妳是第四隻貓。」

「不是，」冬青葉抬起頭來。「這只證明我是個戰士，就像其他雷族貓一樣。」

「可是別的雷族貓不像妳，可以在那麼高的地方抓到松鼠。」

「那是因為我訓練有素。」

「地道裡的那一仗，妳的戰技比任何一位戰士都出眾。」

「我曾在地道裡住過很長一段時間。」

「妳完全效忠戰士守則。」

「每一位族貓都效忠戰士守則。」冬青葉的眼睛眨也不眨。

獅焰的尾巴垂了下來。他無法再爭辯。

「你和松鴉羽，還有鴿翅都很特別，」冬青葉繼續說道：「就算我被賦予任何天命，也是為了保護你們三個，好讓你們完成使命。」她緩步靠近，直到獅焰感覺到她溫暖的鼻息呼在他毛髮上。「我從來沒做過什麼特殊的夢或有過什麼幻影。我會的每一件事，其他戰士也都會。」雨開始落在樹梢葉叢。「我不是第四隻貓。」她喃喃低語。

「我真希望妳是，」獅焰難過地說道：「妳有資格成為預言的一部分。」他的耳朵不停抽動。「我們需要找到第四隻貓，否則一切只是徒勞無功。」

雨下得更大了，冬青葉用肩膀抵住他的肩膀。「不要輕言放棄，」她低聲道。「我們的祖靈已經帶我們走了這麼遠的路，祂們不會讓我們半途而廢的。」

第十三章

鴿翅坐在窩穴入口，朝外頭窺探。營地聞起來有葉子受潮的味道。「雨停了。」

藤池在臥鋪裡伸個懶腰。「天氣放晴了嗎？」

「是啊。」天空仍有雲痕，但寒風襲來，將雲痕一掃而空。「等我們到了那裡，天就晴了。」鴿翅的鬍鬚抽了抽，總算要開大集會了。過去這幾天風雨加交，害她坐立難安。自從上次月夜時分的私會之後，她就沒再見過虎心。**星族啊，請讓他參加這次的大集會吧。**

蜂紋從獵物堆那裡走來，嘴裡叼著一隻老鼠。「嗨，鴿翅，」他把老鼠丟在她腳下。「我想妳可能餓了。」

她推開老鼠。「不，謝了。」

蜂紋垂下頭。「妳確定？待會兒要走好遠的路才能到那座島，我現在就已經餓了。」

「那你自己去吃點東西吧。」鴿翅喵聲道。空地另一頭，火星正從族長窩裡出來。

「我們就快出發了。」鴿翅瞥了藤池一眼。「妳休息過後，精神看起來好很多，」天氣雖然不好，但因為族貓只能待在營裡，所以藤池總算可以補點眠。「也許棘爪會改變主意。」

雷族副族長沒有找藤池參加大集會。鴿翅拜託他讓她妹妹參加，可是他搖頭不肯答應。「她這幾個月看起來很疲累，也許松鴉羽應該幫她檢查一下身體。」

「她身體很好。」鴿翅向他保證道。

藤池轉身躺進臥鋪。「我情願待在這裡睡覺。」

鴿翅眨眨眼。**難道她想在夢裡回去黑暗森林？**

藤池的目光移向花落和樺落，後者正往窩穴入口走去，她閉上眼睛。「棘爪說得沒錯，」她喃喃低語。「我累了。」

鴿翅鑽出窩外，穿過空地，去找正在荊棘隧道旁等候的獅焰和雲尾。狐躍坐在他們旁邊，櫻桃掌嬉鬧地地拍打著錢鼠掌那根不停抽動的尾巴。

「等等我，」玫瑰瓣匆忙趕上來。「蜂紋想趁我們離開之前，再吃一隻老鼠填飽肚子。」

鴿翅哼了一聲。「他再這樣吃下去，早晚會像灰紋一樣胖。」

淺灰色公貓正在獵物堆裡翻找，全身上下布滿像月影一樣的黑色條紋。灰紋擠到他旁邊。「還有什麼好吃的？」

蜂紋叼出一隻鼩鼱，舔舔舌頭。「這一定是被塞在最底下了。」

「你最好先拿給鼠毛。」灰紋提議道。「她最愛吃鼩鼱了。」

蜂紋掃視忍冬樹。鼠毛正在外頭用微顫的前爪梳洗耳朵。蜂紋伸出前爪，鼩鼱垂在他爪間。「鼠毛，妳餓了嗎？」

她抬起頭來，鬍鬚動了動。「不太餓，我真希望我的胃口像戰士那麼好。」

波弟在她旁邊翻個身，仰躺地上，伸個懶腰。「妳很懷念狩獵的時光，對不對？」

「這就像你舌頭掉了，你會懷念嘴巴可以講不停的那種感覺一樣。」鼠毛回嗆道。

蜂紋兩眼發亮地看著爪間的鼩鼱。「那這隻鼩鼱就給我吃囉。」

蕨雲從育兒室裡大步出來。「我想亮心應該會想吃吧。」說完，就從他爪間叼起鼩鼱，帶回亮心那裡，月光下的亮心，肚子圓滾滾的。蜂紋的尾巴垂了下來。

鴿翅喵嗚笑了，用身子推推玫瑰瓣。「可憐的老蜂紋，老是第一個跑去獵物堆報到，但老是吃不飽的也是他。」

火星從擎天架上跳下來，注視著上升的月亮。「我們該走了。」沙暴也在他旁邊落地，他回頭看她一眼。「這天氣恐怕放晴不了多久。」

棘爪伸伸懶腰，跟著火星穿過空地。煤心從窩裡出來，若有所思地看了荊棘屏障一眼。松鼠飛跟在她後面跳出來，「妳要去大集會嗎？」

煤心聳聳肩。「今晚不去。」

「松鴉羽呢？」獅焰問火星，這時火星已經來到營地入口。「他要跟我們去嗎？」松鴉羽站在巫醫貓入口，刺藤簾幕垂在他背上。

火星搖搖頭。

「可是每個部族都會帶他們的巫醫貓去大集會。」獅焰反駁道。

棘爪用尾巴撫順獅焰凌亂的毛髮。「只要其他部族有意見，他就不能當我們的巫醫貓。」

獅焰低吼道。「我們部族的事，為什麼要別族來管？」

「我也不願意，」火星縮張著爪子。「但是不值得拿這種事出來吵。」

玫瑰瓣上前一步。「不能讓煤心替代他的職務嗎？她以前就是雷族的巫醫貓。」

仍在戰士窩那裡旁觀的煤心，這時不禁豎起耳朵。

「不行，」火星朝煤心垂下頭。「沒必要讓別族知道煤心的過去，除非她已經決定好自己的路。」

煤心似乎鬆了口氣，鴿翅看在眼裡，覺得驚訝。**難道她不想重拾她前世的工作嗎？**

一陣風襲來，吹得荊棘叢喀吱作響。「我們走吧。」火星鑽進刺藤叢裡。「馬上就要下雨了，這場大集會的時間恐怕很短。」

火星循著小路來到林子邊緣，雷族隊伍一路跟著爬上斜坡。貓兒們的身影在刺藤叢裡忽隱忽現，鴿翅的腳在潮溼的林地上打滑，花落趕忙用尾巴穩住她。這時一個灰色身影在她眼角閃現，鴿翅轉頭看見蜂紋跑到她旁邊，亦步亦趨地跟著她。她後腿一蹬，衝到前面，但那位灰色戰士如影隨形，只要她回頭，就看見他緊跟在旁。她繞著刺藤叢轉個向，冷不防地從他前面穿過，害他不得不停下來，先讓她過。

她趕在他之前抵達坡頂，衝出林子，眺望下方湖水。求求祢，星族，讓虎心來吧。這個願望像針一樣刺痛她的心。

「累了嗎？」玫瑰瓣從她旁邊擠過來。

「我不累。」跟在族貓後面滑下坡的花落，在經過她們身邊時，這樣喵聲回答。

蜂紋爬上來停在鴿翅和玫瑰瓣旁邊。「你害我差點撞上樹！」

「不會小心看路啊！」鴿翅吼道。「我剛差點被你絆倒。」她咕噥抱怨，衝下斜坡。

「哼，笨頭笨腦的傢伙。」

「妳為什麼對他這麼兇？」玫瑰瓣的低語聲嚇了鴿翅一跳。「他又沒做錯什麼！」

「什麼？」

玫瑰瓣的眼神突然意有所指地黯了下來，原來蜂紋正從她們旁邊跑過去。

「妳剛剛說什麼？」鴿翅又重複一遍。為什麼玫瑰瓣看起來那麼生氣？

「顯然他很喜歡妳！」玫瑰瓣厲聲道：「別老是挑他毛病。他是妳的族貓，不是獵物。」

鴿翅貼平耳朵。為什麼是她的問題？「就因為他喜歡我，我就一定得對他和顏悅色嗎？這又不是我的問題。」

玫瑰瓣偏頭看著她。「出言傷他，妳就覺得很高興嗎？」

「才沒有呢！」鴿翅突然覺得有罪惡感。

「那就去跟他道歉。」

鴿翅身子縮了一下。玫瑰瓣說得沒錯，如果蜂紋是因為喜歡她才獻她殷勤，她便不應該故意損他，這對他來說不公平。「好吧！」她跑了上去，跟在蜂紋後面穿過草堆。她跳下短坡，進入岸邊，等蜂紋跳進礫石灘，也跟著跳下去。他回頭看她一眼，繼續往前跑。

「等等我！」鴿翅氣喘吁吁，礫石在腳下飛濺。

蜂紋慢下腳步讓她追上。「什麼事？」他低吼道。

鴿翅上氣不接下氣，但蜂紋還是不肯停下腳步。「對不起，我剛剛很沒禮貌。」

蜂紋回頭看她，目光冷淡。「我不想再當妳的出氣筒了，」他嘶聲道：「從現在起，妳去找別隻貓出氣吧。」

鴿翅的毛髮豎了起來。「這又不是我的錯。」

「好，我懂妳的意思，可以嗎？」他甚至連看都不看她一眼，繼續往前跑。「妳不喜歡我，不過妳別擔心，我可以熬過去。我只是很難過妳跟我想的不一樣。」

鴿翅豎起毛髮。他怎麼可以這樣對她說話？她已經為部族犧牲了那麼多，他還想怎樣？這不公平。她慢下腳步，任由蜂紋跑遠。

「結果呢？」玫瑰瓣追上了她。

「謝謝妳哦，」鴿翅低吼道：「下次妳自己去道歉看看。」

「他很生氣啊？」

「是啊，」她甩著尾巴。「又不是只有他會生氣。」

她追在隊伍後面跑，眼睛看著地面，貼平耳朵，不去聽族貓說什麼，直抵連結湖岸與小島的那座樹橋。她停在旁邊，先讓族貓們過，趁著他們魚貫爬過樹橋時，張嘴嗅聞虎心的氣味，但空氣裡充斥著各部族的味道。

鴿翅從草叢裡鑽出來，空地上到處都是貓。當雷族從草叢裡現身時，所有貓都轉過頭來。

「他來了嗎？」鴿翅聽見一個影族見習生正在低聲問他的室友。

那些眼睛不停掃視雷族，耳朵跟著動來動去。

「你看見他了嗎？」

「諒他也不敢來。」

鴿翅愣了一下。「他們在說誰？」她低聲問白翅。

白翅抬起下巴，從一群戰士中間穿過去。「松鴉羽。」她喵聲道。

鴿翅跟著她母親從那一張張瞪目而視的臉的面前走過去，最後停在花落和松鼠飛旁邊。火星穿過他們，走到最前面，率領隊伍走到巨橡樹那裡。棘爪來到巨橡樹的下方找蘆葦鬚、花楸爪和灰足。錢鼠掌和櫻桃掌則快步走到空地邊緣，坐在一群見習生裡。鴿翅掃視那一張張面孔，尋找虎心的蹤影。

小雲、隼翔和柳光三個巫醫貓聚在橡樹底下。曦皮在他們前面踱步，甩著尾巴。

鴿翅瞥了白翅一眼。「她看起來好像希望松鴉羽能來，這樣就可以找他麻煩了。」

她感覺到耳邊有溫熱的鼻息，轉頭一看，是紅柳靠了過來。「兇手就該受到嚴懲。」

鴿翅朝他轉身，豎起毛髮。「松鴉羽不是兇手！」

卵石足走到他們中間。「那他為什麼不敢來？」他質問鴿翅。「罪惡感大到不敢來了？」

鴿翅怒目瞪他。「是你叫他不要來的……」

白翅用肩膀推開卵石足。「鴿翅，去跟妳的族貓在一起。」她警告道：「有些貓就是不懂協定的意思。」她抬頭瞥了頭上的圓月一眼，雲彩像蜘蛛絲一樣縈繞月亮。

鴿翅轉身背對紅柳和卵石足，她才不想惹星族生氣。「他們太陰險了，」她嘶聲對白翅說。「他們不准松鴉羽來，現在又說他不來是因為心裡有鬼。」

白翅用尾巴順順鴿翅凌亂的毛髮。「他們只是故意激怒我們。」

「為什麼？」他們不在乎滿月協定嗎？正當她一肚子火的時候，突然瞄見空地盡頭出現兩個暗色的耳尖。她撐起後腿去看，視線越過其他貓兒。**虎心！**

「可以借我過嗎？」斑鼻正低頭穿過一群影族貓。

鴿翅趕緊讓河族長老先過。「如果妳想坐這裡的話，就坐下來吧。」她扭頭朝她示意。

「謝謝妳。」斑鼻坐在她旁邊。

鴿翅緊閉嘴巴，擋掉老貓身上的魚腥味。「不客氣。」她咬著牙低聲答道。

黑星抬起鼻子大吼一聲：「大集會開始！」所有部族瞬間安靜下來。他從巨橡樹的低矮樹枝上俯視四族。「謝謝你，火星。」他朝雷族族長垂頭致意。火星瞇起眼睛。

黑星繼續說道：「你遵從各部族的意願，把松鴉羽禁足在營地裡，直到我們查出焰尾的真正死因。」

小雲旁邊的曦皮，眼裡有銳光一閃，非常自負地點了點頭，表示她完全同意這決定。

鴿翅縮張著爪子。**妳以為妳是族長啊？**

蛛足蹲坐起來，大聲說道：「要怎樣查出真相？」

「我們在等星族開口。」小雲瞥了曦皮一眼。「這件事對我們來說並不好過。」

柳光站了起來。「我們都覺得不安。」

鴿翅試圖去看虎心的反應，他也覺得不安嗎？

「別到處瞪著別人看。」她母親的斷聲嚇了她一跳。「我們不想挑釁影族。」

鴿翅身子縮了回來，目光移回族長群。一星上前一步，尾巴蜷在背上。「過去一個月來，風族的狩獵成果豐碩。我們已經做好準備迎接即將到來的季節。」

火星彈彈尾巴。「這個綠葉季，每個部族都得到星族的庇佑。」

鴿翅看見他的眼裡閃過一絲不安，但隨即又眨眨眼睛，將它揮開。這可能是四族最後一次的綠葉季了。

霧星打斷她的思緒。「河族只擔心一件事。」她偏頭掃視四族，眼裡釋出疑色。「我們的領地最近老是出現惡棍貓和獨行貓的蹤跡，我們沒有親眼見到他們，但一直有一些奇怪的氣味和腳印。」

鴿翅當場愣住，想起有好幾天晚上她都和虎心在部族領地以外的地方遊蕩，莫非他們的氣味傳進了河族領地？

霧星抽動尾巴。「可是我們在氣味記號那裡找不到任何線索。好像這些貓是憑空出現在我們的領地裡。」

白翅挨近鴿翅。「或許另有地道直通河族領地。」她低聲說。

但鴿翅幾乎沒在聽她說話，**希望那不是我和虎心的味道！**她把四隻腳縮進身子底下。蛛足不是也說他在夜裡守衛時，曾聽到奇怪的聲音嗎？棘爪已經下令增派夜半巡邏隊。**難道那也是我和虎心的問題？**

火星偏過頭，眼裡露出興味。「我們也發現到惡棍貓入侵的跡象。」他的尾巴微微顫抖。

「他們曾在夜裡來過，我們已經增派巡邏隊，可是一直沒找到這些貓。」

一星不安地蠕動著腳。「我們也聞到奇怪的味道。」他承認道。

黑星隆起肩膀。「影族林子裡也出現惡棍貓。」

火星傾身向前。「你們有確實看到對方嗎？」

黑星搖搖頭。「只有味道，斷掉的小樹枝和幾坨毛髮。」

霧星背上的毛豎了起來。「在哪裡出現？」

「在領地深處。」黑星回答道。

一星點點頭。「我們也是，邊界什麼都沒有，但高地正中央卻有他們留下的痕跡。」

黑星的爪子刮著地面。「大多出現在最適合埋伏的地點。」

「這有點像敵人正在為入侵行動展開行前勘查。」火星嚴肅地說道。

鴿翅感覺到四周貓兒的毛髮全豎了起來，部族間的低語像漣漪一樣漾開。

「我在金雀花叢上找到橘色毛髮。」石楠尾喊道：「但味道聞起來不是部族貓的味道。」

「在我們訓練場附近發現到的足印，聞起來有腐臭味。」煙足皺起鼻子。

鴿翅旁邊的斑鼻蠕動著腳。「我們營地四周的河邊也出現很多足印。」她粗聲說道。

花落在群眾裡抬起頭來，「我不認為這有什麼好擔心的，綠葉季時陽光普照，氣候溫暖，」她大聲說道，「寵物貓、惡棍貓和獨行貓常會趁好天氣時誤闖這裡。」

鴿翅瞥了她一眼。**為什麼她這麼急著反駁可能的威脅？**

「那些不是惡棍貓！除了別的味道之外，我也聞到河族的味道！」花楸爪吼道。

棘爪點點頭。「在雷族領地裡也聞到影族的味道。」

黑星瞇起眼睛。「影族戰士不會越界進入你們的領地！」

霧星喉嚨裡也發出吼聲。「河族不會誤闖別族的領地，我們的領地可以自給自足。」

族長們的眼睛都像發光的月亮一樣，互相警戒地打量彼此。斑鼻拉開與鴿翅的距離，目光裡突然多了疑色。一星的尾巴不停地甩打。黑星以責難的目光瞪著火星。

「你們聽聽你們剛說了什麼！」火星嘶聲道，綠色目光掃過緊張不安的群眾。「我們都還沒入侵彼此的領地呢。」

「那你要怎麼解釋那些氣味？」樹下的曦皮質問道。

火星上前一步，走到枝椏末端，肩膀肌肉如波浪起伏。「如果惡棍貓已經遊歷過所有領地，那麼就有可能把別族的氣味像跳蚤一樣散播到其他部族。」

霧星的毛髮稍微恢復平順。「這些味道把我們都搞昏頭了。」

一星的眼睛瞇成細縫。「如果惡棍貓可以把味道從一族帶到另一族，部族貓也可以啊。」

火星迎視他的目光。「那麼我們就應該增派巡邏隊，設法找到這些貓。」

「對，派出更多巡邏隊！」一隻影族公貓從群眾後方喊道。

「我們一定要保持警戒！」一名河族戰士吼道。

火星補充道：「如果有任何部族找到明確的證據，一定要告訴其他部族。」

一星倒豎毛髮。「你是說警告對方他們的行蹤已經敗露？我們才不會那麼笨！」

霧星從其他族長旁邊退開。「我保護的是我的部族，」她低吼道。「不是其他部族。」

一隻風族戰士從鴿翅旁邊衝過去，跑到空地另一頭找他的族貓，這舉動嚇了鴿翅一跳。四周的戰士開始紛紛朝自己的族貓移動。鴿翅回頭張望，發現那群見習生已經散去，櫻桃掌和錢鼠掌正匆匆回到雷族戰士這兒。

黑星跳下巨橡樹，霧星跟著滑下樹幹。一星先是瞪著火星，然後才跳到空地。

「來吧，鴿翅，」白翅喵聲道。「今晚不會有貓兒有心情聊天了。」

鴿翅伸長脖子想找虎心，但是貓群裡沒有他的身影。「我等一下就來。」她朝白翅喊道，她母親正跟在松鼠飛和花落後面往前走。四周的貓兒不斷朝樹橋的方向移動，緊挨著自個兒的族貓，她覺得自己像河面上的落葉似地被推擠前進。

「鴿翅？」熟悉的喵聲在她身後響起。

她趕緊轉身，看到了虎心，心情立時飛揚起來。

他的尾巴抬得高高的。「我還以為他們在討論那些氣味時，會把我們兩個揪出來呢。」

「我也是！」鴿翅看見他如釋重負的表情。「從現在起，我們一定要更小心才行。」

虎心點點頭。「以後會有更多巡邏隊。」他伸長脖子，在她耳邊低聲說道。「我們明天晚上一樣到領地外的老地方見面，」他低語，「到兩腳獸的窩那裡。」

鴿翅點點頭，這時突然覺得頸背上的毛髮不由自主地豎了起來，於是直覺性地回頭張望，目光越過虎心，看見蜂紋正瞪著她看，她嚇了一跳。「我們只是在討論入侵者。」她向她的族貓很快地解釋。「虎心是在問我有沒有注意到什麼蹊蹺。」

蜂紋瞪大眼睛。

「我是覺得可以和其他巡邏隊交換一下意見，確定那些味道是不是都出現在同一個晚上。」鴿翅突然覺得自己像隻黑鳥一樣聒噪不停。

蜂紋聳聳肩。「妳愛跟誰說話，就跟誰說話。」他喵聲道。「這是大集會。」他跟著其他貓兒走向樹橋，消失在長草叢裡。

鴿翅轉身對虎心說：「我得走了。」

虎心垂下頭。「我也得走了。」說完也鑽進正從旁邊經過的花楸爪和曦皮中間。

鴿翅去找白翅，循著味道進入草叢，趕在白翅抵達岸邊前追上她。白翅趁著等其他部族過橋時，回頭瞥了鴿翅一眼。「妳還好吧？」

「很好。」鴿翅儘量保持語調的愉快。

白翅沒有回答，只是挨近她女兒，柔軟的毛髮刷過鴿翅的腰腹。天上雲層開始翻騰，野風四起，湖面出現細浪。鴿翅真希望能向她母親坦誠一切：包括她很在乎虎心，還有那個沉重的預言把瘦小的她壓得有多喘不過氣來。可是除了那些參與預言的貓兒之外，她誰也不能說。更何況如果白翅知道自己的女兒愛上了異族貓，會是多大的打擊。

白翅挨近她。「記住，妳需要我的時候，我隨時都在。」

雨水開始滴落。鴿翅的視線變得模糊，她告訴自己是雨水的關係。「謝謝妳，白翅。」

「來吧。」白翅把她往群眾的縫隙裡推。「我們很快就到家了。」

第十四章

「都到了嗎？」暗處的碎星眼裡閃著兇光，掃視圍成一圈的貓群。

藤池抬起下巴。她在無星之地醒來的那一刻，就被鷹霜告知參加黑暗森林的集會。她是雷族的代表。已經證明自己具備全能戰士資格的蘋果毛則代表影族出席，至於風族的代表，風皮則不停地變換站姿，戒慎地看著碎星。

「甲蟲鬚，」碎星語氣冰冷地對正從林子緩步走出來的甲蟲鬚說，「你是找不到路嗎？」

藤池用後腿夾緊尾巴。

「我剛剛去參加大集會。」甲蟲鬚在蘋果毛旁邊找到他的位置。「我一直等到過了月正當中之後，才有機會躺上臥鋪。」

虎星緩步走在圈子外圍。「你不能同時加入兩個部族。」他低聲道，在甲蟲鬚前面停下來，然後走進楓影和鷹霜中間。

薊爪將爪子戳進地面，扯起一把黏溼的草葉。「可以開始了嗎？」

雀羽坐下來，耳朵不停抽動。「開這個會的目的到底是什麼？」

暗紋狠瞪他一眼，然後向碎星垂頭致意。「雀羽說話真不懂事。」他從圈子中央穿過去，擋住碎星，不讓他看見那隻斑色公貓。「我已經告訴過他，我們是來這裡表揚這些勇敢的新進戰士。」

碎星齜牙咧嘴。

「我們的年輕戰士都很認真，」楓影走到圈子中央，將暗紋推回他原來的位置。「我仔細觀察過他們的訓練狀況，他們爬得高、跑得快、會游泳、會打鬥。」她的目光瞟向甲蟲鬚。「但就是殺戮技巧學得不夠多。」

蘋果毛皺起眉頭。「戰士是不會彼此殘殺的。」

楓影霍地轉身。「部族貓不會殺戮，因為他們不是真正的戰士。」她嘶聲道。「如果他們是真正的戰士，為什麼你們會不滿意他們的訓練？為什麼還來找我們？」

「不是你們來找我們的嗎？」蘋果毛的聲音裡帶著一絲不肯定。

閉上妳的嘴！藤池瞪著她。自己爬進狐狸窩，還嫌人家臭？

鷹霜的藍色眼睛在微光中閃爍。「是我們發現你們需要接受更好的訓練，所以才找上你們。」

楓影抽動著鬍鬚。「沒錯，」她喵嗚道。「而且你們學到了很多。」她的目光從蘋果毛移向風皮，然後是藤池。

藤池迎視著她的目光，強迫自己的腿不要發抖。「你們把我們教得很好。」她以自認適當的感激語調說道。

「你們的強悍和膽識都超出我想像，」楓影承認道。「你們進步很多，我感到非常驕傲。」

碎星緩步走上前來，毛髮下的肌肉如波浪起伏，彷彿隨時準備上場作戰，看在藤池眼裡，不免膽顫心驚。「驕不驕傲並不重要。」他用尾巴揮開楓影。「重要的是力量，還有你們願不願意善用自己的力量。」

風皮挺起胸膛。「我已經準備好了。」

「很好，」碎星的鬍鬚抽了抽。「眼前有很多困境有待克服，但只要你效忠黑暗森林，抱著非打贏不可的決心，一切都能迎刃而解。」

藤池吞吞口水：「非贏誰不可？」她必須查出這些貓在策畫什麼。

碎星扭頭瞪她，琥珀色目光像會灼燒一樣射出怒火。藤池得瞇起眼睛才能抵擋得住。

「我們的敵人啊。」碎星吼道。「我們的膽識會受到考驗，但我們會做好充分準備。」

「敵人？」甲蟲鬚伸出鼻子，一臉疑惑。「誰是敵人？」

「你還不知道嗎？」楓影瞇起眼睛看著他，彈彈尾巴。「難道你的族貓從沒質疑過你嗎？即便你根本沒犯錯？還有你不覺得霧星很笨嗎？總是站在弱者那一方，處罰強者？而且就算你的戰技變得再厲害，你的室友還是把你當小貓一樣對待？我不懂你們怎麼能忍受每天早上回去那種地方，負責餵飽和保護那群軟腳蝦。」

甲蟲鬚豎起毛髮。「我的族貓不是軟腳蝦，也不是笨蛋！霧星是地位崇高的族長，她為弱者著想，是因為弱者需要我們的保護！」

虎星的眼裡兇光一閃。「應該讓弱者自生自滅。」

甲蟲鬚眨眨眼。「可是這和戰士守則教我們的不一樣。」

碎星低頭小聲地說：「戰士守則只教你如何軟弱。」

「它教我們如何堅強，」甲蟲鬚厲聲道：「我不知道你們想做什麼，但我絕對不會鄙視戰士守則或我的部族！」他上前一步，走向碎星。「就因為你們，害我的部族現在以為惡棍貓正對我們虎視眈眈。我們夜裡潛入他們的領地，已經驚嚇到他們，我不想再做這種事。」他放低聲音。「我很感激你們所教的一切，將我訓練成一個強壯的戰士，這是我以前不敢奢求的，但是我不能再待下去，我必須離開去保護我的部族。我不會再回來了。」他轉身，緩步離開。

藤池看著甲蟲鬚從鷹霜和蘋果毛身邊擠出去，嚇得腳爪開始發抖。

碎星平貼耳朵。「沒有貓兒可以離開黑暗森林，除非得到我的允許。」他伸出爪子。「你現在只能效忠我們。」

快逃！藤池在心裡默默懇求甲蟲鬚。**快逃！不要回頭！**

但甲蟲鬚停下腳步，回頭看了一眼。「我自始至終只對河族效忠。」他喵聲道。「你答應過我，我來這裡受訓的目的是為了我的部族，你會讓我變得更強壯。我已經辦到了，我很感激，但你應該早就知道，我遲早會離開。」

碎星的眼裡閃現威嚇的兇光。「你真的很笨。」

甲蟲鬚甩著尾巴。「我不像你想的那麼笨！我要走了，你阻止不了我。」

碎星突然迅雷不及掩耳地，擋住甲蟲鬚的去向。藤池正想過去，卻被薊爪的尾巴攔下。

「少管閒事。」暗色虎斑貓警告道。

蘋果毛的尾巴不停發抖。「別走，甲蟲鬚，這裡有你的朋友。」她故作開心的語氣，但藤池感覺得到她眼裡有很深的恐懼。

「謝了，蘋果毛，」甲蟲鬚朝影族母貓點點頭。「但是我一定得走。現在該是我離開的時候了。」

「是嗎？」碎星的吼聲剛開始很低沉，逐漸提高音量，直到尖嚎出聲。黑暗森林戰士撐起後腿，影子愈拉愈長，最後整座空地被他的影子鋪天蓋地。然後就猛地撲向甲蟲鬚，伸長前爪，亮出利牙。

甲蟲鬚嚇得瞪大眼睛，抬起前腿想要擋開這隻邪惡的公貓，但被碎星的爪子狠狠一揮，往後彈飛出去。甲蟲鬚蹣跚爬起，鮮血從他鼻孔裡流出。「星族，快救救我！」

「你以為星族聽得到？」碎星嘶吼道，又撲了上去，張嘴咬住甲蟲鬚的脖子，彷彿把他當成獵物。眼露兇光的碎星揚起頭，直接扭扯甲蟲鬚的喉嚨，空氣裡傳出喀擦一聲脖子的斷裂聲。

甲蟲鬚癱在碎星嘴裡，當場斃命。藤池突覺一陣反胃。黑暗森林戰士張嘴把他丟掉，屍體撞上地面。

「還有誰想離開？蘋果毛？」碎星質問影族母貓。「妳也想回妳的部族嗎？」

「沒……沒有。」蘋果毛怯懦地移開腳步。

藤池看得出來蘋果毛的心情很複雜。藤池挨近她，試圖安慰。現在部族貓應該都明白這地方是邪惡的。他們必須設法離開這裡。

「風皮？」碎星轉向風族戰士，後者正瞇起眼睛窺看甲蟲鬚的屍首。

「你聽見我的話了嗎？」碎星低聲吼道。

「我為什麼要離開最強悍的部族？」風皮抬起頭，「我的部族浪費太多時間在照顧老弱婦孺上。如果由你來帶領我們，我們就再也不用求助別的部族。」

藤池的胸口一緊。**他怎麼會站在兇手那邊？**

碎星踩著甲蟲鬚的屍首過來，大步回到圈子裡。藤池雖然很想逃跑，但還是忍住衝動。「你們全都給我待在這裡，」碎星告訴他們。「你們要效忠我，不然我就把你們殺了。」他的臉湊到蘋果毛面前，「而且就從妳開始。」

蘋果毛吞吞口水。

「不准對別的貓提起這件事，」碎星下令道：「你們要和我們密切合作。要是我聽到你們當中有誰在黑暗森林裡撒謊或散播謠言，我保證一定讓你們後悔莫及。」他隨即轉身，「去吧！」他吼道，身影消失在黑暗裡。「好好訓練我們的戰士，最後的戰役就快到了。」

藤池感覺到幽暗處的虎星正以質疑的目光瞪著她。她勉強自己穩住呼吸，大膽地迎視回去。「等開戰時，我的手下一定會做好準備，」她誓言道。「殺光湖邊每一隻貓。」她無暇多顧身邊蘋果毛的疑慮神色。**我才不會同流合汙！我這麼說全是為了自保。**虎星瞪了她一會兒，才轉身離去。

鷹霜朝藤池點頭，眼睛銳光一閃，這才隨他父親離去。他經過甲蟲鬚血跡斑斑的屍體時，還狠狠地踢他一腳。「反正我早就看你不順眼了。」

第十五章

松鴉羽皺起鼻子，吞下一大口藥草。艾菊的味道很苦，就像在肚子裡塞進一堆蕁麻一樣，這苦味得等到日正當中時才會褪掉。最近咳嗽和噴嚏像跳蚤一樣在族裡蔓延，他不想被感染。他嗅聞薔光，鼻息聞起來有藥草的味道。「妳都吃完了嗎？」

「吃完了。」松鴉羽聽見她在池邊喝水的聲音。「為什麼藥草都這麼難吃？」

「這樣兔子和老鼠才不會吃掉藥草啊。」松鴉羽回答道。

大集會過後，雨就下個不停，而大集會已經是四分之一個月前發生的事了。這場雨帶來了落葉季的第一道寒流。族貓們只要不出外巡邏，就都躲在自己窩裡，於是鼻涕聲在臥鋪間傳染開來。也不是很嚴重，只是那些咳嗽和喘氣聲聽在松鴉羽耳裡，很不舒服。

他昨天趕走了來看薔光的蜜妮。「除了我之外，誰都不准進巫醫窩。」

當時蜜妮氣到全身肌肉繃緊，尾巴不停抽動，可是她沒有爭辯。松鴉羽感覺得到她的擔憂，蜜妮也跟他一樣擔心薔光受到感染。雖然薔光的前腿現在已經強壯到可以自行撐起身子，爬上那棵山毛櫸樹幹，可是松鴉羽還是不敢掉以輕心，他不能保證她對抗得了疾病。每天例行性地吞服藥草，是他目前所能想到預防疾病上身的最好方法。

他用腳爪撥了撥攤在儲藏室外的藥草。艾菊的庫存比他預期得少。他伸爪去碰錦葵，這應該也可以拿來治療波弟的咳嗽。他張嘴叼了一把葉子，往入口走去。「妳待在窩裡。」他從牙縫裡向薔光下令道。「不准會見訪客。」

「要是蜜妮來了，怎麼辦？」薔光期盼地問道。

「我告訴過她不准來。」松鴉羽低頭穿過刺藤入口，一出入口，雨水立刻迎面打來。他貼平耳朵，往忍冬灌木叢走去。貓兒的低語聲從各窩穴傳來，但窩穴牆面用來擋風的葉子多少蒙住了這些聲音。松鴉羽低頭鑽進長老窩，鼠毛和波弟的體溫和氣味立刻充斥他的鼻腔。波弟全身溼淋淋的，空氣裡瀰漫著老鼠的麝香味。

松鴉羽把錦葵丟在波弟的臥鋪旁。「你去狩獵啦？」

「鼠毛餓了。」波弟厲聲道。

「少拿我當藉口！」鼠毛回嗆道。「他自己想去的。」她告訴松鴉羽。

「我們已經待在窩裡好幾天了。」波弟抱怨道。「我需要出去透透氣。」

鼠毛在臥鋪裡挪動身軀。「受不了我啦？」

喵嗚聲在老公貓的喉間響起。「我還以為妳耳根想暫時清靜一點，不要再聽我的故事。」

「你的故事是這附近唯一有趣的東西。」她粗啞地說道。

松鴉羽拾起一些錦葵葉，丟在那隻老愛唱反調的老貓旁邊。「也許妳可以花點時間陪陪小百合和小種籽，他們這時候最好動了。」

「亮心也快生小貓了，」他補充道：「等到他們全跑到空地上找麻煩，妳就有得忙了。」

「我想也是。」鼠毛哼了一聲。「我一定要教會他們一些禮貌。現在的小貓一點禮貌都不懂。」

松鴉羽發噱地動動鬍鬚。

「諒你也不敢相信，」波弟低聲道：「她昨天在教小百合和小種籽怎麼把腳從戰士窩的牆底下伸進去偷摸他們的尾巴。」

「我耳朵沒聾！」鼠毛不高興地說道。

松鴉羽留下那兩隻老貓繼續互槓，自己鑽出忍冬叢，走進雨中。空地另一頭的育兒室正在窸窣作響，好像有毛髮被刺扯到，松鴉羽聞到煤心的氣味，她正鑽進刺藤叢裡。

松鴉羽穿過營地，把頭探進去。「這裡一切都還好吧？」

亮心在窩裡蠕動著身子。「蕨雲不太舒服。」她喘著氣說道。懷孕的亮心肚子大到連坐起來說話都有點費力。

「她肚子痛。」煤心的喵聲在蕨雲的臥鋪旁邊響起。「我本來想幫她檢查一下，因為你好像很忙。」

松鴉羽遲疑了一下，一如往常地不太確定該不該放手讓煤心做巫醫貓的工作，還是叫她回去當戰士。但是這得由她自己決定。「如果你需要藥草，告訴我一聲，」他告訴她。「我會幫妳把它放在巫醫窩外面。」

松鴉羽退了出去，轉往見習生窩，他聽見錢鼠掌在裡頭咳嗽。

「再咳一次，錢鼠掌。」葉池的聲音令松鴉羽嚇了一跳，她已經在見習生窩裡了。錢鼠掌又勉強咳了一次，葉池坐了起來。「他的胸腔裡沒有泡泡聲，所以吃點蜂蜜應該能讓他喉嚨舒服一點。」松鴉羽感覺到她的目光瞥向他。

這裡的病貓還沒巫醫貓多呢！松鴉羽不太高興地從葉池旁邊擠過去，也去聽錢鼠掌胸腔的呼吸聲。她的診斷沒錯，聲音很清澈。「我會用葉子包些蜂蜜，放在巫醫窩外面。」他轉身踩腳離開窩穴。

「這麼快就回來了。」薔光向正從刺藤叢裡鑽進來的他打招呼，後者甩甩身上的雨水。

「煤心和葉池都在幫忙看診啊。」松鴉羽嘴裡咕噥。他緩步走向儲藏室，拖出一塊蜂巢，用月桂葉包好。然後又挑了一些山蘿蔔根要給蕨雲治肚子痛。他用嘴巴含著，走到窩穴入口，伸出頭，放在地上。

這時有股熟悉的氣味傳了過來，他心上一驚，鑽進空地，嗅聞空氣。罌粟霜和蕨毛正從荊棘隧道裡出來，兩名戰士身上仍有新鮮的林子氣味，但身後有第三隻貓跟著走進空地，腳步顯得遲疑。**蛾翅？**

罌粟霜朝他喊道。「蛾翅要找你。」

「是河族貓欸！」小百合從戰士窩後面衝出來，興奮地吱吱尖叫。

「她為什麼在這裡？」小種籽跟在她姊姊後面跳。

松鴉羽用尾巴揮趕他們，連忙上前招呼河族巫醫貓。他朝罌粟霜和蕨毛點頭示意，隨即帶著蛾翅走到空地邊緣。

蛛足咕噥道：「為什麼她可以進入我們的領地，我們的巫醫貓卻不能參加大集會？」

松鴉羽沒理他。「有什麼事嗎？」

「你必須跟我走一趟。」蛾翅告訴他。

石頭喀吱作響，火星從他的窩穴跳了下來，在蛾翅旁邊煞住腳步。「出了什麼事？」

「沒什麼，」蛾翅平靜地說道：「我只是要帶松鴉羽去看一樣東西。」

火星蠕動著腳。「松鴉羽不能離開雷族領地。」

蛾翅的毛髮輕刷過松鴉羽。「他非去不可。」

「究竟是什麼事？」火星把鼻子湊了過去。

「這件事只有松鴉羽能解決。」蛾翅往回走。「你要不要來？」她朝松鴉羽喊道。

「我最好跟她一塊去。」松鴉羽語帶抱歉地對火星說，然後跟在消失於荊棘叢裡的蛾翅後面離開。什麼事這麼重要，讓她竟然敢當面反駁雷族族長？

蛾翅步上狹窄的湖灘，循著湖邊走，沒有停下來嗅聞空氣，就直接穿過風族邊界，身上釋出亢奮的氣味。松鴉羽跟在後面，好奇到腳墊微微刺癢。莫非蛾翅找到了她是第四隻貓的證據？他的心裡燃起一絲希望。

山坡上的嚎叫嚇了他一大跳。鴉羽？風族戰士正一路狂吼，朝他們衝來。

「他帶了一支隊伍來。」蛾翅出聲警告，把松鴉羽推到身後，原地等待風族戰士們掃過石楠叢而來。

「你們在這裡做什麼？」

鴉羽在他們面前煞住腳步，松鴉羽縮起身子。他還聞到白尾和鴞鬚的味道。

「他不可以穿越別族的領地。」鴉羽吼道。

蛾翅不為所動。「這裡不是你們的領地，我們沒有超出水邊一條尾巴以外的地方。」

「現在不是月圓時候，」鴉羽咆哮道：「沒有所謂的協定。」

松鴉羽把爪子戳進卵石地裡，他不敢相信這位脾氣暴躁的戰士就是他的父親。

「我們是巫醫貓。」蛾翅冷靜說道。

鴉羽緩步靠近。「他不是。」

鴞鬚低吼道：「我們送他回自己的邊界吧。」

白尾滑動著腳。「他又不會危害到誰。」她喵聲道。

「他是兇手！」鴞鬚嘶聲道。

「影族說什麼，你就信什麼啊？」白尾回嗆自己的同伴。

蛾翅腳下石頭喀吱作響，她往風族巡邏隊走近。「讓我們過去。」她語氣堅定。

鴉羽的尾巴在空中甩打。「松鴉羽越界了。」

「你要找我打架嗎？」蛾翅挑釁道：「因為如果你敢動他一根寒毛，就得先過我這一關。」她的喵聲裡帶著咆哮。「星族會准許你傷害巫醫貓嗎？」

松鴉羽感覺到鴉羽的沮喪。「你們走吧。」他朝松鴉羽靠近。「不過這是我們第二次逮到你侵入我們的領地。」他的鼻息裡有兔子的味道。「希望這是最後一次。」

蛾翅的尾巴掃過松鴉羽的鼻子。「他還得循原路回來，」她直言道：「需要我護送他嗎？難道風族不覺得攻擊一隻瞎眼貓很丟臉嗎？」

松鴉羽吞下嘴裡的不滿嘶聲，他向來最氣別隻貓拿他的盲眼來當藉口，但他現在沒有時間在乎自尊這種事了。

「好吧。」鴉羽往後退，他的同伴也跟著他後退。

蛾翅甩甩身上的雨水，沿著岸邊繼續往前走。松鴉羽快步跟在後面，對她的膽識非常刮目相看。「你應該當戰士的。」等到他們與風族巡邏隊拉開一段距離，他才說道。

「也許吧，可是我是個巫醫貓。」蛾翅擺明不願再多談這件事。她帶著他穿過河族邊界，進入蘆葦灘。腳下地面變成沼澤，他們沿著曲折的小徑走，溼地上的草葉不斷刷拂他身子。

「到底是什麼事啊？」松鴉羽突然聞到淡淡的煙味，不禁愣住。

「我們就是為了這件事來的。」蛾翅繼續往前走，松鴉羽疾步跟在後面。「把身子低下來。」草叢愈來愈茂密，她出聲警告。

低垂的草葉撩撥著松鴉羽的鼻子，害他沾黏到一堆種子，不禁打起噴嚏。他口沫四濺地跟在蛾翅後面，直到她突然停下腳步。松鴉羽怕撞上她，趕緊踉蹌煞住。

「就在這裡。」蛾翅大聲說道。

煙味更濃了。她為什麼帶他來看火？「怎麼回事？」他問道。

「有一叢蘆葦突然悶燒起來，」她告訴他。「已經燒了好幾天。」

「下雨也在燒？」

「蘆葦灘的其他地方都很潮溼，這塊卻一直在悶燒，」蛾翅解釋道。「也沒有完全燒起來，只是葉尖一直有小小的火光。」

松鴉羽靠過去，但那煙燻得他眼睛刺痛，鼻子不小心碰到，痛得他往後一彈。「這情況多久了？」

「三個日出了。」蛾翅告訴他。「自從大集會過後就一直在燒。」

「這是個預兆！」松鴉羽轉身對蛾翅說：「妳知道這是個預兆，是不是？」

她坐下來。「對我來說，這是沼澤裡的怪異現象。」她喵聲道：「但我相信你會在裡頭看出預兆，所以我才帶你來。」

「柳光看過了嗎？」蛾翅應該會先帶她的族貓來看吧？

「柳光根本不理會預兆，」蛾翅告訴他。「她不像你。」

松鴉羽朝那小小的火焰靠近。當火焰的熱氣觸到鼻子時，他的腦海裡突然出現火光的影像。火焰像花束一樣在他面前爆開，衝上天空，釋出橘色火光，就像……松鴉羽思緒紛亂……就像一條尾巴。

焰尾！星族給他預兆了，**去找焰尾！**他曾去過月池尋找那位死去的影族貓，但那時候他根本進不了星族的狩獵場。也許星族現在已經準備好了。

「謝謝妳！」松鴉羽表示感激，伸出尾巴輕撫蛾翅。莫非他沒猜錯，**她真的是第四隻貓？**

又或者焰尾才是。這個預兆改變了一切！如果他可以和焰尾談一談，說服他去告訴小雲他是意外溺死的，巫醫就能再度團結。只要巫醫能夠團結，四族或許就能及時聯手，對抗黑暗森林。

「我得回去了。」

蛾翅抬腳擋住他。「你知道這個預兆的意思嗎？」

「我想我知道。」若要向她解釋清楚，讓她完全明白，恐怕得花很多時間。但松鴉羽現在只想趕緊回家躺進臥鋪，到夢裡星族的狩獵場去。「它的意思是我現在得去找焰尾。」

「可是他死了，不是嗎？」蛾翅不安地問道。

「對我來說不是。」松鴉羽感覺到悲傷淹沒了蛾翅。

「我很羨慕你。」她低聲道。「即便在最黑暗的時刻，仍舊信心十足。」

松鴉羽垂下頭。「如果真是這樣就好了。」幾天前，他本來已經不再相信預言，不再相信他有能力實現天命。但現在似乎又出現曙光，只是黑暗仍然從四面八方逐步逼近。

「如果你需要我的協助，我絕對義不容辭。」蛾翅告訴他。「也許我不像你那麼信心十足，但我願意幫忙你為你的信念而戰。」

「謝謝妳。」松鴉羽轉身離開，他急著想回去。

「要我陪你一起走嗎？」他往回走時，蛾翅這樣提議道。

「我可以自己回去。」他循著自己的氣味沿著小徑跑到湖岸。

蛾翅的喵聲從後方的蘆葦叢傳來。「我會繼續監看這團火焰！」她吼道。「如果它熄滅了，就表示你已經找到你要找的東西了！」

第十六章

松鴉羽全身發抖。一陣冷風驚醒了他。他坐起來，感覺雨水灑在身上。這是哪裡？他在一處草坡上醒來。烏雲當空，天色昏暗。垂死的枯木和風雨摧殘後的野地構成了眼前陰沉的景象。他是在黑暗森林嗎？星族向來一年四季都是綠葉季，微風裡聞得到獵物的氣味。松鴉羽蓬起毛髮，抵禦寒意，朝斜坡下方的林子挺進。他聽不見鳥兒鳴唱，看不到生物移動。他聽見腳步聲，全身緊繃。這裡有貓嗎？

這時傳來毛髮刷過樹皮的聲音，松鴉羽心跳得厲害，趕緊低身躲進蕨葉叢裡，肚皮抵著地面，往外窺看。四隻泥濘的腳爪正朝他走來。是黑暗森林的戰士嗎？他往後退，藏進灌木叢的深處。一個熟悉的氣味覆上他舌頭。斑葉！他吁了口氣，從灌木叢裡爬出來。

斑葉停步。「松鴉羽，你在這裡做什麼？」

「這裡是星族的狩獵場嗎？」松鴉羽看著枯葉。

斑葉彈彈耳朵。「是啊。」

「發生什麼事了？」

「落葉季。」斑葉在寒風中弓起身子。「這是星族有史以來第一次遭逢落葉季，」祂的聲音像洩了氣一樣。「而且我在風中聞到禿葉季就快到了。」

「星族有禿葉季？不可能！」

「再也沒什麼不可能的事。黑暗森林正在崛起，」斑葉全身發抖。「而星族可能殞落。」

松鴉羽彈彈尾巴。「也許不會，我可以幫祢們忙。」他掃視林子，希望看見更多貓兒。

「我是來找焰尾的。」

斑葉表情驚訝。「為什麼現在來找他？」

「我看見預兆了。」松鴉羽解釋道。

斑葉一臉茫然地看著他。「預兆？」

「星族給我的預兆，燃燒的蘆葦。」

「星族沒有給你預兆。」斑葉偏著頭，「我們甚至連湖都看不到。」

「一定是其中一隻星族貓給我的！」松鴉羽甩掉身上的雨水。「上次我試圖找焰尾，但根本過不了月池。可是現在我來了。」

「星族沒有給你預兆。」斑葉堅稱道。

松鴉羽緩步從她旁邊走過，瞪看林子。「反正一定有誰送出這個預兆。」**是磐石嗎？**「我得找焰尾談一下，我要把巫醫貓重新團結起來。」

斑葉緊張地四處張望。「星族已經分裂了。你找不到焰尾的，他都待在影族的狩獵場。」

松鴉羽哼了一聲。「這裡沒有邊界。」

「現在有了。」斑葉厲聲道。

「這些邊界不是真的！」為什麼祂處處刁難呢？「我要去找焰尾！」

斑葉瞇起眼睛。「現在和以前不一樣了。」

「但真相永遠不變。」松鴉羽呸口道。「我一定要叫焰尾告訴小雲，他不是我殺的。」

「這不像你想得那麼簡單。」斑葉警告道。「影族不會讓你越過他們的氣味記號。」

松鴉羽氣餒極了。「我不用祢幫忙。」

斑葉想把鼻子探過去，他卻連忙縮起身子。「我沒說我不幫你！」祂斷聲道。「我只是警告你，這事並不容易。黃牙就像貓媽媽餵養小貓一樣不斷灌輸星族恐懼的心理！真是隻愚蠢的臭老貓！」

松鴉羽被祂的怒氣嚇到，不自覺地往後退。「所以祢要帶我去找焰尾？」

「當然！」祂往小徑走去。「影族的邊界在那個方向。」

松鴉羽匆匆跟在祂後面。

「你真以為我會棄雷族不顧？」斑葉咕噥說道。

「這不只關係到雷族，」松鴉羽糾正祂。「它關係到所有部族。」

他們從林子裡出來，穿過草地。野風肆虐，長草折腰。松鴉羽瞇起眼睛，抵禦刺痛的雨水。他的腳踩在腐敗的殘花爛葉上，發出咯吱聲響。他聽見前方河水的聲音，等到抵達河岸時，一顆心不禁揪了起來。水色黃褐，白沫四起，湍急氾濫，沖刷岩石，不停奔流。

「大家都到哪裡去了？」

斑葉朝上游處一群蹲坐在突岩底下的貓兒彈彈尾巴。**白風暴？**松鴉羽差點認不出那位白色戰士。祂的毛髮黏在身上，肋骨清晰可見。

「現在獵物很少。」斑葉解釋道。

長尾坐在白風暴旁邊，從狹窄的岩縫往外瞪看。祂的眼睛清澈明亮，不再眼盲，但是眼神哀傷。松鴉羽離開斑葉，去找他的族貓。「長尾！」他開心地跟老公貓打招呼。

長尾低下頭。「很高興見到你。」祂喃喃道。

松鴉羽的眼角餘光有團身影閃現，斑臉低頭走下岩石邊緣的陡坡。「松鴉羽？是你嗎？」祂快步朝他走來。「星族遭遇了可怕的事情，我們再也看不見各部族了。」

「我知道，」松鴉羽喵聲道：「因為黑暗森林的關係。」

「火星好嗎？」白風暴站起來繞著松鴉羽問道。

「他很好。」

「鼠毛呢？」長尾緊張地對他眨眨眼。

「還是不好伺候。」松鴉羽勉強笑了笑。他想叫他們別擔心，雷族沒有變。「蕨雲還發揮了戰士的本色，把育兒室管理得井井有條。」

「薔光呢？」長尾問道。「她痊癒了嗎？」

「她恢復得不錯，」松鴉羽承諾道。「亮心也懷孕了。」

白風暴的眼睛一亮。「真是個好消息！」

「松鴉羽！」後方傳來斑葉的喵聲。「我們該走了。」

「你們要去哪裡？」長尾傾身向前。

「去找焰尾。」松鴉羽抽動著耳朵。

白風暴的臉色一沉。「不要越過邊界。」祂警告道。

「星族不應該有邊界。」松鴉羽吼道。

長尾低下頭。「星族也不應該有落葉季。」

「我一定要找到焰尾。」松鴉羽轉身離開。

白風暴繞了過來，霍地擋住他的去路。「你不可能過得去。」

斑葉伸出尾巴輕撫老戰士的背脊。「我們一定得去。」祂輕聲說道。

白色戰士朝她眨眨眼，眼裡閃著憂色。「他們會把你們趕回來的。」

「祂們阻止不了我。」松鴉羽貼平耳朵。「這件事太重要了。」

白風暴讓開，讓松鴉羽通過。「小心點！」斑臉在後頭喊道，於是他跟著斑葉離開岩堆。祂帶著他往下游走去，循著一條直穿草地的河流往前走，直到河彎處才離開河邊，往遠處林子走去，最後在一棵樹墩旁停住。「我們已經抵達邊界了。」

小路兩旁是溼淋淋的刺藤叢，松鴉羽聞到上頭沾黏著影族的味道，那味道已經快被雨水沖洗掉了。**這裡是星族！**他提醒自己。貓兒在這裡會很安全。

「快蹲下來。」斑葉突然蹲下，彈著尾巴，示意松鴉羽照做。前方響起腳步聲。斑葉來回巡看。「我們得躲起來。」祂警告道。

「不，這太可笑了。」松鴉羽抬起下巴，從她旁邊大步離開，站在小路中央。他揚起尾巴，這時枯毛剛繞過角落停下來。

影族副族長張嘴露出尖銳的黃牙。「你們在這裡做什麼？」

鋸星和冬青花在祂後面出現，鋸星一看見斑葉就發出嘶吼聲。「我們不是告訴過你們，不要穿越邊界。」

「這裡是星族！」松鴉羽嘶聲道。「應該沒有邊界。」

斑葉繞過他。「我知道你們認為自己是在做對的事情。」祂喵聲道。「可是我們只是來找焰尾，想和他談談。談完後，就離開。」

鋸星伸出爪子。「你們找焰尾做什麼？」

松鴉羽刻意讓毛髮服貼下來，勇敢迎視影族副族長的目光。「我得到一個預兆，」他解釋道。「它告訴我，應該來找焰尾談一談。」

冬青花豎起毛髮。「星族沒有給你預兆！」

松鴉羽垂下頭。「老實說，既然祢們都設了邊界，消息自然不可能像以前那麼靈通，所以怎麼會知道預兆是誰給的。」他直言道。「反正任何部族都有可能。但它的確是個預兆。」

枯毛身後的刺藤叢一陣抖動，杉心步上小徑。「讓他們通過。」

枯毛豎起毛髮。「為什麼？」

杉心偏著頭。「讓他們和焰尾說一下話，對我們有什麼害處？」

冬青花咆哮道。「他們要越過我們的邊界。」

「他們等一下就會再越過邊界，回到自己的領地。」杉心告訴祂。

枯毛朝松鴉羽靠近。「如果我們讓他們通過，那設邊界還有什麼意義？」

杉心沒有移動。「松鴉羽不是一般的貓。妳很清楚這一點。」

他們默不吭聲了一會兒，枯毛才低下頭，往後退一步。「我想我們可以特別通融。」

松鴉羽點點頭。「謝謝祢。」他從影族巡邏隊旁邊緩步走過，感覺到他們的目光像火一樣炙燒著他的毛髮。他回頭看了斑葉一眼，雷族巫醫跟上來，在經過影族貓身邊時，還緊張地瞟了對方一眼。等到轉過彎道，松鴉羽才加快腳步。「來吧。」他回頭催促道。

「你知道去哪裡找祂嗎？」

「預兆是燃燒的蘆葦，」松鴉羽告訴她。「所以祂應該在蘆葦叢附近。」

斑葉表情懷疑地看著前方隱約出現的松樹林。「蘆葦？在影族的領地裡？這聽起來比較像河族吧。」

祂說得沒錯。松鴉羽掃視刺藤叢，心想這附近不知道有沒有河？

「等一下，那條河會穿過這裡的狩獵場。」斑葉繞過小路，鑽進蔓生的灌木叢，松鴉羽跟在後面。穿梭在莖梗間，突然腳下的地面變成下坡，沒多久，松鴉羽就聽見河水潺潺的聲音。

「在那裡。」斑葉朝前方滾滾奔騰、水色汙濁的河流點頭示意。斜坡過去是平坦的蘆葦灘。「影族要求把這塊領地劃給他們，純粹是為了刁難河族。」

松鴉羽掃視大片蘆葦叢，希望能看見橘色的身影。「祢有看到祂嗎？」他問斑葉，但後者已經朝河岸跑去。祂鑽進蘆葦叢，松鴉羽跟在後面。「焰尾？」他低頭鑽進去，冰冷的河水冷不防地淹上他的腳，他全身發抖。

他瞄見斑葉的玳瑁色身影在蘆葦叢間忽隱忽現。「有看到什麼嗎？」他喊道。他突然停下腳步，某種味道襲上他的鼻子。絕對是影族！而且很新鮮。是焰尾嗎？他往前走，腳下地面愈來愈溼軟。河水淹到他下腹的毛髮，他每一步都走得艱辛，因為爛泥正把他往下拖。「焰尾？」他睜大眼睛，隔著蘆葦叢的縫隙探看。「焰尾！」

松鴉羽想再往前踩一步，後腳卻被吸住。他用力拉，試圖從黑色的爛泥巴裡脫身，卻陷得更深，開始下沉。他抬起肩膀，想拔出前腳，反而下陷，爛泥巴漫過膝蓋。「斑葉！救命！」他開始心慌。他愈想拔出其中一隻腳，另一隻腳就陷得更深。泥水漫上他的肚皮，浸溼他的腰腹，淹漫他的胸口，他趕緊抬高下巴。

「你找到祂了嗎？」斑葉從蘆葦間探出頭來。

「不要過來！」松鴉羽尖喊道。「我快沉下去了。」

斑葉探出身子，張嘴想咬住松鴉羽的頸背，但牙齒喀嚓一聲在他耳邊落空。祂退回硬實的地面。「我搆不到你。」

「祢在那裡別動！」松鴉羽朝她嘶聲道。「別兩個都淹死了。」

斑葉眼裡黠光一現。「你先不要動！我去找根棍子。你再用牙齒咬住它。」祂轉身，尾巴甩過松鴉羽的鼻子，就往回跑。

「看起來你好像有麻煩了。」一個聲音從蘆葦叢裡傳出。松鴉羽扭頭看見一張橘色的臉正隔著蘆葦梗偷窺他。

「焰尾！」影族貓冷漠旁觀。「快救救我！我快淹死了。」

焰尾上前一步，然後停下來，眼裡射出怒火。「我瞭解那種感覺。」

「祢抓得到我嗎？」松鴉羽伸長脖子，想看清楚後方的地面。也許那裡夠紮實，足以支撐焰尾的重量。

「我為什麼要救你？」焰尾的喵聲冷若冰霜。「你當初也沒救我。」

「我有！」松鴉羽感覺到祂的鬍鬚碰到了爛泥表面。他把頭往後仰，覺得爛泥正淹上他的下巴。「可是我救不了祢！我的時辰未到，我得自救活下去。」

焰尾嘶聲道：「可是我就不能活下去？」

松鴉羽急著想說服影族貓祂的死不是他的錯，可是髒汙的泥水就快灌進他的嘴裡。

「不公平，」焰尾咆哮道。「我死得太冤了。」

「可是祢還有天命得完成！」松鴉羽用力甩頭，呸出一嘴的泥水。「現在只有祢可以拯救影族！黑暗勢力正在崛起，如果祢放任不管，他們很快就會消滅祢的族貓！我需要祢去呼籲四族團結起來。如果我們想活下去，就只能靠這個方法！」他又咳了起來，泥水從他嘴裡呸出。

「我為什麼要相信你？」焰尾不屑地說道。「雷族貓都是兇手！就算我不是你害死的，你的族貓也曾經在我一抵達這裡的時候，試圖殺害我。」

「這裡？」松鴉羽費力地說。「是誰？」

「藤池！」焰尾從蘆葦叢裡探出鼻子。「我正在找路去星族，她就用爪子想戳破我的喉嚨！要不是虎心阻止她，她早得逞了。現在輪到我看你在這裡活活被淹死。」

泥水漫過松鴉羽的嘴巴，他趕緊閉上，爛泥漫上他面頰，他掙扎著想靠鼻子吸進空氣。

「焰尾！」斑葉的吼聲劃破空氣。「別學戰士那樣口出惡言，祢是巫醫貓！」焰尾的目光射向那隻玳瑁色母貓。斑葉怒目瞪祂，爪間抓了根歪扭的樹枝。「祢擁有祢想像不到的力量，」祂吼道，「祢只需要說出真相就行了。」

焰尾貼平耳朵，彷彿不想聽下去。

「祢必須幫助巫醫團結起來。」斑葉轉成懇求的語氣。「如果巫醫守則被打破了，各部族就會衰敗。部族的中心思想是在我們身上，不是戰士守則。不要忘了祢以前做過的承諾。」

松鴉羽的鼻孔在泥水裡冒出泡泡，他看見焰尾不安地來回踱步。爛泥已經漫過他的背，他再也感覺不到腳的存在。一種怪異的平和感淹漫了他，彷彿他知道再爭辯也無益。

「我真的有那力量嗎？」焰尾喃喃說道。

松鴉羽想要點頭。**是的，祢星權在握！**可是他的肌肉不能動，他閉上眼睛，突然覺得自己從來沒有這麼疲累過。他好像看到眼前有誰動了一下，但那似乎離他很遙遠。

突然間，他感覺到某樣東西正插進他兩隻前腿之間。原來斑葉把那根樹枝戳進泥漿裡想扳醒他。「快醒來，松鴉羽！快！」祂嘶聲道。「我不會讓你就這樣死掉。」

這時他聽見蘆葦被壓斷和泥水四濺的聲音，焰尾正涉水穿過蘆葦叢，前來幫忙。焰尾蹲下來，用牙齒咬住棍子末端，穩住它，好讓斑葉控制棍子的方向，朝松鴉羽靠近。

「快！」斑葉吼道。

松鴉羽眨眨眼。他不能放棄。他已經找到焰尾！所以還有希望！他奮力划著爛泥，直到爪子勾住樹枝尾端，把它拉近，兩隻前腿緊緊抱住。泥水濺上他的臉，他很想吐，只能閉上眼睛，但不敢鬆手。

「用力拉！」斑葉下令，兩隻巫醫貓開始往回拖那根棍子。

松鴉羽感覺到自己被同時往前和往上拉。他的嘴終於離開爛泥表面。他上氣不接下氣，大口吞進空氣。斑葉和焰尾使力慢慢拖他出來。松鴉羽不斷踢著後腿，終於爬出泥沼，氣喘吁吁地癱倒在蘆葦叢間，感覺斑葉正在按摩他的胸口。

「我沒事，」他上氣不接下氣。「我只吞了一點泥水。」然後突然咳了起來，吐出一大口泥水。

「我們該走了。」斑葉轉身離開。「時間不多了。」

焰尾推推松鴉羽，扶他站起來。「為什麼時間不多？」

「我們得找到所有巫醫！」斑葉回頭喊道，同時跳上斜坡。焰尾追在後面。

時間不多了？松鴉羽鑽進蘆葦叢裡，蹣跚爬上斜坡。等他抵達坡頂時，斑葉和焰尾正衝進松樹林裡。他加快腳步跟在後面，剛剛受到的驚嚇已經漸漸消退。**為什麼要這麼急？**

他突然明白了，**巫醫們一定也跟我一樣是在夢中。所以得趕在他們醒來之前找到他們！**他的腳往地上用力一蹬，快步拉近他和焰尾、斑葉的距離，終於在松樹林的邊緣趕上他們。

斑葉停下來，瞪大眼睛看著林子。「我們得趕在太陽出來之前找到他們！」祂氣喘吁吁。

焰尾瞪大眼睛。「快點！」祂沿著林間一條曲折小徑快步離開。「我知道小雲在哪裡！」

松鴉羽追在祂後面。斑葉也緊追在後。

「小雲！」他們才剛爬上一座低矮的高地，焰尾便大聲呼喊。

影族巫醫貓正站在山凹處。他扭頭一看，驚訝地瞇起眼睛。「焰尾？松鴉羽？」

松鴉羽朝他的方向跳下斜坡。「我知道，」他搶先說道，「我不再是巫醫貓，可是焰尾有話要告訴你！」

小雲的目光移到橘色的巫醫貓身上。「祢去哪裡了？我一直在找祢。」

焰尾垂下頭。「自從我死後，就躲著不讓大家找到。」他語帶歉意地說道。

「既然知道祢平安無恙地和祖靈在一起，我就放心了。」小雲用鼻子磨蹭他同伴的面頰。

斑葉用鼻子推開他們。「我們得趁所有巫醫還在夢裡與星族交流時找到他們。小雲，快跟我們來。」祂轉身對焰尾說：「走哪條路才能最快抵達風族的狩獵場？」

「先出松樹林，直接往金雀花叢那裡去。」斑葉點點頭，隨即跑開。

松鴉羽等了一會兒才跟上去。他目不轉睛地看著焰尾藍色的眼睛，他有太多話想對祂說，但感覺得到焰尾早已知道他要說什麼。「謝謝祢。」他喃喃道。

焰尾點點頭。「我們都是為了部族好。」祂喵聲道。

「沒錯，都是為了部族好。」松鴉羽重複道。說完便轉身跟在斑葉後面衝出去，松葉在腳下飛濺。他聽見焰尾和小雲也跟在後面，腳步聲在潮溼的地面上迴盪。

他們衝出林子，爬上覆滿石楠的山丘。山丘就聳立在紫灰色的陰森天空下。斑葉鑽進灌木叢的縫隙，消失其中，松鴉羽追在後面。焰尾和小雲緊跟在後。小路蜿蜒向上，兩邊盡是扎人的灌木叢。松鴉羽察覺到這裡不只有他們，還有其他身影不時閃現於葉叢間，一雙雙發亮的眼睛藏在暗處，但沒有貓兒阻攔他們。

當他們抵達丘頂時，大叢金雀花擋住去路。他們慌忙繞道，這時松鴉羽瞄見一處空地，鑽了過去，竟意外進入一處岩地。

斑葉跟在後面衝出來。「他在那裡！」祂衝向岩邊一個獨坐的身影。隼翔轉身看著他們。

斑葉爬上去，在他旁邊止步。「我們需要找你談一談。」

松鴉羽的腳步在平滑的岩面上打滑，他發現前方地面陡降，嚇得倒抽口氣，趕緊伸出爪子戳進岩面，及時煞住腳步。

隼翔蜷伏在陡峭的懸崖邊緣。下方深處就是袤廣的山谷，一路向雲霧盡頭的地平線延伸。

隼翔皺起眉頭。「什麼事？」

「我們需要找到柳光！」小雲和焰尾才趕上來，斑葉便開始掃視山谷。「河族的領地在下面嗎？」

「沒有必要去那裡找我。」

一個聲音從後方傳來。柳光緩步越過丘頂，朝他們走來。「我之前就看到你們了，心想你們到底在幹什麼。」她瞪著松鴉羽。「你是因為蛾翅才來這裡的吧?她說你今天來過河族。」

「是啊，」松鴉羽差點喘不過氣來。「我看見了預兆。」

柳光點點頭。「所以她才要我今晚來星族。我就覺得有點怪，她平常從不提星族的事。」

松鴉羽開始慌張，他發現河族貓的身形正在消失。柳光正從星族離開，隼翔和小雲也變得愈來愈蒼白。松鴉羽低頭看自己的前腳，發現應該是腳趾的地方現在竟可以看見灰色的岩石。

「太陽快出來了，就要照到湖面，你們快從星族消失了。」斑葉看著焰尾。「快，快告訴他們。」

「松鴉羽不是殺害我的兇手！」焰尾脫口說出真相。「我淹死了。松鴉羽當時想救我，但我太重了，水流又太強，我的死不是他的錯。」

「謝謝祢，焰尾。」松鴉羽垂下頭，四周景色開始混沌打轉。「祢已經完成祢的天命。」焰色的影族巫醫貓抬起頭來。**第四隻貓一定是祂**。松鴉羽環顧其他巫醫貓，他們已經變得幾乎透明。「我們明天月池見。」

「好！」隼翔喊道。

「我會到！」柳光承諾道。

「我也會到！」形體正在消失的小雲，聲音小到像在呢喃一樣。

焰尾的橘色身影映襯在消失中的岩石上。「真奇怪，竟然得等我死了才能完成我的天命。」祂注視著松鴉羽。「謝謝你來找我。」祂的眼神平和。「現在不管發生什麼事，我都會支持四族，還有所有族貓。」

「松鴉羽，」就在天地消失之際，斑葉的鼻息聲在他耳邊響起。「他不是第四隻貓。」

「他一定是！」松鴉羽在臥鋪裡蠕動著腳。

「不是，你得再繼續找！」松鴉羽突然醒來，睜開眼睛，眼前一片墨黑，斑葉的聲音仍在耳邊迴盪。

第十七章

獅焰在空地上踱步。雖然雲已經散開了，黎明天色清朗了起來，但各窩穴仍有雨水滴滴答答地掉下來。族裡開始出現騷動。臥鋪窸窣作響，波弟打著呵欠從長老窩裡緩步出來，忍冬叢跟著抖動。

「小夥子，你起得很早。」老公貓在空地對面喊道。

「我在等黎明巡邏隊。」獅焰告訴他。他焦慮到爪子微微刺癢。他們回來時會提供更多和陌生氣味有關的消息嗎？

「你應該去休息了。」火星從擎天架上跳下來。「你半夜已經出去巡邏過了。」

獅焰停下腳步。「你也是啊。」他們和蕨毛、沙暴走遍了整座領地，結果在各處的溝渠和山凹裡都聞到陌生氣味。

沙暴從族長窩裡探出頭來。「知道林子裡到處都是敵人，誰還睡得著！」

「噓！」火星甩著尾巴，制止她。

沙暴蹣跚爬下岩石，跌跌撞撞地走到伴侶貓旁邊。「對不起，」她低聲道。「可是這事難道不該讓所有族貓都知道嗎？」

火星的爪子深戳進土裡。「等我確定敵人是誰再說吧。」他的目光迎向獅焰。

他要怎麼跟族貓們說呢？他們有辦法接受黑暗森林即將反撲部族貓的事實嗎？獅焰全身發抖。先前當他聞到那些氣味裡頭竟攙有藤池的氣味時，他驚駭不已。火星是不是已經猜到那位年輕戰士一直和黑暗森林的貓兒為伍？**不過他也可能以為那是先前狩獵時留下的氣味。**

巫醫窩入口一陣窸窣抖動，松鴉羽鑽了出來。「獅焰，」他快步走向他哥哥。「我去過星族了。」他在獅焰耳邊低聲說道。

獅焰把松鴉羽帶到空地邊緣。「祂們跟你說了什麼？」他嘶聲道。

「我找到焰尾了！」松鴉羽的盲眼閃閃發亮。「祂把祂死亡的真相告訴其他巫醫了。我們今晚要在月池碰面。」

「會不會太遲了？」獅焰一臉嚴肅地問道。如果黑暗森林的貓現在都敢在湖邊隨意留下氣味，這表示最後一仗就快到了。

「我們必須相信還有時間！」松鴉羽嘶聲道。「如果巫醫願意再團結起來，或許就有辦法叫他們的族長也照做。」

「我們還得找出第四隻貓。」獅焰提醒他。如果預言沒有實現，就算團結起來又有何用？

「不是焰尾。」松鴉羽大聲說道。

獅焰驚訝地瞪著弟弟。「你為什麼認定不是祂？」

「蛾翅帶我去看一個預兆，」松鴉羽解釋道。「有蘆葦悶燒了起來，就算下雨也無法澆熄。我以為這表示焰尾是第四隻貓，但是斑葉告訴我，祂不是。」

獅焰揮揮尾巴，非常挫折。「我想斑葉應該沒告訴你誰是第四隻貓吧。」

「我想祂也不知道。」松鴉羽繞著獅焰轉。「我們得自己去找。」他突然停住。有隆隆的腳步聲正朝荊棘屏障而來。獅焰嗅聞空氣。**棘爪**。黎明巡邏隊回來了。

屏障一陣窸窣，棘爪衝進營地裡。「風族已經重劃邊界，而且在河邊派了常駐的守衛。」他毛髮凌亂地往火星走去。「我們應該也要這麼做。」

灰紋和蜜妮跟著雷族副族長走進營地，錢鼠掌、玫瑰瓣和鴿翅跟在後面。

「我應該在邊界留守。」灰紋吼道。

「怎麼可能讓你單獨留守？」蜜妮爭辯道。

火星瞇起眼睛。「那你就去吧，」他對灰紋下令，「但是遇到任何麻煩的話，不要逞強，先回來警告我們。」

栗尾從戰士窩裡探出頭來。「風族打算入侵了嗎？」

「我們不確定。」火星告訴她。「但最好先做足萬全準備。」他用尾巴示意棘爪，相偕爬上岩石，朝他的洞穴走去。

錢鼠掌繞著玫瑰瓣跳。「我可以跟灰紋去嗎？」他懇求道：「我的聽力比他好，我可以比他先聽到敵人的動靜。」

玫瑰瓣目光凌厲地看著自己的見習生。「灰紋的經驗豐富，分得清楚什麼聲音有威脅，什麼聲音只是風吹草動。」她把他推向獵物堆。「這種事一定要很小心地判斷，你去吃點東西吧。」

錢鼠掌跺著腳走了。鴿翅前來找獅焰和松鴉羽。「風族很生氣，」她警告道。「他們在高地四處聞到敵人的氣味，尤其是雷族的。」

藤池也在其中嗎？獅焰的尾巴不停抽動。

松鴉羽瞇起眼睛。「照這情勢看起來，根本不勞黑暗森林出動，」他咕噥道：「四族自己就會先打起來了。」

「我們得查出來碎星在打什麼主意。」獅焰傾身對鴿翅說：「去找藤池來，她現在也該告訴我們黑暗森林裡究竟在玩什麼把戲了。」

「她一定在睡覺。」鴿翅瞥了見習生窩一眼。「我不想叫醒她。」

「我不管她是不是在睡覺，」獅焰嘶聲道：「去把她叫來。」

鴿翅朝紫杉叢走去，獅焰則把松鴉羽往地上那根山毛櫸的方向推。罌粟霜正在戰士窩外面伸懶腰，莓鼻從她身邊擠過，朝往獵物堆走去。狐躍和蟾蜍步已經在清昨天的獵物了。

「棘爪組成巡邏隊了嗎？」狐躍用腳爪勾出一隻乾癟的鼩鼱。「我們需要添一點新鮮的獵物。」

「我想也是。」蕨雲從育兒室裡出來。「亮心很餓，可是她不想吃不新鮮的老鼠。她快生了，胃口變得比以前挑剔。」

「我去狩獵。」錢鼠掌提議道。

玫瑰瓣坐了下來。「我們才剛巡邏回來。」

狐躍用腳掌搓搓鼻子。「我帶錢鼠掌和櫻桃掌出去好了，妳休息吧。」

「謝謝你。」玫瑰瓣小聲道。

紫杉叢一陣窸窣，鴿翅從裡頭出來，藤池睡眼矇矓地跟在後面。獅焰用尾巴示意她們倆，要她們走到山毛櫸的陰暗處。

「什麼事啊？」藤池打著呵欠。

松鴉羽抬起一隻腳。「妳得告訴我們黑暗森林裡到底發生了什麼事。」他嘶聲道。

獅焰扭頭示意藤池走近點。「部族裡到處都是黑暗森林的氣味。還有妳的。」

藤池貼平耳朵。「不是只有我跟著黑暗森林探訪湖邊。」她語帶自衛地說道。「其他部族貓也有來。」

「為什麼？」獅焰壓低聲音。

藤池回頭看看，確定隔牆無耳。「碎星說我們必須熟悉各部族的領地，這樣要是發生緊急事件，才可以互相支援。」

憤怒的血液衝進獅焰的腳爪。「部族貓真的相信那套鬼話？」

藤池抽動其中一隻耳朵。「大部分的貓都知道碎星心懷不軌。」

「那其他貓呢？」獅焰試圖瞭解。

藤池突然壓低聲音。「有少數部族貓希望黑暗森林打敗你們。他們認為自己的族長太軟弱。」

獅焰瞪大眼睛。怎麼有戰士背叛自己的部族？他們不是都很遵守戰士守則嗎？「是哪些貓？」他嘶聲問道。

藤池看著自己的腳。「等到開戰時，他們還是有可能改變心意。」

獅焰吼道：「告訴我們是哪些叛徒？我們必須警告他們的族長。」

松鴉羽緩步走上前，擋在他們中間。「這方面的事情我們就相信藤池吧。」他警告道。「等到開戰時，他們可能決定要站在正義這一方。但如果我們現在就譴責他們，只會迫使他們投靠敵人。」

藤池投以感激的一眼。「碎星說我們必須照他的話做，」她的尾巴在發抖。「不然他就殺了我們。他是認真的，他已經殺了甲蟲鬚。」

獅焰的腳爪緊抓地面。「甲蟲鬚？」

鴿翅已經豎起耳朵。藤池朝她姊姊點個頭，瞪大眼睛。獅焰知道鴿翅打算聽那位河族戰士是否仍有聲息。他屏住呼吸，暗自祈禱藤池是錯的。

「怎麼樣？」獅焰等不及了。

「他死了。」鴿翅回報道。「河族找不到他。他們一直在喊他的名字，可是都沒有回應。」

藤池縮起身子，全身發抖。「他長眠在黑暗森林裡，再也回不來了。」

「現在我們知道我們面對的是什麼了。」松鴉羽咆哮道。「如果碎星在還沒開戰前就敢殺掉成員，這表示他一定很有信心打贏這場仗。」

獅焰點點頭。「而且他們已經查清楚各領地的最佳攻擊地點。」他從山毛櫸的陰暗處走出來，越過空地。「來吧，藤池。」

鴿翅也跟上去，但獅焰用尾巴揮開她。「你跟松鴉羽留在這裡，」火星的窩穴恐怕容不下這麼多貓。「給藤池一點空間。」

他跳上亂石堆，攀上擎天架，小石子灑了藤池一頭一臉。他等她爬上來，推她進族長窩。棘爪抬頭望向他們，滿臉驚訝。「你們來這裡做什麼？」他正坐在火星旁邊。

藤池不安地蠕動著腳。

「有最新的消息要告訴你們。」獅焰隱約看見火星坐在洞穴後方的陰影處。「藤池從以前就能在夢裡進入黑暗森林，」火星愣了一下，獅焰繼續說道：「她是去那裡幫我們臥底。」

棘爪猛地抬頭。「看在星族的份上，這是怎麼回事？」

火星的尾巴掃過窩穴的地面。「棘爪，黑暗森林正在崛起，」他看著藤池，眼裡有光芒閃現。「我猜每夜入侵我們領地的就是他們。」

藤池點點頭。「碎星和虎星說服了一些部族貓，答應把他們訓練成最厲害的戰士。」

「虎星？」棘爪的眼睛在幽光閃現。「他跟這件事有什麼關係？」

「他是黑暗森林裡最資深的戰士之一，」獅焰解釋道。「他一直在召募湖邊的貓兒，在夢裡訓練他們。現在他找到一條路可以帶他的戰士進入我們的領地。」

棘爪喉間發出低吼。「為什麼我永遠擺脫不了我父親？」

火星的目光頓時銳光一閃，彷彿陷入遙遠的記憶。「這是一場從沒停過的仗。」

「什麼仗沒停過？」葉池的喵聲從洞口傳來。

「我們要跟誰打仗？」松鼠飛瞪大眼睛，從她妹妹肩膀後面探看。

火星走上前去，挨近獅焰。「也該是時候把你的天命告訴你的至親們，現在他們都在這裡。說吧。」

獅焰退後幾步。「這不關他們的事！」他心跳加速，目光從棘爪掃向葉池。「而且他們不是我的至親。」

火星的鼻息呼在他的毛髮上。「葉池生下你，松鼠飛和棘爪養大你。沒有他們，這個預言不可能實現。」

到現在也還沒實現啊！他們又不能幫忙找到第四隻貓，更無法對抗黑暗森林。

棘爪站了起來。「跟我來。」

獅焰突然覺得自己又變回了小貓。這位他自小認定是父親的戰士從他身邊走出洞穴。葉池轉身默默跟在後面，松鼠飛尾隨其後。

「獅焰，把實情告訴他們。」火星低聲道。「他們必須知道。」他坐了下來。「藤池可以趁你們去談話的時候把她夢裡所知的一切告訴我。」

獅焰不甘不願地爬下亂石堆，跟著棘爪、葉池和松鼠飛走向營地入口。

松鴉羽衝了過來。「發生什麼事？」

「火星要我告訴他們預言的事。」獅焰咆哮道。

「我跟你們一起去。」松鴉羽跑到他們旁邊。

「去找冬青葉來，」獅焰喵聲道。「這件事也跟她有關。」

「她不是預言的一部分。」松鴉羽提醒他。

「她是我們的姊姊，」獅焰堅持。「她知道的事情不比我們少。」

松鴉羽回頭穿過空地，獅焰則低頭鑽進隧道。葉池的尾巴不小心碰到他鼻子，他哼了一聲。當他從荊棘隧道裡鑽出來時，棘爪已經坐在營地入口遠處的凹地裡。他的尾巴塞在腳邊，松鼠飛在他旁邊踱步，表情嚴肅。葉池坐在離他們一條狐狸身長之距的地方。

「什麼事啊？」冬青葉的喵聲從隧道裡傳來。她低頭鑽出來，看見營地外聚集了幾隻貓，不禁驚訝地眨眨眼睛。

松鴉羽跟在她後面爬出來，把她往前推。「我們要把預言的事告訴他們。」

「現在？」她的耳朵不停抽動。

是啊，現在。獅焰爪子刮著地面，枯葉在他腳下咯吱作響。

「很久以前，火星就聽過一個預言，」他開口道。「有三隻星權在握的小貓即將出生。」

棘爪愣了一下。「是你們三個？」他的目光從獅焰掃到松鴉羽，再到冬青葉。

「不是我。」冬青葉立刻糾正他。

松鴉羽朝他姊姊移近。「不過我們一開始也以為她是其中之一。」

松鼠飛傾身向前。「第三隻貓是誰？」

「鴿翅。」獅焰繼續說道：「我們身負天命，要把四族從黑暗森林裡解救出來。」

棘爪的眼裡射出怒火。「你們為什麼不早告訴我？就因為我不是你們真正的父親？」他瞪了松鼠飛一眼。「妳知道這件事嗎？是不是因為這樣，妳才騙我他們是妳的孩子？」

松鼠飛退後幾步，瞪大眼睛。「不是。」

獅焰走過去擋在他們中間。「這件事你們都不知道，只有火星和我們知道。」

松鴉羽上前一步。「我們必須靠自己的力量完成我們的天命。」

「可是也許我們幫得上忙。」葉池的眼裡布滿愁雲。「你們不必全部自己承擔。」

獅焰對她咆哮：「如果妳當初沒有打破巫醫守則，也許我們就不必承擔這些了。」

葉池的眼裡有受傷的神色，松鼠飛衝到她妹妹面前，怒瞪著獅焰。「你是不是寧願沒出生？」她厲聲道：「那麼誰來拯救我們脫離黑暗森林的魔掌？」

「我們又還沒拯救你們。」松鴉羽咕噥道。

「但你們會的。」葉池從松鼠飛旁邊走過來，目光一掃陰霾。「你們生來就是為了拯救部族。」

棘爪憤怒地抽動著尾巴。「為什麼一定要撒這麼多謊？」他瞪著松鼠飛。「妳當初為什麼不告訴我真相？」

松鼠飛垂下頭。「這不是我可以決定的，我必須顧慮葉池，她可能因此失去很多東西。」

「她現在還不是失去了。」棘爪咆哮道。

「不，我沒有。」葉池抬起鼻子。「我看見我的小貓長大，我看見他們一個個成為傑出的戰士，而我到現在都還能為我的部族全心效命。」

獅焰感覺自己突然被點醒，或許這才是最重要的。葉池已經犧牲了這麼多，雖然她的小貓排斥她，但她始終愛著他們。即便在他最低潮的時候，也無法否認這一點。

「棘爪，我很抱歉。」松鼠飛朝雷族副族長靠近。她的語氣不再膽怯，彷彿已經厭倦了那種自我懲罰的感覺，畢竟她自始至終相信自己沒有做錯事。「我希望你明白，我從來沒有想過要傷害你，我愛你，我很驕傲能和你一起撫養這些小貓長大，你是個稱職的父親。」

「但我不是他們的父親。」棘爪嘶聲道。

「是，你以前是。」松鼠飛把鼻子朝棘爪的鼻子挨近。她的眼睛閃閃發亮。「別因為你氣我，就否定了一切。」

獅焰吞吞口水。「能當你的兒子，是我的榮幸。」

棘爪驚訝地看著他，彷彿早忘了獅焰在這裡。副族長臉上表情起了點變化。「在我心目中你是最棒的兒子。松鴉羽，你也是。冬青葉，妳是我最棒的女兒。」冬青葉開口彷彿想反駁什麼，但棘爪搶先一步。「這整起騙局都與你們無關，我很清楚這一點。不管你們做了什麼，也是因為早在你們出生時，這個謊就存在了。」

「這件事全錯在我，」葉池小聲說道：「你不要錯怪松鼠飛，她是為了保護我。既然現在我們都知道了這個預言的存在，那麼顯然最重要的就是讓這些孩子被部族接受。至於我們怎麼樣，並不重要，重要的是他們。打從他們出生的那一刻，他們的天命就左右了我們的命運。」

松鼠飛點點頭。「一切都是注定的。」

獅焰低頭看著自己的腳。如果他們可以接受自己的命運，那麼他也應該有足夠勇氣接受自己的。**我是四力量之一。**

第十八章

松鴉羽沿著月池邊緣踱步。腳下的岩面冰涼，冷風在頭上呼嘯。**求求祢們，星族，快讓他們來吧！**昨晚巫醫貓們曾允諾一定會來這裡找他。

但他卻度日如年，總覺得好像過了一個月之久。下午獅焰吐實時，腳下世界像被撼動了一樣。葉池的聲音迴盪在他腦海裡。你們生來就是為了拯救部族。希望的火花彷彿在葉池的身上跳躍，棘爪和松鼠飛長久以來的心結也有了解開的跡象。

山谷邊緣外面的卵石喀吱作響。

「小心點！」隼翔厲聲道。

「對不起。」有隻貓撐起身子爬上山脊，毛髮刷過岩面。

松鴉羽緩步向前，感覺到腳下岩面坑坑洞洞。「柳光，是妳嗎？」

「我們在這裡，」河族巫醫貓循著小徑緩步朝月池走來。「蛾翅要我跟你問好。」

「你為什麼不在河邊等我們？」隼翔跳下來與他們會合。

「我不知道你們會不會來。」松鴉羽換個站姿。

小雲四肢僵硬地走進山谷，長途跋涉把他這把老骨頭折騰得疲累。「我們不是告訴過你我們會來嗎？」

「為了來這裡，我得把營地裡一群流鼻涕的戰士暫時擱下。」隼翔蓬起全身毛髮。「禿葉季的第一道寒流已經帶來了幾個病號。」

「很嚴重嗎？」小雲問道。

「只是流鼻水和輕微咳嗽，」隼翔告訴他，語氣顯然輕鬆。「我交代白尾坐鎮藥草庫，她知道怎麼治療喉嚨痛的毛病。」

柳光的爪子刮著岩面。「也許你該收個見習生當徒弟了。」

松鴉羽打斷她的話。「如果黑暗森林消滅了我們，隼翔恐怕就不需要見習生了。」

柳光的鼻息呼在他耳朵上。「你這話是什麼意思？」

「他們已經找到方法走出無星之地。」

「越界到我們的領地？」柳光低聲道。

小雲的爪子刮著岩面。「所以一直以來都是他們在搞鬼！」他的聲音帶著一絲恐懼。「原來偷偷入侵我們影族領地的是黑暗森林的戰士！」

「是入侵我們四族的領地。」松鴉羽糾正他。「他們想找出最適合作戰的地點，這表示他們隨時可能展開攻擊。」

隼翔咆哮道：「不過是幾條髒兮兮的死貓，我們一定能打贏他們。」

松鴉羽傾身向前，心跳得厲害。「那不是幾隻死貓而已，」他嘶聲道。「他們還收了我們的族貓當見習生。」

柳光倒抽口氣：「怎麼可能？」

「他們在夢裡訓練他們。」松鴉羽無視身邊貓兒的驚駭，他必須讓他們知道事實真相。

「風族貓不會背叛自己的部族！」隼翔咆哮道。

「在黑暗森林裡受訓的大部分族貓並不知道自己在做什麼，」松鴉羽解釋道。「他們相信自己是為了部族好，以為碎星和他的黨羽會把他們訓練成更厲害的戰士，為部族效命。」

「大部分？」柳光重複道。「那少部分的呢？」

松鴉羽面對她。「有少部分部族貓希望黑暗森林打贏我們。」

「只是少數幾個叛徒而已，我們應付得來！」小雲繞著柳光轉。

「我希望你是對的。」松鴉羽陰沉地說道。「不過碎星曾威脅要殺掉那些想反抗他的部族貓。更何況混戰中，我意思是說當四族遭到攻擊時，敵我界線很難分得那麼清楚。」松鴉羽大步走到水邊。「四族都將流血成河。」他轉身，瞪大那雙盲眼。「虎星的天命就是要消滅所有部族貓。」

「我們該怎麼辦？」柳光輕聲問道。

他在月池邊蹲下來。「我的天命是要阻止他。」

「怎麼阻止？」小雲緩步走近。

松鴉羽猶豫了一下。「我還不知道。」他已經警告了巫醫貓，或許他們可以回去警告他們的族貓。**但這樣就夠了嗎？**

柳光不安地蠕動著腳。「星族會保護我們的。」

「星族已經分裂了。」隼翔提醒她。

松鴉羽用腳爪緊抓著岩面，試圖揮開心底的寒意。「祂們比我們還要害怕。」他喃喃道。柳光的呼吸急促。「我們怎麼可能獨自打敗黑暗森林？」

當所有的貓兒都閉上眼睛時，我們卻賜與這隻盲眼貓一雙看得見的眼睛。你的視界比誰都來得清楚。午夜的話突然在他心裡浮現，還有棘莓的聲音也在這時迴盪：**你已經知道答案了。**

松鴉羽抬起下巴大聲說道：「焰尾讓我們團結了起來，現在我也要讓星族團結起來。」

「你要怎麼做？」小雲的尾尖抽打岩面。

「我要讓祂們知道祂們的處境危險！」松鴉羽轉頭用鼻尖碰觸月池。

四周的世界突然豁然打開，不再漆黑一片。他站在綠油油的坡頂，頭上烏雲掠過，腳下是袤廣牧草，風吹草低。山谷裡林木成群，葉落枝禿。星族的狩獵場已經進入禿葉季。

「太陽到哪裡去了？」柳光的身形出現在松鴉羽旁邊，鼻頭猶留有一顆月池那裡帶過來的晶瑩水珠。

隼翔從長草層裡昂首闊步地走出來，眼睛瞪得斗大，正在適應這裡的昏暗光線。

「接下來怎麼做？」小雲走過來與他們會合，毛髮刷過他旁邊。

「你們各自去找自己的祖靈，帶祂們來這裡。」

柳光瞪看下方草原渾濁的河水，小雲則看望著河邊大片的暗色森林。至於隼翔則是目不轉睛地眺望遠方起伏的高地。

「你們辦得到嗎？」松鴉羽可以從這裡看到巨大的橡樹林，那裡是雷族遮風避雨的地方。

「我會把我找到的祖靈貓都帶來這裡。」小雲走下山坡。

隼翔則拔腿跑向高地。

「柳光？」松鴉羽看見河族巫醫貓仍在猶豫。

她揮揮尾巴。「黑暗森林的戰士也會來這裡嗎？」

松鴉羽貼平耳朵。「我們不會讓他們得逞的。」

柳光焦慮地看他一眼，這才快步朝河走去。松鴉羽走下斜坡，進入林子。

這時一個白色身影在他眼角出現。他扭頭一看，**白風暴！**雷族戰士正在追蹤獵物，祂垂下尾巴，壓低鼻子，匍匐前進，目不轉睛盯著前方。離他一條尾巴距離外有隻老鼠正飛掠而過地上盤根。白風暴一躍而起，撲將上去，將牠宰殺，然後坐起來，喉間發出快樂的喵嗚聲。

松鴉羽從暗處走出來。「真高興這裡還有獵物。」

白風暴扭過頭來，瞇起眼睛，老鼠從祂嘴裡掉了下來。「嗨，松鴉羽。」

「白風暴，拜託跟我來，這件事很重要。」他注視著白色戰士的眼睛。「我們需要把星族集合起來。」

白風暴偏著頭。「每隻貓都要來嗎？」

「能來多少算多少。」松鴉羽往前一躍，開始跑步。

白風暴追在後面。「可是有邊界欸。」

「別的巫醫貓正在幫忙我集合影族、風族和河族。」他及時低下頭，閃過一株刺藤。

「星族不是命令你不准接近其他巫醫貓嗎？」

「是啊，」松鴉羽瞄見蕨葉叢底下有隻毛髮糾結的公貓正在打盹兒。「鵝羽！」

雷族的老巫醫貓抬起頭，撐起身子站起來。「已經到了月半嗎？」

「快跟我們來。」松鴉羽彈彈尾巴。「我們正在集合星族。」

鵝羽瞥了白風暴一眼。「怎麼回事啊？」

白風暴聳聳肩。

「快！」松鴉羽跑了開來，跳上一座土丘，發現陽星正低頭走在一條爬滿藤蔓的小徑上。

松鴉羽追上他。「跟我們來！」他沒停下腳步，因為沒有時間多做解釋。腳下的地面愈來愈泥濘，羊齒植物被蕨叢取代。「霜毛！」

白色母貓正伸爪想搆一簇正在風中翻飛的葉叢，不斷拍打。當祂看見白風暴、鵝羽和陽星跟在祂後面跑時，不由得瞪大眼睛。

「快加入我們！」松鴉羽大聲喊道，從祂旁邊經過，朝大片刺藤叢跑去。

「藍星！」

前雷族族長正在一株枯萎的杜松樹下吃田鼠，祂驚訝地抬頭張望。

「快跟我們來！」松鴉羽告訴祂。

藍星低頭看看田鼠，隨即丟下田鼠，朝他們的方向跳過去，眼裡閃著興奮的光芒。「我們要去哪裡？」

「等一下祢就知道了！」松鴉羽率隊衝下將林子一分為二的溝壑。

當他們從另一頭爬上來時，松鴉羽回頭張望，驚訝發現後面竟跟著長長的隊伍。褐皮、霜毛、捷風和蛇牙也加入了他們。他抵達溝壑頂，瞄見暗處有團毛髮凌亂的身影。

「黃牙？」他朝祂喊道，祂立刻瞇起琥珀色的眼睛。「快跟我們來！」他催促道。

祂齜牙咧嘴。「你們要做什麼？」

松鴉羽蹣跚地停下來。「我在集合星族！」

「我幹嘛跟一群笨蛋走。」

松鴉羽甩著尾巴。「那就算了！祢就繼續待在陰暗的角落吧，反正跟祢說，也是白費唇舌。」他往前一躍，族貓們也跟在後面往上爬。

前方出現淺淡的光。他衝向森林邊緣，從林子裡跑出來，尾巴揚高。眼前山丘高聳，他領著同伴鑽出羊齒植物叢，進入草坡。貓兒從四面八方擁入，都朝山坡跑來。他瞄到柳光灰色身影的後面跟著一群河族戰士。隼翔從山谷裡跑出來，後方的戰士像群歐掠鳥似的飛掠草上。

雖然松鴉羽的腳跑得很痛，但感覺胸口漲得滿滿，懷抱著無窮的希望。他在坡頂停下來，轉身一看，驚見下方山坡擠滿成排的星族貓。

隼翔在他旁邊停下來。「應該是消息傳開來了。」

柳光慢下腳步，氣喘吁吁，坐了下來。

松鴉羽的腳爪扯著地上的草葉，小雲也爬上了坡頂，停在他旁邊。當他看見下方聚集大批星族貓時，兩隻眼睛瞪得像貓頭鷹一樣。

「黃牙來了。」柳光對松鴉羽耳語。那條髒兮兮老母貓站的位置離其他星族貓有段距離，祂一臉懷疑地瞪著他們。

「星族！」松鴉羽上前一步，抬起下巴。「請聽我說！」

「為什麼要聽你說？」黃牙吼道：「我們的智慧比你高，你只是一個乳臭未乾的小子。」

陽星扭頭嘶聲對祂說：「如果祢想離開，請自便。」

黃牙貼平耳朵，但沒有離開。

松鴉羽又試了一次。「祢們一定要聽我說！」他喊道。「黃牙說得沒錯，我的年紀是比在場各位都小。」

小苔彈彈尾巴，從雪毛底下爬了出來。

「比大部分的星族貓都小。」松鴉羽改口道，收起爪子。「但有可怕的威脅正朝祢們逼近，也正朝祢們曾經住過的部族逼近。祢們應該都知道黑暗森林正在崛起。祢們已經看到祢們狩獵場裡的枯葉殘枝，烏雲遮蔽了太陽。」松鴉羽抬眼瞥看灰色天空。「祢們必須面對真相，而這個真相比祢們想像得還要可怕。」他環顧那一張張臉，希望祂們能夠明白。「我們必須正面迎戰黑暗森林。學老鼠那樣躲起來，是贏不了他們的。祢們必須團結，不能坐等失敗！」

「可是我們怎麼打敗這種敵人?他們的力量強大到能把枯葉季帶進星族。」鋸星喊道。

暗花的眼裡幽光一閃。「他們已經壯大到比我們還要強了。」

陽星走上前來。「當初我們把三力量的預言賜給你們時，並不知道黑暗森林會變得如此強大。」

「可是現在他們是四力量了！」藍星從祂的老族長旁邊擠出來。「古代貓賜給他們一個盟友，讓他們可以對抗任何敵人。」

松鴉羽的毛髮豎了起來。「不過我們還不知道第四隻貓是誰。」

藍星偏著頭。「這還不夠明顯嗎？」

松鴉羽皺起眉頭。

「你不是第一個被預言指引的貓，」藍星提醒他。「很久以前，就有預言告訴我，火將拯救部族。而今天部族需要被拯救的程度絕不亞於當初。」

蘆葦叢裡的火，又是火。

藍星點點頭，彷彿能看穿他的心思。「去找他，」祂輕聲說道：「你必須讓他知道現在發生了什麼事。」

松鴉羽轉身跑開，從斜坡的另一個衝下去。他煞住腳步，閉上眼睛，思緒強行潛入族貓當中，他們正緊偎在山谷的臥鋪裡。他在他們的夢境裡搜尋，想找到那隻以拯救部族為一生職志的貓。

「你這隻賊貓，認輸吧！」

「我絕不認輸！」

松鴉羽撞見夢中的戰役。感覺到腳下是平滑的岩石，它平坦遼闊，一路延伸，直抵高聳如牆的松樹林。松鴉羽瑟縮起身子，四面八方都是殺紅了眼的貓兒，他們撐起後腿，狠擊彼此，塵硝飛揚。戰場中央是一隻毛色如火焰的貓。

「火星！」

雷族族長正和一隻暗色的影族戰士扭打。「我絕不會讓你們搶走陽光岩！」火星的肌肉強而有力，綠色眼睛射出兇光，他後腿猛力一踢，戰士被飛踢出去。

「火星！」松鴉羽又喊了一次，並機靈避開混戰中的貓兒。

火星愣了一下，眨眨眼睛，看著他。

松鴉羽停在族長面前。「跟我來。」

火星豎起耳朵。「為什麼？」

「預言要的不只是三力量，我們還需要第四隻貓。」

「什麼意思？」

松鴉羽不耐地抽動耳朵。「我去山上時，殺無盡部落告訴我，除非找到另一隻貓，否則預言無法實現。蛾翅帶我去看了一個預兆，火在河族的蘆葦叢裡悶燒了起來。火星，那個預言指的是你，你是第四隻貓。」

火星偏著頭。「這預言再一次地預示著，火將拯救部族，」他喃喃道：「好吧，你需要我怎麼做。」

「快跟我來。」松鴉羽轉身鑽進混戰中的貓群裡，朝平坦的岩邊跑去。

火星追了上來。「我們要去哪裡？」

「等一下你就知道了。」松鴉羽深吸一口氣，提起身子，躍過懸崖，風迎面撲來，直到四腳平穩落在草地上。火星也在旁邊落地，兩隻眼睛瞪得斗大。他們身在坡頂，旁邊是巫醫貓們，下方是等候中的星族。

「祂們必須見你。」松鴉羽解釋道。

「為什麼？」

「因為你是預言的一部分，你得用剩下的那條命來拯救部族。」松鴉羽轉身面對成排的星族貓。「祢們必須跟我走一趟，」他大聲說道。「親自去看，才會明白。」他用尾巴示意，往下坡走去。但這次不是回到火星夢裡的戰場，而是進入昏暗的森林，那裡有黏滑的灌木叢盤踞樹根，還有詭異的幽光。火星的毛髮從他身旁刷過，他們相偕走進林子深處，後方暗處跟著低聲交頭接耳、渾身發亮的星族貓。

「怎麼會有戰士住在這麼暗的地方？」

「聞起來好臭。」

松鴉羽聽見林間傳來打鬥的嚎叫聲。「你看。」他朝前方陰暗處點頭示意。黏滑的矮木叢裡有暗色身影一閃而過。黑暗中，痛苦的嚎聲此起彼落，一聲大過一聲。

「把爪子扣住她的背，鎖住她的喉嚨！」楓影突然現身眼前。她看不見星族，爪子對準一隻瘦弱公貓的耳朵，猛地揮拳，將他扔得老遠。

碎星從林子裡出來。「破尾還沒學會那招致命的攻擊法嗎？」他對著那隻虎斑公貓吼道，後者正在擦拭鼻血。然後他把一隻玳瑁色的母貓一把拉起來，爪子劃過她的毛皮，立時滲出血來。「要不是你的對手太弱，你早被撕成碎片。我要部族貓死得跟林子裡的鳥一樣多。」

「太陽在哪裡？」小苔驚恐的低語聲迴盪在黑暗裡。

雪毛用尾巴裹住她的背。「小聲點，小東西。」

星族貓像獵物一樣躡足沿著小徑走回去。火星腳步沉重地走在松鴉羽旁邊，一路上都低垂著頭。「我們怎麼可能打贏這麼邪惡的貓？」他喃喃低語。

「預言說我們會贏。」松鴉羽感覺到陽光斑駁照在他身上。林木不再陰暗，星族貓又回到自己的狩獵場。

「我們回來了！」小苔蹦蹦跳跳地跑上草坡，轉過身來，眨眨眼睛，星族貓魚貫經過。小苔瞪著松鴉羽，「你為什麼要帶我們去看那些恐怖的貓？」

藍星停在祂的小貓旁邊，用鼻子輕觸祂的頭。「我們必須知道敵人是誰。」

火星抬高音量對所有星族貓說：「現在祢們已經看見他們，也聽到他們是怎麼威脅我們的部族。祢們會害怕和他們對抗嗎？」

鋸星豎起毛髮。「絕對不會！」

松鴉羽看到星族戰士們眼裡的決心。「祢們可以團結起來聯手作戰嗎？」他追問道。

藍星甩打尾巴。「如果我們分裂，就不可能打贏這群殘暴的傢伙。」

黃牙上前一步。「我們怎麼知道該信任誰？」

「你們可以信任我，」火星挺起身子，毛髮閃閃發亮。「信任彼此。」

鋸星緩步向前。「我們怎麼會讓這種可怕的惡勢力崛起？」他吼道。「我們應該趁他們還沒崛起之前就先剷除他們才對，畢竟我們星權在握。」

松鴉羽正面迎視他的目光。「不，星權在握的是我，那是我和火星的天命。」旁邊的火星點點頭。「我是第四隻貓，」他大聲說道：「預言已經成真。」

松鴉羽睜開眼睛，眼前一片漆黑，月池的水在他鼻前輕漾。隼翔、小雲、和柳光也陸續醒來，他們蹣跚爬起，毛髮輕刷過岩面。

松鴉羽感覺到血從腳墊裡滲出。漫長的旅程害他刮傷了腳墊，全身痠痛。「星族已經團結起來，現在我們也要讓四族團結起來。」他撐起身子。「我們必須把實情告訴他們。」

小雲的爪子摩擦著岩面。「我們把他們帶到小島上吧。」

「可是我不知道哪些戰士可以信賴。」柳光語氣擔憂。

「總可以信任族長吧？」隼翔甩打著尾巴。

松鴉羽點點頭。「我帶火星去。」

「我會帶黑星過來。」小雲承諾道。

「我去帶霧星。」

「我會帶一星。」

松鴉羽感覺到他們堅定的決心。「那我們就在日正當中時碰面，」他結論道。「我們必須讓他們明白，唯有部族團結起來，才能打贏這場仗。」

第十九章

「亮心生了！」

罌粟霜的喊叫聲驚醒了鴿翅。她從臥鋪裡跳起來，衝進空地。山谷被晨露點綴得晶瑩透亮，上方樹稍猶掛了一層薄霧，落葉季的霉味正在冷空氣裡流竄。窩穴裡探出一張又一張臉，鬍鬚顫動，眼睛發亮。

雲尾正在育兒室外踱步，鼠毛四腿僵硬地穿過空地。「生了幾隻？」老貓粗聲問道。

「三隻。」雲尾繼續踱步。「兩隻公的和一隻母的。」他焦急地瞥了刺藤窩穴一眼。松鴉羽從入口探頭出來。「亮心還好嗎？」

鴿翅穿過空地，緊張到連肚皮繃得死緊。畢竟亮心年紀大到不適合再生小貓了。

「她沒事。」煤心喵嗚道。「來看看她吧。」

鴿翅停在鼠毛旁邊。「好久沒聽見這種好消息了。」

老貓甩甩尾巴。「也許火星應該把她送到

別地方去照料小貓。」她的眼色一黯。「這樣比較安全。」

「比較安全？」灰紋緩步朝她們走來。「對小貓來說，最安全的地方就是部族的營地。」

小百合溜出育兒室。「誰都不准把我送走。」

「當然不會。不過你不應該偷聽談話。」鴿翅用尾巴包住玳瑁色的小貓。「雷族會拚了命地保護小貓，他們是部族未來的希望。」她把小百合推向戰士窩。「妳要不要去告訴栗尾，亮心生小貓了？」

火星從擎天架上跳下來，沙暴跟在後面。他從塵皮和松鼠飛中間穿過，停在灰紋旁邊。

「有幾隻？」他問道，同時伸長鼻子，從入口探視。

「三隻。」灰紋推推他的老友。「你最喜歡小貓了。」

沙暴停在他們旁邊。「我們應該有更多小貓才是。」她若有所思地說道。

「現在時機不好，不適合生小貓。」火星瞇起眼睛。「就快開戰了。」

灰紋眼光銳利地看著他。「我們又還不確定。」

「要不了多久的。」鴿翅聽見雷族族長的聲音裡帶著一絲低吼。

灰紋抽動耳朵。「你怎麼知道?你有預兆?」

「我昨晚做了個夢。」

灰紋還不及多問，雲尾就從育兒室鑽出來，兩隻眼睛閃閃發亮。「他們很活潑！」他喵嗚道：「都搶著擠近媽媽的肚子。」

荊棘屏障一陣窸窣，松鴉羽匆匆走進營地。雷族族長緩步走開，回頭對雲尾喊道：「告訴亮心，我晚一點再去看她的小貓。」

鴿翅旁邊的鼠毛這時換個站姿。「我真慶幸我們有火星當族長。」她一屁股坐下來。「他優點眾多，膽識過人，足以當我們的表率。」

灰紋推推她。「我還記得妳以前跟藍星吵，覺得不應該讓他加入雷族。」

鴿翅瞥了火星一眼，後者正帶著松鴉羽走到擎天架的陰影處。雖然全部族都知道他是在兩腳獸的窩出生的，但還是很難想像這位滿布傷疤的戰士以前曾是嬌生慣養的寵物貓。

「我當初錯了。」老母貓眼神一黯。「我很好奇，藍星知不知道有一天他會成為我們部族生存下去的唯一希望。」

灰紋抬眼看向天空。「祂現在可能正看著我們。」

「去找獅焰來。」鴿翅聽見火星喊她，趕緊轉頭。她緊張地跳上山毛櫸樹幹，朝殘根下方的窩穴走去。「火星要找我們。」

獅焰醒了過來，從腳爪底下抬起頭。「什麼事啊？」

「松鴉羽剛從月池回來，火星那樣子好像快開戰了似的。」

獅焰衝出臥鋪，跳進空地，鴿翅跟在後面。

她一走到火星那裡，就注意到松鴉羽正想盡辦法不讓自己打呵欠。「你應該去睡一下。」

「她說得沒錯。」火星附和道。「離日正當中前還有一段時間，你可以先去睡個覺。」

獅焰豎起耳朵。「日正當中的時候要做什麼？」

「我們要去島上和其他族長及巫醫貓會合。」火星告訴他。「松鴉羽已經把星族團結起來，現在我也要把四族結合起來。」

「他是第四隻貓。」松鴉羽的兩眼發亮。

火星！鴿翅眨眨眼睛。

獅焰抬起尾巴。「鴿翅，妳幾乎猜對了，妳那時候就說我們應該去找出一隻天命不凡的貓。」

火星的眼色一黯。「希望光靠天命就足以拯救部族貓。」

⚡⚡⚡

陽光穿過樹葉，點亮了林地。

鴿翅跟著族貓走出山谷，才剛打完盹的松鴉羽仍呵欠連連。鴿翅總覺得肚子裡好像有什麼東西在翻攪。這場即將來臨的戰爭瞬間變得真實了起來。她幾乎可以聽見戰士的廝殺尖叫聲，嚐到辛辣的血腥味。

「有松鼠！」獅焰嗅聞了一下，不一會兒一團灰色影子衝上旁邊的山毛櫸。

「等我們回來，還是會有獵物可以吃。」火星告訴她。「棘爪已經派出更多狩獵隊，我要求獵物堆必須不虞匱乏。」

鴿翅跟著族貓穿過林子，跟著他們疾步而行。湖面被溫暖的陽光蒙上了一層薄霧，湖水如魚鱗閃爍。鴿翅從沙洲跳到岸邊，舌間同時嚐到水與林子的氣味。她往前急奔，腳下礫石四散飛濺。火星繞過水邊，目不轉睛地看著島嶼。他總算慢下腳步，鴿翅這才放下心來，稍微喘口氣。等到他們抵達樹橋時，她已經不再那麼喘了。她停在獅焰旁邊，火星跳上樹幹，越過水面。松鴉羽動作俐落地跟在後面，也在對岸落地。

「去吧。」獅焰朝樹幹扭頭示意，鴿翅跟著跳了上去，爪子戳進腐朽的樹皮，小心翼翼地過橋。

島上空地空盪盪的。獅焰來回踱步，尾巴不停抽動，松鴉羽在空地中央坐下來，火星在他旁邊。鴿翅緊張地繞著他們走，直到草地出現窸窣聲響，一星鑽了出來，隼翔跟在旁邊。

風族族長在空地上繞著圈圈，與雷族戰士保持距離。「看來現在部族是由巫醫貓在當家作主了。」

火星垂下頭。「他們懂一些我們不知道的事。」

隼翔穿過空地，坐在松鴉羽旁邊。「我們已經看見我們的敵人，」他向他的族長解釋道。

「但你們沒有看到。」

「是還沒看到。」火星嚴肅地說道。

獅焰嗅聞空地邊緣的矮木叢，豎直耳朵。「這裡有一些影族的氣味。」

一星瞥了他一眼。「可能是上次月圓時留下來的。」

獅焰瞇起眼睛，「可能吧。」他緩步穿過空地，走了回來。

鴿翅移到一旁，讓他坐在火星旁邊。霧星來了，柳光和蛾翅跟在兩旁。他們的腳步聲在樹橋附近的岸邊喀吱作響。黑星和小雲已經鑽進島上的長草叢。鴿翅豎耳去聽，聽見河族營地像蜂窩一樣嗡嗡鳴響，影族營地的刺藤牆裡有像歐掠鳥一樣的吱吱聲音。她再探向風族，聽見風中傳來焦急的低語聲。

「他們不應該單獨去的。」

「火星這次又想做什麼？」

「一定是個陷阱。」

「可是火星是地位崇高的戰士。」

「火星想統治所有部族，他向來如此。」

他們很怕他！鴿翅驚訝地抽動耳朵，**可是他是你們最後僅剩的希望。**

黑星從草叢裡現身，小雲抬高下巴，緩步跟在後面。

影族族長看見獅焰，立刻瞇起眼睛。「你為什麼帶戰士來？」

火星用尾巴裹住腳。「等霧星到了，我再向你們解釋。」

黑星回頭瞥看微微作響的長草叢。

霧星緩步走了出來，後面跟著柳光。「柳光一定要我來。」她吼道。「她說黑暗森林的戰士準備入侵部族貓的領地。」她的眼裡閃著猜疑。「她是不是瘋了？」

蛾翅低頭鑽出長草叢。「柳光的預言從來沒失準過。」

「可是死貓怎麼可能對活貓造成威脅呢？」河族族長停在空地中央。

黑星一直站在空地邊緣。「小雲告訴我，他們已經知道怎麼進入我們的領地。」

「這不可能。」一星繞著他的巫醫貓轉。

松鴉羽的尾巴左右揮打。「你憑什麼質疑你的巫醫貓。」他的目光像火炬一樣掃過所有族長。「你們認為我們在撒謊嗎？」

霧星不安地蠕動著腳，一星貼平耳朵，只有黑星回答他：「星族和黑暗森林一向超出我們的理解，而現在你告訴我們，我們會捲入他們的戰爭？」

「不只是捲入，」火星低吼道。「黑暗森林已經向所有部族宣戰。我們必須團結起來合力對抗他們。」

一星沉下臉。「所以你才帶戰士來？強迫我們加入？」

「我帶他們來是因為他們是預言的一部分。」火星解釋道。「幾個月前，我被告知我至親的至親一出生就星權在握。我一直不懂這是什麼意思，現在我懂了。」他朝獅焰、松鴉羽和鴿翅點點頭。「時候已經到了，這些貓都是我至親的至親，每一位都具有可以完成預言的特異功能。」

黑星傾身靠近，貼平耳朵。「什麼特異功能？」

獅焰抬起下巴。「戰場上的我永遠不會被打敗。」

「我可以感應到貓的思緒，進入他們的夢裡。」松鴉羽告訴他。

鴿翅的尾巴垂了下來，她總覺得這好像在認罪似的。「如果我很用力聽的話，可以聽見你們族貓說的話。」

霧星的毛瞬間蓬了起來。「妳監視我們。」

「我從來不做這種事。」

黑星露出尖牙。「真的嗎？」

小雲衝到前面來。「你們搞錯重點了。」

松鴉羽也出聲力挺他。「這些特異功能是用來拯救部族，不是傷害部族。」

黑星繞著獅焰轉，喉間發出低吼。「你永遠不敗？」他停下來，瞪著金色戰士。「鼠疤告訴我，他上次把你打得很慘。」

「是我讓他的。」獅焰厲聲道，肩膀的肌肉波浪起伏。

黑星退回去，看著火星。「就算我們相信你說的這個預言，」他低吼道。「那又怎樣？」

「你為什麼隱瞞我們這麼久，拖到現在才告訴我們？」一星插嘴道。

「先前一直找不到適當時機。」火星厲聲道。

黑星縮張著爪子。「那為什麼現在時機又適當了呢？」

柳光走向鴿翅，用鼻子碰碰她的肩膀。「妳可以聽到黑暗森林的聲音嗎？」她低語道。

鴿翅當場愣住。「我……我不知道。」

「妳要試試看嗎？」

鴿翅點點頭，伸長耳朵，直到耳尖微微作痛。

黑星瞇起眼睛，瞪著她。「她在做什麼？」

柳光迎視他的目光。「她要讓你見識一下你的敵人。」

鴿翅的喉頭一緊，心想萬一自己的特異功能施展不出來，怎麼辦？她把聽覺往島上的各方向延伸。部族貓的低語聲從四面八方排山倒海而來，每個行動、每個字眼都像波浪一樣互相撞擊，但她繼續往外延伸，穿過部族，進入邊陲的黑暗森林。她穩住呼吸，強迫自己放鬆心情，打開所有感官，讓黑暗裡的各種聲響滲入耳裡。

遠處傳來一聲哭喊。鴿翅繃緊神經，朝哭聲探去，打開每寸原始的感官，眼角視線出現模糊的樹影，她倒抽口氣。森林的聲音在她腦海裡漸成影像，她再往深處探索，影像輪廓竟變得清晰起來。細長的矮木糾葛叢生，光線詭異幽暗，僅能辨識出大概形狀。她抬眼四望，漆黑一片，這裡是無星之地。

「我找到了！」

一星倒抽口氣。「你聽得出來裡面發生什麼事了嗎？」

小雲喵聲道：「不要吵她。」

「你們真的以為我們相信她能光憑感官拜訪黑暗森林？」蛾翅甩甩毛髮，空氣裡瞬間充滿藥草味。「你們都相信星族貓可以在天界之外看見你們，」她直言道：「為什麼就不相信一隻活貓也能有同樣本領？」

「噓！」霧星要他們安靜。鴿翅更是全神貫注。

一聲低吼在她旁邊響起。「爪子要戳深一點，讓對方痛入骨髓才對。」

鴿翅趕緊把注意力轉過去。一隻身上帶疤、耳朵破裂、毛髮打結的戰士正從暗處森然逼近，林間傳出痛苦哀號。這就是藤池每夜來訪的地方？鴿翅的心不禁抽緊。

「他們正在展開作戰訓練。」她輕聲道。

「他們每晚都在訓練。」松鴉羽插嘴道。

柳光在鴿翅旁邊抽動耳朵。「他們像狗一樣殘暴。」

「他們沒有戰士守則。」小雲補充道。

一聲毛骨悚然的尖叫嚇得鴿翅縮起身子，她直覺反應地從黑暗森林裡抽身回來。柳光挨近她，幫助她穩定心緒。「妳再進去聽聽看。」她低聲道。

她又專心去聽那個帶疤戰士，這一次她看見旁邊還有另一隻公貓。他們前面有兩隻貓在黏滑的地面上角力。

「我們必須摧毀這世上曾經存在過的所有部族。」

鴿翅瞪看著開口說話的暗色虎斑貓，對方的肩膀又厚又寬，她從沒見過這麼長的利爪。

「她找到碎星了。」松鴉羽回報道。

「你怎麼知道？」一星倒抽口氣。

「我可以進入她的思緒。」松鴉羽的鼻息呼在鴿翅的面頰上。「他正在對他的族貓訓話。」

「他說什麼？」黑星質問道。

鴿翅開始引述碎星的話。「要是能把那些像老鼠一樣躲在湖邊的軟弱戰士悉數消滅，一定很有趣。但得等到我們殺光星族之後……才算完成最終的復仇。」他喉間的低吼突然變成狂笑，聲音大到連鴿翅的耳朵都受不了。她收回感官，轉向林子其他地方。

一隻白色母貓正從林間偷偷溜走，嘴裡不停抱怨。

「為什麼我們要在這麼臭的森林裡受訓？」鴿翅複誦那位戰士的話。「為什麼我們不能在自己的領地裡受訓？」

「那是部族貓？」霧星大聲問道。

「怎麼會有部族貓出現在黑暗森林裡？」一星厲聲道。

鴿翅更用力地聽，直到認出那個雪白身影。**冰翅！**是河族戰士。**我不能出賣她！**

鴿翅關上聽覺，朝柳光挨近。

「謝謝妳，鴿翅。」火星溫和的喵聲在她耳畔響起。她睜開眼睛，慶幸出現在眼前的是這座島嶼。

霧星緊張地看著她。

一星沒有移動，目光鎖住火星。「我們要怎麼阻止他們？」

火星挺起身子。「我們要勇敢迎戰。」

「我們一定會打贏！」黑星嘶聲道。「在我們的領地上，他們打不贏的。我們對領地的地形瞭若指掌。」

鴿翅站起來。「他們也瞭若指掌。」她放膽指出。

「什麼？」黑星朝她轉頭。

「他們一直有派隊伍進入各部族的領地勘查最佳的埋伏和作戰地點。」鴿翅告訴他。

「是妳聽見的？」黑星嘶聲道。

獅焰貼平耳朵。「記不記得你聞到的氣味？」他厲聲道。「那是從黑暗森林來的。這個敵人已經做好萬全準備，會比我們以前遇到的敵人都來得難纏。」

霧星偏著頭。「在那些惡棍貓的氣味裡，也混有部族貓的味道。」

「他們招募了一些部族貓。」獅焰告訴她。

「不可能！」黑星呸口道。「雷族也許有叛徒，但影族絕不可能。」

「他們是從各部族招募的。」火星嚴肅地告訴他。

「妳一定看過他們！」一星質問鴿翅。「告訴我們他們是誰？」

鴿翅不安地蠕動著腳。「我……我不能說。」她結結巴巴。

黑星緩步走向她。「妳也是叛徒嗎？」

「她當然不是！」火星擋在她前面。「他們都還不是叛徒。在開戰前，我們都不知道他們最後會選擇站在哪一方。」

一星豎起毛髮。「但要是能知道他們是誰，我們可以預做準備。」

霧星的表情顯得驚慌。「鴿翅，告訴我們，妳看見了誰。」

「他們必須受到處罰。」黑星嘶聲道。

鴿翅的爪子戳進土裡。「我不能告訴你們，」她語氣堅定。「火星說得沒錯，他們還沒有背叛你們。」

火星彈彈尾巴。「他們以為他們是為了部族好，才會去受訓。他們不知道自己會被利用來毀滅部族。」

「那麼他們就是笨蛋。」黑星吼道。

霧星甩著尾巴。「他們也許很笨，但火星說得沒錯，在他們轉身背叛我們之前，我們不能先宣判他們有罪。」

「有些貓之所以繼續待在那裡，是因為碎星威脅他們，要是敢背叛他，就要殺了他們。」獅焰解釋道。「你們又不是不知道黑暗森林的戰士有多殘暴，這些新進成員可能是太害怕了，才不敢違逆他們的新族長。我們一定要做好可能得和自己族貓對打的心理準備。」

一星偏著頭。「或者說我們要做好解放他們的心理準備。」

「所以我們該如何對抗黑暗森林？」黑星質問道。

獅焰上前一步。「我們一定要團結合作。」

黑星往後退，霧星看著自己的腳。

「我們要怎麼信任彼此呢？」一星小聲問道。

火星瞥了巫醫貓一眼，又把目光轉回族長們身上。「現在是對抗可怕敵人的時候，」他大聲說道。「我們可以自己孤軍奮鬥，也可以聯手合作。這就像我們當初合作完成大遷移一樣，並肩作戰可以增強我們的戰力。所以聯手對抗黑暗森林，才是我們唯一的希望。」

空地一片靜默，只有頭頂上惱人的麻雀聲劃破空氣。

「很好，」霧星垂下頭。「河族會在這場戰役裡與雷族合作。」

鴿翅發現自己緊張到大氣都不敢喘，直到現在才呼了口氣，胸口隱隱作痛。

「風族也會加入這個聯盟。」一星的尾尖不停抖動，彷彿是風吹動的。

火星轉向黑星。「就算你選擇不加入，我們也會盡全力幫你們防禦敵人。」

黑星露出利牙。「我們會加入，」他開始繞著其他族長轉。「但有一個條件。」

「什麼條件。」火星豎起耳朵。

「任何戰士進入影族的領地，都得聽從影族的命令。」他怒目以對火星。「即便是一族之長。」

火星點點頭。「沒問題。」

松鴉羽在隼翔旁邊坐下來，柳光、小雲和蛾翅圍著他們。「星族會很高興的，」松鴉羽喵聲道，其他巫醫貓也喵聲附和。

火星面對其他族長。「我們需要擬定一套作戰計畫。」

「你認為他們會從哪裡進攻？」霧星問道。

獅焰聳聳肩。「任何地方都有可能。」

「所有領地日夜都要加派巡邏隊。」一星建議道。「不能再有邊界阻礙巡邏工作。」

黑星的眼神閃爍。「讓別族的巡邏隊自由進出我的領地？」

「我們現在不是敵人，」火星提醒他。「我建議在各族領地裡組織一支由各部族戰士組成的巡邏隊。黃昏時，我會派三位戰士前往各族營地去。」

霧星愣了一下。「這麼快？」

「我們一定要做好萬全準備。」火星很堅持。「你們各位也會派三位戰士到雷族來嗎？」

鴿翅看見族長們紛紛點頭，眼神陰鬱，不禁全身跟著發涼。

「我們怎麼知道哪些族貓可以信任？」一星瞇起眼睛。「最近兔躍回來時，身上總會莫名其妙地出現一些傷痕。」

「鱒流最近脾氣變得很暴躁。」霧星承認道。

一星瞪著她。「我可不希望妳派河族的叛徒進駐我的領地。」

「我也不要你的叛徒進駐河族。」霧星呸口道。

「我們還不知道他們是不是叛徒！」鴿翅大聲說道。「我們應該把注意力放在這場戰役上，而不是猜忌敵人是誰。」

黑星皺起眉頭。「但萬一他們把我們的計畫告訴黑暗森林的同夥，那怎麼辦？」

「這是我們必須承擔的風險。」火星低吼道：「我們必須相信多數部族貓是效忠我們的，這計畫一定可以成功。」他開始踱步。「作戰隊伍一定要全力保衛各族營地，每座營地都要有四族的戰士駐守。我們必須保護小貓和長老的安全。」

一星縮起爪子。「營地一旦安全了，作戰隊伍必須立刻引開攻擊者。」

「我們需要有信差，」黑星補充道：「這樣才能互通消息，彼此支援。」

「就從各部族裡挑出動作最敏捷的兩隻貓來當信差吧。」火星當下決定。

一星繞著雷族族長走。「他們必須發誓不會上場作戰，只負責傳送訊息。我可不希望因為訊息未能及時送達而失去營地。」

黑星點點頭。「我同意。」

「那好，」火星轉身看向林子，目光越過水面。「我們回去吧，」他吼道。「開始準備迎戰。任何地方都有可能開戰，但一定要記住，我們是一體的，不需要孤軍奮戰。」

在他說話的同時，鴿翅不意發現空地遠處的蕨葉叢有動靜。她瞄見一雙琥珀色眼睛，不禁愣住。虎心？這時黑星、霧星和一星都往長草叢走去，她緊張地瞥了火星一眼。

「走吧。」雷族族長也跟在一星後面離開，獅焰走在他旁邊，松鴉羽尾隨其後，眼裡露出疲意。

「我等一下就來！」鴿翅喊道。

等她的族貓都消失在長草叢裡，她才匆匆跑過空地，鑽進蕨葉叢裡。虎心退後幾步，眼睛瞪得斗大。

「你在這裡做什麼？」鴿翅質問他。

「妳真的可以聽見黑暗森林的聲音？」虎心沒有壓低音量。

「你早就知道了，不是嗎？」沒時間解釋了。「我早就告訴過你。」她很生氣。他不應該來這裡。他從來不把戰士守則當一回事嗎？或者他向來都是這麼吊兒啷噹？

「可是我從來沒親眼見過妳使出特異功能。」虎心眨眨眼睛。「太厲害了！」他往她靠近，鼻子搓揉她的面頰。

鴿翅往後一彈。「你在做什麼？」

「做我常做的事啊！」虎心反駁道：「有什麼關係？我們的感情還是跟以前一樣，不是嗎？」

「我不知道。」鴿翅的爪子微微刺癢。

「我們再共度一夜，好不好？」虎心懇求她。

「不，不行，」鴿翅的胸口刺痛。「我必須專心在預言上！快開戰了！」她的喉嚨像有東西哽著。「我再也不知道該相信誰了！」

「妳可以相信我。」虎心飛快衝過來挨近她，溫暖的氣味誘得她有點動搖。「我愛妳！」他低語道。

鴿翅抽開身。「現在這時機不對。」她搖搖頭。「我有一場仗要打。」她迎視他的目光。「你也是。」

「那以後呢？」他低聲道。

「以後又會變回四個部族。」鴿翅緊閉眼睛。「你屬於影族，我屬於雷族，所以……所以也許我們還是分開比較好。」

虎心的爪子戳進土裡。「妳這麼輕易就放棄我？」

鴿翅搖搖頭。「我也很痛苦啊，」她嘶聲道。「可是現在情勢這麼險惡，怎麼還有心情談兒女私情？你比誰都清楚現在這局勢！」她看著他，那表情彷彿現在才真正認清他：他是影族貓，是黑暗森林的戰士。他只覺得她的特異功能很酷，完全不去想這預言有多重要。**我究竟在幹什麼？**

她霍地轉身，衝進羊齒植物叢，穿過空地。她聽見虎心在後面喚她，但她沒有回頭。

她心亂如麻。虎心在黑暗森林裡受訓，現在他已經知道了部族的計畫，從今以後她必須拒絕他。但萬一這位影族戰士決定報復她，那該怎麼辦？

第二十章

獅焰從島上一路跑回來，跟著火星進入營地，氣喘吁吁。他們回來的這一路上，冷風颼颼，不曾停過。他鑽進荊棘隧道，鴿翅和松鴉羽尾隨其後。

「快要開戰了！」雷族戰士大聲吼道。

棘爪聞言霍地轉身，黛西把頭探出育兒室，「開戰？」長老窩外的波弟拿尾巴裹住鼠毛。這時火星正穿過空地。

雷族族長跳上擎天架，「請所有會捕獵的成年貓集合，我有事宣布。」

族貓們湧進空地，毛髮豎得筆直。錢鼠掌和櫻桃掌緊靠彼此，瞪大眼睛抬頭望向火星。罌粟霜拖著腳朝莓鼻走近。

雲尾匆匆前往育兒室找亮心。「待在裡面，不要出來。」他的小貓像小貓頭鷹一樣往外窺看，於是他這樣喝令小貓。

小百合在他們旁邊探出頭來。「我會讓他們乖乖待在臥鋪裡。」她熱心允諾。

「我也會看著他們。」小種籽也在後面吱吱叫。

巫醫窩入口處的刺藤窸窣作響，薔光的鼻子探了出來。松鴉羽匆匆走向她，蜜妮尾隨其後。花落和樺落逗留在群眾邊緣，鼠鬚來到他們身旁坐下，前者緊張地瞥了他一眼。

「族貓們，我們這次的敵人前所未見的可怕！」火星吼道：「這次的威脅來自死貓還有活貓。黑暗森林誓言消滅部族貓。」

「死貓怎麼可能傷得了我們？」鼠毛粗啞著聲音問道。

火星鎮定地看著長老。「無星之地的戰士已經找到方法進入部族貓的領地。」

蕨雲倒抽口氣。「不可能！」雲尾吼道。「哦，星族。」花落對著樺落啜泣。

樺落看著她，鼠鬚則傾身在他耳邊說了幾句話，他愣了一下，隨即甩開鼠鬚，嫌惡地瞇起眼睛，彷彿那位年輕戰士剛剛要他吞下什麼腐臭物。獅焰看見鼠鬚身子縮了回去，剛剛這位年輕戰士到底說了什麼？

火星在擎天架邊緣探下身子。「你們都在林子裡聞到了氣味，也看到了腳印。」

「他們只是惡棍貓！」塵皮吼道。

火星回瞪那隻虎斑公貓。「難道你忘了你聞到虎星的味道？」

塵皮看著他。「我……我以為是我的錯覺。」

火星繼續說道：「為了戰士的榮耀，我們一定要打贏這場即將到來的戰爭。我們必須和其他部族並肩作戰，因為這個敵人將對所有部族造成威脅。影族、風族和河族會在黃昏時各派三位戰士來雷族加入巡邏隊，我們也會各派三位戰士前往各族營地。」他低頭看了副族長一眼。

「棘爪，就由你來負責挑選戰士。」

刺爪的尾巴掃過地面。「影族會不會趁機竊占我們的領地？」

「如果他們真的這麼做，四族必輸無疑。」火星沉著臉說道。

「我要怎麼保護我的孩子？」亮心哭號道。

雲尾挨著她。「我不會讓他們受到任何傷害。」

蕨雲甩著尾巴。「我也是。」

栗尾抬起下巴。「誰都不准傷害雷族的小貓。」

藤池走到最前面，轉身面對她的部族。獅焰看見她深吸口氣，穩住微微發抖的腳。「我很清楚他們的格鬥方式，我可以把他們慣用的招式教給大家知道。」

花落蜷縮在樺落旁邊。

「妳怎麼會知道？」塵皮嘶聲道。

「我派她去當臥底。」火星跳下亂石堆，站在藤池身邊。「她比誰都清楚敵人的底細，她可以提供我們情報。」

鼠鬚瞠目結舌地看著她。「妳在黑暗森林臥底？」

櫻桃掌的眼睛瞪得像月亮一樣圓。「妳好勇敢！」

獅焰瞇起眼睛。火星是不是問過藤池還有誰在黑暗森林受訓？他掃視族貓，尋找表情愧疚的臉孔。一定有貓曾跟著藤池一起去過無星之地，被虎星的謊言和碎星的幌子矇騙。他的爪子深戳進潮溼的地面，感覺背脊上的毛髮都豎了起來。

火星甩打尾巴。「我們必須打贏，因為這是我們的生死存亡之戰，也是部族貓的生死存亡之戰。我們的敵人已經死了，他們是為了洩恨才發動這場戰爭，但這也是他們的弱點所在。」

「我們一定可以打敗他們。」雲尾吼道。

錢鼠掌撐起後腿，出鞘的爪子劃破空氣。「我會把我腳下的黑暗森林戰士撕成碎片。」

火星點點頭。「那麼我們開始訓練吧。為了勝利而戰！」

族貓們各自成群帶開，像焦急的鴿群一樣竊竊私語。「我們必須教長老和貓后自衛的方法。」獅焰告訴棘爪。「我已經想了幾招可以供黛西使用，即便她完全沒受過戰士訓練。」

「很好，」棘爪掃視部族。「蛛足可以訓練鼠毛和波弟。他是他們的老朋友了，所以應該願意聽命於他。」

蛛足正私下找蕨毛談話。獅焰第一次注意到他口鼻處的毛髮已經有些灰白。**再過不久，他就要搬進長老窩了，但前提必須是到時還有長老窩的話**。想到這裡，他的毛髮不禁豎了起來。

棘爪縮起爪子。「我們面對的是不同以往的敵人，所以一定要做足準備。」

「我們必須學會像黑暗森林戰士一樣兇狠作戰。」獅焰壓下滿腔怒氣。「是他們逼我們打破戰士守則的。」

「保衛部族，甚過一切。」棘爪提醒他。「如果這意味出手必須像惡棍貓一樣，那麼我們就學惡棍貓那樣兇狠作戰。」

「為了保衛部族，要我像碎星那樣耍狠也可以。」

「也許真的需要耍狠。」棘爪的暗色目光轉向蛛足，同時放聲喊他。「你去教鼠毛和波弟一些招式。」

「好。」蛛足朝長老窩走去。

「冬青葉！」棘爪喵聲道。「帶錢鼠掌、玫瑰瓣和白翅出營去練習一些妳知道的打鬥技巧，藤池一會兒就過去和你們一起練習。」

栗尾朝雷族副族長跳過來。「讓我先和藤池一起練吧。」她懇求道。

「如果她能告訴我們黑暗森林最致命的招式，我們就可以想出防衛對策。」塵皮補充道。

棘爪幫族貓分組，獅焰這時正往育兒室走去。他經過黛西旁邊，把頭伸進育兒室裡。

「我可憐的小貓。」亮心正在臥鋪裡用身子蜷住三隻不斷蠕動的小毛球。雲尾蹲在她旁邊，毛髮豎得筆直。小百合和小種籽坐在臥鋪邊緣，下巴抬得高高的。

「我們會保護他們。」小種籽大聲說道。

「你們一定要待在臥鋪裡，」獅焰命令道。他轉向雲尾：「去和族貓們會合，我來教亮心怎麼保護小雪、小琥珀和小露珠。」

雲尾鑽了出去，獅焰跳過他身邊。

「黛西，過來這裡，」他喊道：「我需要妳幫忙。」

「我能幫什麼忙？」黛西撐起身子。「戰士的格鬥技巧，我一點也不懂。」

「沒關係，」獅焰告訴她。「妳必須和亮心一起合作，妳們得保護這五隻小貓。因為栗尾得加入戰鬥隊伍，所以必須靠妳們自己來保衛育兒室。如今處境最危險的就屬貓后！」他朝亮心努努鼻子。「站起來！」

亮心撐起身子，站了起來。獅焰突然齜牙咧嘴地撲向小貓，亮心立刻身手快如閃電地揮開他，爪子劃過他的鼻頭。

獅焰退開。「你們看，她會靠直覺保護自己的孩子。」

黛西怒瞪著獅焰。「你幹嘛攻擊她？」

「沒關係，」亮心興奮地看著獅焰。「讓我再練點別的招式吧。」

獅焰朝黛西彈彈尾巴。「這一招，妳也要學。」他往後退，全神貫注在自己的假想敵上，然後單隻前爪往上揮，另一隻往下揮。「這很容易，它可以混淆攻擊者的視聽。」

「借我在妳身上試用一下！」亮心在臥鋪邊緣穩住身子。「妳來攻擊我。」

黛西猶豫了一下，隨即衝向亮心。亮心前掌朝上面一揮，黛西直覺看向那隻前掌，卻被亮心的另一隻前爪利用這個機會從下方勾住前腿。黛西立刻往前仆倒，口鼻撞上窩穴的地板。

「如果你們兩個一起合作，其中一個可以負責絆倒敵人，另一個展開攻擊。」他看見亮心眼裡的恐懼不再，這才鬆了口氣。「記住一定要盯住自己的小貓。」小露珠、小琥珀和小雪費力地爬上臥鋪邊緣，瞪看突然變得兇悍的母親。「你們三個，乖乖待在臥鋪裡，到下面去。」獅焰命令道。他們眨眨眼，乖乖溜下去，蜷縮在青苔裡。

他又轉頭回來對黛西和亮心說：「合作可以讓你們變得像戰士一樣勇猛。」他很是滿意。這麼久以來，這是他第一次感覺到自己是在做該做的事。過去幾個月來，他花了太多時間做些無謂的擔心，而現在他已經做好準備，可以充分發揮他天生具有的作戰本領。午夜的話言猶在耳，**你的路是自己選的。**

我自己選的路！他突然愣了一下，心跳加速。**這是我自己選的路！**

「妳們可以先自己練習嗎？」他問亮心。

「我們可不可以發明一些招式？」她問道。

「當然可以。」獅焰把頭鑽出育兒室，掃視空地。「我等一下再回來看妳們的成果。」

她在哪裡？他嗅聞空氣，終於找到煤心，她的味道和冰雲、葉池混在一起。他循著氣味穿過空地，走出營地，加快腳步朝斜坡跑去。葉池和冰雲正使出前爪打擊對方，練習拳法，煤心在旁觀看。

「妳們的速度要再快一點，」煤心告訴冰雲。「揮拳要揮得短而有力。」

「煤心！」獅焰從沙洲上喊她。

她轉身，豎直耳朵。「獅焰？你來做什麼？」

「我必須找妳談一下。」

她一定是察覺到他語氣的急迫，於是向她的同伴點個頭，便匆匆朝他走來。「什麼事？」她的目光裡閃著憂色。

「跟我來。」獅焰繞過一叢羊齒植物，停在多瘤的山毛櫸前。

煤心瞪著他。「出了什麼事？」

獅焰深吸口氣。「妳有妳的天命，」他開口道，「就像別的貓一樣，但妳也有選擇權。」

星族，求求祢們讓她明白這個道理。「我也一樣。」煤心傾身向前，張開嘴巴，但她還沒得及打斷他，他又開始說：「是命運在指引我們的腳步，但每一步都是我們自己在走，由我們決定，我們走的是我們自己選擇的道路。」

煤心沒有說話。獅焰繼續說：「不管我們的天命是什麼，我們還是可以選擇自己的路，你懂嗎？如果我們想要的話，我們還是可以一起走這條路。」

煤心退後幾步，灰色毛髮豎了起來。「沒那麼簡單。」

獅焰緩步走在她後面。「就是這麼簡單！」

「我的腦袋裡都是前世的記憶，」煤心哭號道。「我覺得自己的身體裡好像住了兩條生命，你叫我怎麼選擇？煤皮難道就不能有選擇嗎？我不能讓她當戰士！她是巫醫啊！」

獅焰用鼻子抵住她。「她選擇了妳，」他低聲道。「她把選擇權交給妳。」

煤心開始發抖，獅焰感覺到她的心亂如麻。「煤心，人生只有一次。選擇權在於妳，這是妳的天命，不是煤皮的。她已經過完她的人生。」

煤心倒抽口氣，毛髮漸漸平順下來，她抬起下巴。「那我就選擇當個戰士。」她的藍色眼睛閃閃發亮。「還有我選擇你。」

微風下，羊齒植物輕輕擺動。獅焰瞥見煤心旁邊出現一團淺灰色影子。他驚訝地倒退幾步，看著它脫離她的軀體，彷若蜘蛛網一樣被風輕輕帶走。風中有個輕柔聲在低語：謝謝你們。

獅焰毛髮倒豎。「妳聽見那聲音了嗎？」

煤心看著影子消失林間。「那是煤皮，」她輕聲道。「我放她自由了。」

獅焰大聲地喵嗚。「妳願意和我並肩作戰嗎？」

煤心的鼻子緊緊抵住他的。「我一直都願意。」

第二十一章

松鴉羽在營地入口附近採集紫草，羊齒植物不斷刮搔他的背。暮色將近，葉面串起露珠。來自風族、影族和河族的巡邏隊不久即將抵達。他甩甩腳爪，這整下午戰士都在受訓，他則忙著收集藥草，累到腳都隱隱作痛。

後方傳來肌肉撞擊地面的聲響。「不要忘了藤池教過的技巧！」松鼠飛朝塵皮喊道。「黑暗森林戰士會伺機攻擊你的喉嚨，所以你要隨時提防對方的致命攻勢。」

塵皮從灰紋底下掙脫，毛髮刷過地面。「如果我得隨時提防，何時才能出手攻擊？」

灰紋氣喘吁吁。「多利用肩膀的力道，不過頭要壓低一點。」

松鴉羽拔起最後一片葉子，放進葉堆裡，用嘴叼起整捆葉子，往回走進營地。他鑽進隧道，沿著空地邊緣快步疾走，繞過玫瑰瓣和錢鼠掌，後者正在練習一招很難的格鬥技巧。

「絕對不要背對黑暗森林的戰士！」藤池

吼道。

「等一下可不可以換我們？」葉池焦急地踱步，雲尾爪子刮扯著沙地，毛髮滲出等不及的氣味。

棘爪和獅焰、松鼠飛都坐在擎天架底下。「栗尾、刺爪和蛛足應該去影族。」他喵聲道。

「白翅、莓鼻和榛尾可以去風族。」松鼠飛提議道。

松鴉羽把藥草扔在巫醫窩旁邊，走過來加入他們。「你認為我們的準備工作來得及嗎？」

「來不及也不行。」棘爪吼道。

松鴉羽嗅聞空氣。「火星呢？」

「他和沙暴、栗尾去架設陷阱了。他在小路上布上絆腳的刺藤，還用蕁麻遮住兔子洞。」

藤池的喵聲打斷了他們。「玫瑰瓣，妳要用尾巴保持平衡，不能只用四隻腳作戰，也要學會用兩隻腳。那些戰士一心只想宰了妳。」

「那我們怎麼宰了他們？」雲尾喊道。「他們不是已經死了嗎？」

松鴉羽皺起眉頭，這問題問得好。「我知道星族貓如果被後代久已遺忘，形體就會漸漸消失。」他抬高音量，「如果連星族都可以消失，那麼黑暗森林的戰士就有可能死亡。」他突然愣了一下，因為他察覺到藤池似乎被某種陰影吞沒。他潛入她的思緒，進入黑暗森林裡。

蟻皮正在藤池腳下掙扎。她的爪子狠狠撕扯他的喉嚨，腳下戰士血流如注，氣若游絲，形體開始消失，最後枯黃草地上只剩鮮紅的斑斑血跡。松鴉羽縮起身子。**她殺了黑暗森林的戰士！**他好奇她會不會告訴雲尾，死貓也可以澈底消失。但是他感覺到她刻意揮開這念頭。

棘爪繼續規劃。「我要派狐躍、蟾蜍步和玫瑰瓣去河族。」他決定道。「他們可以把藤池教的技巧傳授給霧星旗下的戰士。」

「我很好奇她會派誰給我們？」松鴉羽試圖想像河族戰士在雷族營地的景象。錢鼠掌突然怒聲說道：「難道在開戰之前，都要我們抓獵物給他們吃，還要跟他們同住一個窩穴裡嗎？」

「沒錯！」棘爪轉身面對見習生。「如果火星是這樣要求，我們就必須把他們當盟友。」雲尾毛髮豎了起來。「我才不要和那些影族貓睡在一起。」

「難道你情願我派你去巡邏隊，和河族貓一起出勤務？」棘爪厲聲道。「沒有時間擔心別族的貓是不是我們的敵人了。我們面對的是生死交關的戰爭，我們就是得把別族的貓當成自己的族貓，和他們一起並肩作戰，沒什麼好吵的。」

獅焰的尾巴不耐地揮打。「火星還要找兩隻飛毛腿，在開戰時互通各族的最新消息。」

「就由錢鼠掌和櫻桃掌來擔任這項工作吧。」棘爪喵聲道。

「可是我想上場作戰！」錢鼠掌穿過空地。「這是我的第一場戰役。」

「你適合擔任部族間的信差，」棘爪告訴他。「你是我們族裡的飛毛腿之一。」雷族副族長朝獅焰和鴿翅轉身，同時壓低聲音。「我們必須找出那些在黑暗森林裡受過訓的貓。這樣或許可以阻止他們步入歧途。」

「我們可以去問藤池。」松鴉羽瞥了年輕戰士一眼。

正帶著一塊獵物要去長老窩的鴿翅，聽見松鴉羽的話，隨即丟下嘴裡的獵物。「可是火星說，我們不必知道他們是誰……」

棘爪打斷她。「還是最好先知道我們的敵人是誰，」他喵聲道。「藤池！」他等她過來。「哪些雷族貓曾和妳在黑暗森林受訓？」

藤池往後退。「我不能出賣他們！」她倒抽口氣。松鴉羽感覺到她的毛髮下滲出恐懼氣味。「他們不知道自己在做什麼，」她結結巴巴。「等開戰時，他們就會做出正確的選擇。」

「我們不能懲罰他們，」鴿翅爭辯道。「他們又沒有做錯什麼。」

「我們不是要懲罰他們，」棘爪輕聲說道。「我們是要設法救他們出來。」

「是虎星騙他們進去的。」藤池喵聲道。

「我知道。」棘爪要她放心。

「還有碎星威脅他們，如果誰敢退出，他就殺了他們。」

「那就給我們一個機會保護他們。誰在黑暗森林裡受訓？」棘爪輕聲追問道。

「樺落，」藤池低聲說道。「還有花落和鼠鬚。」

「雲尾、錢鼠掌、玫瑰瓣！」棘爪朝族貓喊道，連番下令：「去把花落找來，她在沙坑受訓。樺落和鼠鬚出去狩獵了，去找到他們，帶他們回營地裡。」

雲尾、錢鼠掌和玫瑰瓣銜命衝出營地。棘爪坐了下來。「藤池，我們會讓他們明白，即便在黑暗森林裡，也可以當我們的盟友，就跟妳一樣。」

松鴉羽讓身上的毛髮平順下來。經歷了這麼多個月的漫長等待後，終於可以正面迎敵，這著實令他鬆了口氣。他瞥看自己的窩穴。「我得去檢查我的藥草庫存量了。」

他穿過空地，拾起那捆紫草，鑽進刺藤叢，緩步走進窩穴。薔光已經睡著了，他聽見她躺在藥草堆間打呼的聲音。

「薔光？」他用鼻子輕輕碰她。

她立刻驚醒。「對不起！我藥草數著數著就睡著了。金盞花和蕁麻得再多收集一點。」

「妳回臥鋪好好休息。」松鴉羽告訴她。「剩下的我來處理。」

「我可以幫忙。」薔光爭辯道。

「去休息。」松鴉羽命令道。

「可是……」

「現在就去！」薔光窸窸窣窣地鑽進臥鋪，松鴉羽豎起耳朵仔細聽，直到聽見她的呼吸聲沉了下去，他才開始從各藥草堆裡取出若干，裹成藥包。每個藥包都置放了可用來治療單一傷患的藥草和蜘蛛絲。這樣一來，一旦開戰了，會比較省事。

「松鴉羽？」葉池的喵聲嚇了他一跳。他抬起頭來，藥草味聞得他有點頭暈。

「需不需要我幫忙？」她鑽進刺藤叢裡。「等戰爭結束後，一定有很多傷患。」她的鬍鬚微微顫抖。「我……我想要幫忙。就算只是拿溼青苔給口渴的傷患也行。」

「青苔？」松鴉羽皺皺眉頭。**青苔！對，青苔也要！**

「我知道我沒有權利要求你，可是……」

「我完全忘了青苔這回事，」松鴉羽跳了起來。「我們需要很多青苔，我會派巡邏隊去拿一點回來。」他刷地從葉池旁邊經過，往入口走去。

「大家都在忙著訓練或狩獵。」葉池提醒他，「我可以去幫你收集嗎？」

松鴉羽停下腳步。「收集青苔？」他感覺到她身子縮了一下，以為他又會拒絕她。「這對妳太大材小用了。等錢鼠掌和櫻桃掌回來，再叫他們去收集就行了。我需要妳在這裡幫忙。」

「真的？」葉池的毛髮裡迸出驚訝的火花。

「妳的經驗比我老道，」松鴉羽告訴她。「不好好利用妳，那就太笨了。妳剛自己也說，戰爭過後，一定會有很多傷者，我需要妳幫忙治療他們。」

「可是……可是星族怎麼辦？」葉池結結巴巴。「祂們告訴我，我不再是巫醫。」

松鴉羽吼道：「葉池，現在不比以前了。為了部族好，只要對部族有利的事情，我們都該去做。如果這意味著必須違逆星族，那也沒辦法。」

葉池緩步走近。「這是不是表示你已經原諒我了？」

松鴉羽轉身包裹藥草。「沒有什麼原不原諒，」他哼了一聲。「妳當時只是做了一件妳自認為可以把傷害降到最低的事。」他把一堆琉璃苣往她那裡推。「學我這樣把藥草收集起來，我要每包藥草都有足夠分量的蜘蛛絲。還有提醒我叫錢鼠掌和櫻桃掌去採集更多青苔回來。」

他的母親終於寬下心來坐在他旁邊，開始埋首包裹藥草。松鴉羽刷過她身邊，從金盞花裡又抓了一把出來，但感覺到爪子刮到岩面。「金盞花快沒了。」

葉池喵嗚道：「等錢鼠掌回來，我會提醒你叫他多摘一些回來。」

他們靜靜地工作，直到窩穴外一聲嚎叫劃破空氣。

「他們不見了！」雲尾衝進營地。「到處都找不到！」

松鴉羽從窩裡爬出來。「找不到誰？」

「樺落、花落和鼠鬚。」雲尾在棘爪面前踱步。他後面的錢鼠掌和玫瑰瓣氣喘吁吁。

「你們確定全都找過了？」棘爪質問道。

「我們已經走遍整座林子。」雲尾回報道：「完全找不到他們的蹤影。」

松鴉羽穿過空地，心緒紊亂。**鴿翅！**他嗅聞空氣，尋找鴿翅——她正在窩旁邊休息。

「快用妳的特異功能！」他疾步朝她走去。「找找看他們在哪裡？」

她坐起來，渾身顫抖。「好。」

松鴉羽趁鴿翅將感官往林子裡延伸時，潛入她的思緒。**你們在哪裡？**他心跳得厲害，因為鴿翅的聽覺已經越過湖和森林的盡頭，進入幽冥裡。她進到黑暗森林，展開搜找。

「已經開戰了嗎？」花落焦急的喵聲在暗處迴盪。鴿翅專心地聽。玳瑁色戰士正沿著一條曲折的小徑，穿過黏滑的蕨葉叢，而樺落就走在她旁邊。

身後的鼠鬚往林子裡瞪看。「我們怎麼知道什麼時候可以展開攻擊？」

花落全身發抖，可能是因為太冷，也可能是出於害怕。「別擔心，我們會知道的。別忘了，碎星答應過會通知我們，他要我們和他合作，所以不可能讓我們有藉口躲開這場仗。」

鴿翅的感官霍地拉回空地，耳裡的聲音頓時消失。松鴉羽也抽離回來，挺起身子。

「藤池呢？」鴿翅喊道。「她得趕在開戰前去把他們追回來。」

松鴉羽搖搖頭。「沒有時間了，」他語氣沉重地告訴她。「從現在起，他們得自求多福了。」他轉頭去聽四周的備戰聲響。

想保護自己免於遭到黑暗森林的報復，就只能自求多福了。

第二十二章

從現在起，他們得自求多福了。松鴉羽的話令鴿翅不寒而慄。她嗅聞空氣，然後衝進見習生窩裡。藤池蜷伏在臥鋪裡，雙眼緊閉，耳朵不停抽動。**她為了找花落、樺落和鼠鬚，正試圖進入黑暗森林的夢裡。**

鴿翅緩步走近。**可是他們已經知道她是臥底的！萬一他們把她出賣給虎星，那怎麼辦？**一個聲音冷不防地在她聽覺的角落裡響起。

「時候到了。」

是碎星刺耳的聲音，從黑暗森林裡傳來。貓群附和的吼聲迴盪在光禿的枝椏間。鴿翅搜尋聲音來源，感官往幽暗的林間釋出，聽見死水沖刷過黏滑的沙洲。河邊再過去一點，有一大群貓圍著一株暗色樹墩，他們互相推擠。

「這是你們在這座臭林子的最後一夜！」碎星從樹墩上大聲宣布，發亮的琥珀色眼睛掃視著那一大群毛髮賁張的惡貓。

「他這話什麼意思，最後一夜？」

鴿翅認出花落的低語聲，這隻玳瑁色母貓就蹲在群眾邊緣，鼠鬚和樺落縮在她旁邊。

虎星跳上樹墩，推開碎星。「今夜我們要完全拋開桎梏部族貓已久的戰士守則。長久以來，部族貓只會照顧弱者，否定強者。」他把他那張寬臉霍地轉過來，將下方所有貓兒全掃進眼裡。「但今晚，我們會像暴風雨一樣橫掃部族貓，直到只剩強者為止。我們會建立一個新部族，這個新部族重視的是強者和勝利者，不是弱者和失敗者。」

「打倒戰士守則！」一隻憔悴的虎斑貓大聲吼道。

「黑暗森林統治世界！」群眾齊喊。

「今晚跟我一起走！」虎星抬高音量，「我保證你們會得到前所未見的力量和自由。」

黑暗森林戰士的齊聲歡呼迴盪在鴿翅耳裡。她倒抽口氣，瞄見風族的陽擊和河族的鯉尾，他們很是驚怕地瞪著虎星，眼睛睜得斗大。離他們不遠處的鼠鬚正往後退進林子。

「四族陳腐已久。」穴飛在黑暗森林戰士群裡挺起身子，這位河族公貓兩眼發亮。「我們一定要讓他們知道這世上只有強者才能生存。」

鴿翅覺得反胃。**怎麼會有部族貓相信這種殘暴的說法？**

冰翅的白色毛髮在她眼角閃現。河族母貓把鼠鬚推回花落和樺落旁邊，她尾巴一彈，示意風族的荊豆皮和兔躍過來一點。「別讓虎星瞧見你們害怕的樣子，」她嘶聲：「安靜點，照他的話做，不然恐怕再也回不了家了。」

樺落正要開口反駁，一隻毛髮蓬亂的玳瑁貓轉過身來，瞇起眼睛看著他：「我怎麼沒聽見你為我們的族長歡呼。」她吼道。

「楓影，我們正在想一些計策，」冰翅迎視她的目光，喵聲道：「別忘了開戰時，我們會比你們多一些優勢，畢竟我們的部族貓信任我們。」

「是嗎？」楓影的語氣猜疑。「那就希望你們能為你們的這場生死之戰做好準備。」她往冰翅靠近。「因為唯有站在我們這一邊，才能保證你們活下去。」

一隻很瘦的黑色虎斑公貓從貓群裡擠出來，停在楓影旁邊。「我們的新成員還好嗎？」

「暗紋，」楓影向他點頭招呼。「他們像小貓一樣害怕。」

暗紋的目光掃過部族貓。「別怕，」他厲聲道：「你們都在我這一隊，我保證你們會像英雄一樣奮勇殺敵。」他瞇起眼睛。「藤池呢？」

「她快到了。」花落喵聲道。

暗紋縮張著爪子。「她早該到了。」他瞥了楓影一眼。「我從來不信任她，」他吼道。「這傢伙只會討好虎星，像兩腳獸的狗一樣狡猾。」

樺落甩著尾巴。「她才不是這樣！」

鷹霜在樹墩上召集他們，他跳上虎星和碎星的旁邊，身上的毛髮在詭異的幽光下尤其顯得光滑油亮。「我們的戰士已經準備就緒，」他吼道。「部族貓，受死吧！」

黑暗森林的戰士齊聲吶喊，林子裡野風四起，拉扯樹枝、撕裂樹皮，捲走枯葉。閃電劃破天際，雷聲在鴿翅耳裡隆隆響起。

她瑟縮起身子，但仍繼續觀察，這時虎星從樹墩上跳下來。群眾自動讓出一條路，他直奔林子，碎星和鷹霜尾隨其後。黑暗森林大軍蜂擁在後。

「部族貓，受死吧！」

「部族貓，受死吧！」

暴風雨的閃電照亮林子，摧殘樹木，喊殺聲劃破空氣。鴿翅聽見如雷的腳步聲隆隆逼近，嚇得她倒抽口氣。**哦，星族，救救我們！他們來了！**她伸爪戳戳藤池。

藤池扭頭抬眼。「我才剛要進入夢裡！」

「來不及了！」鴿翅推推妹妹，要她起來。「已經開戰了！我們得去告訴火星。」她衝出窩穴，在空地邊緣煞住腳步。

四周的族貓正看著橡毛、煙足和雪鳥緩步走進營地。

「我真不敢相信，」雲尾咕噥道。「竟然讓影族貓登堂入室我們的營地。」

「歡迎你來，橡毛。」火星匆匆上前迎接，同時瞪了雲尾一眼。

棘爪也趕了上去。「煙足、雪鳥，真高興見到你們。」

「如果餓了，這裡有新鮮獵物。」獅焰提議道。

「如果餓了，我們會自己去抓獵物。」煙足拘謹地說道。

獵物？鴿翅跑上前去。「沒時間擔心獵物的事了，他們來了！」

火星轉身。「黑暗森林的貓？」

鴿翅豎起耳朵，聽見腳步聲隆隆踩在光禿的地上，隨即是羊齒植物的窸窣聲。「他們已經進入森林了。」

影族隊伍面朝著入口屏障，頸毛賁張。獅焰爪子出鞘，身子蹲伏下來準備應戰。

榛尾瞪著鴿翅。「妳怎麼知道？」

「她就是知道！」松鴉羽從巫醫窩裡跳出來，停在鴿翅前面。「他們朝哪個方向來？」

刺藤窸窣出聲，樹葉咯吱作響，聲音大到連鴿翅的耳毛都在顫抖。「我聽不出來。」

棘爪突然抬頭掃視上方林線。鴿翅愣了一下，這才明白他們的腳步聲已經近到每隻貓都聽見。火星轉頭迎視族貓們驚恐的目光，狐躍鑽進莓鼻和榛尾之間。罌粟霜和煤心緊挨在玫瑰瓣和刺爪旁邊，蜜妮抬高下巴，完全看不出來她是寵物貓出身的。

「時候到了，」火星喵聲道：「我相信你們會盡全力拯救我們的部族。」他的目光移向煙足。「拯救所有部族。」

棘爪上前一步。「栗尾、刺爪和蛛足，你們儘快趕到影族那裡，」他下令道。「把他們當成自己的族貓，盡全力保護他們。白翅、莓鼻和榛尾，你們去幫忙風族。」被點名的戰士紛紛跑出營地，只有栗尾還在遲疑，目光瞥向育兒室。

「我們會保護小百合和小種籽的安全。」火星承諾道。

栗尾垂頭致意，跟在隊伍後面衝出去。棘爪朝狐躍彈彈尾巴。

黃褐色戰士正跑向入口，蟾蜍步和玫瑰瓣跟在後面。「我們會趕在黑暗森林戰士之前抵達河族。」他回頭喊道。

櫻桃掌和錢鼠掌衝過空地，站在火星面前。「我們要先去哪裡？」

雷族族長朝兩位熱血信差點頭示意。「錢鼠掌先去風族，再去河族，櫻桃掌快去影族。有什麼消息，儘快回報我們，我們需要知道黑暗森林先攻擊哪裡。」

瞿粟霜和正往荊棘屏障衝過去的孩子們道別。「我知道你們很勇敢。」她抬高下巴。「要記住，我以你們為榮。」

她站到一旁，讓他們離開，眼裡淚光閃爍，莓鼻緩步走到她旁邊，臉頰抵住她的。「他們今天成為戰士了。」他低聲道。

鴿翅環顧空地，驚訝發現這些隊伍走了之後，營地幾乎空了，這樣還有足夠戰力抵禦敵人嗎？山谷上方清晰可聞毛髮刷過矮木叢的聲音，她貼平耳朵，想蒙住那聲音。松鴉羽匆匆走回巫醫窩，扯了一把刺藤在嘴裡，塞在洞口前面，蜜妮趕過去幫他。

薔光從洞裡喊他們。「我已經把藥草包排好了，也把青苔浸在池裡了。」

「先把急救用的藥草堆到儲藏室後面。」松鴉羽告訴她，同時又拖了另一坨刺藤擋住洞口。灰紋往長老窩走去，波弟和鼠毛探出頭來。「待在洞裡！」他喝令道。

「蛛足不是有教我們一些打鬥技巧嗎？」波弟問道。

「必要時再使出來，除非敵人找上你，否則不要主動加入戰局。」灰色戰士示意長老們退到忍冬叢裡面。

黛西和蕨雲在育兒室外走動，背上毛髮像刺一樣豎得筆直。「亮心，小種籽和小百合在妳的臥鋪裡嗎？」黛西隔著刺藤牆喊道。

「他們都待在一起。」亮心回答道。

「我絕對不准任何一隻貓碰他們一根寒毛。」蕨雲承諾道。

「我們得在山谷外面迎戰敵人。」火星下了決定，朝棘爪點頭示意。「你留在營裡，挑幾個隊員吧。」

棘爪轉身對松鼠飛說：「妳願意和我並肩作戰嗎？」

他們的目光對視了一會兒。「我一向願意。」她喵聲道。

「那好，」棘爪點點頭。「塵皮、蜂紋、煤心、葉池和灰紋，你們留下來幫忙防禦。」

「灰紋跟我一起去。」火星打斷他，同時瞥了他老友一眼。

棘爪垂下頭。「好，沒問題。」

獅焰甩打著尾巴。「我的戰場在哪裡？」

「你和我一起，」火星面對他的族貓。「必要的話，你們要像惡棍貓一樣兇狠出招，」他吼道。「我們是為所有部族而戰。不管發生什麼事，都要記住部族貓靠的是勇氣，是萬不得已，才使出了爪子。」

煙足看著荊棘屏障。「風族和河族的隊伍呢？」

火星豎耳去聽山谷上方傳來的喊殺聲。「我們沒有時間等他們了。」

「火星，」沙暴嘶聲道，走過來站在火星和族貓之間。「這是你的最後一條命了。」鴿翅聽見她的低語聲。「你不能拿最後一條命去冒險，你的部族需要你。」

「他們需要我上場作戰。」火星回答。

「可是如果你死了，他們怎麼辦？」

「他們會更奮勇地殺敵。」火星的綠色眼睛閃閃發亮。「我的戰士都只有一條命，他們卻願意為了族貓隨時犧牲自己的性命。我也一樣，我的責任就是隨時與他們同在，有難同當。」

沙暴用面頰抵住火星的。「我愛你。」她輕聲道。

「我也愛妳。」火星喃喃說道。「跟在棘爪身邊，保護營地。」他跑開，朝入口衝去。獅焰和灰紋帶著隊伍跟在後面，從鴿翅旁邊掃過去，她追在後面，恐懼漫上心裡。藤池呢？她遍尋不到她妹妹的黑色身影。

她心跳得厲害。當她從刺藤叢裡衝出來時，火星已經在營地外面停下腳步，用發亮的眼睛喝令大家不要出聲，隊員們全圍著他，個個毛髮賁張。在他們上方，林木颼颼作響。鴿翅屏住呼吸。火星在灰紋旁邊低語幾句，然後就像貓頭鷹一樣安靜地朝一個方向彈彈尾巴，再朝另一個方向彈一彈，意思是要隊伍分成兩支。鴿翅拖著腳走向灰紋，發現自己夾在雲尾和雪鳥之間。影族母貓聞起來有松樹汁液的味道，她的毛髮光滑，肌肉堅硬如石。火星點頭示意灰紋朝山谷旁邊的斜坡走去，他則走向對面的斜坡，並示意他的隊伍跟上。

他要我們從兩邊斜坡爬上去，從上面夾擊他們。

鴿翅等火星下令開拔，卻發現他竟努努鼻子，要她過去。

「到處都是他們嗎？」她走近時，他嘶聲說道。

她伸長耳朵。影族邊界外傳來一聲尖嚎、高地上有戰士的毛髮刷過石楠叢，發出咯吱聲響、湖的那頭，有腳爪採斷蘆葦的聲音。她的呼吸急促。「沒錯，他們同時攻擊所有領地。」

火星點點頭。「正如我們所料。拿出你們的作戰實力來，祝你們好運。」目光瞟向灰紋，尾巴一甩。這是要他們開始反擊的信號。鴿翅深吸口氣。**這一刻終於來臨，我們開戰了。但願我真的星權在握。**

第二十三章

鴿翅轉了個方向，感覺隊伍也跟著她轉，他們開始爬上斜坡，放輕腳步，像黃鼠狼一樣輕巧穿梭在茂密的矮木叢裡。

冷不防一根荊棘劃到她的腳，她絆了一跤，叫了出來。

「妳還好嗎？」雲尾蹲在她旁邊。

「我的腳卡住了。」刺藤纏在她腳上。

「我來幫忙。」他傾身靠近。

鴿翅感覺到他在發抖。「你還好嗎？」

「還好，」他吞吞口水。「只是我從來……從來沒想過會遇到這種事。」他張嘴咬住刺藤，頭一扭，扯掉了她腳上的藤蔓。

「這話什麼意思？」她把腳拔出來。

「我是說死貓攻擊我們的這件事。」

鴿翅突然想起雲尾從不相信星族的存在。他是寵物貓出身，從來不吃這一套。「我想不只是你，大家的想法都一樣。」她喵聲道。

她說話時，斜坡上方有打滑煞住的腳步

聲。好像是誰回來找他們。

「別緊張，我們來了……」鴿翅認出那聲音是暗紋的，她曾在黑暗森林裡聽過他的聲音。她愣在原地。「小心！」她尖聲警告雲尾，但白色戰士已經用後腿撐起身子，揮出利爪。

兩隻公貓撞在一起，發出肌肉互撞的聲響。雲尾踉蹌後退，但立刻穩住腳步。「暗紋，我一點也不驚訝你會和那群黑暗森林的叛徒廝混在一起。」他咆哮道。

「所以你現在相信有星族了？」暗紋挑釁道。

「我相信這世上有邪惡的勢力。」

「至少你相信了一些東西，寵物貓！」

「我一向相信戰士守則，永遠不變。」雲尾貼平耳朵，爪子猛揮暗紋，劃過公貓鼻子，鮮血濺上刺藤叢。暗紋咆哮，像頭獾一樣衝向雲尾，把他往後撞，再跳上他曝露在外的肚皮，雲尾掙扎著想爬起來。鴿翅往前一躍，爪子勾住暗紋的毛皮，用力把他從雲尾身上扯下來。

「勇敢的小戰士！」暗紋斷聲道，隨即伸出後腿，往後一頂，鴿翅飛了出去。她四腳落地，氣喘吁吁。暗紋很快穩住腳步，朝她飛撲，狠踢她的口鼻。

她痛到視線一陣模糊，僅能瞄見旁邊的雲尾，白色戰士蓬起毛髮，朝暗紋齜牙咧嘴。暗紋身上毛髮服貼，像蛇皮一樣光滑，他猛地衝向雲尾，鑽進下方，利爪劃過肚皮。鮮血噴灑林地。

「放開他！」鴿翅蹣跚站起來，撲上暗紋，爪子扣住他的肩膀，死也不放。他試圖甩開，但她伸出一隻後腿勾住他的，把他絆倒，雙雙滾下斜坡，直到被刺藤叢攔腰擋下。

這時利牙戳進她的肩膀，她嚇得鬆手掙開，爪子瞬即戳進泥地，以免繼續下墜。暗紋一拳揍上她的臉，頓時天旋地轉。她腳步蹣跚地尋找雲尾的蹤跡，光靠她根本打不過這個戰士。

「妳太衰了，妳這個鼠腦袋。」暗紋抬眼看看斜坡上方。鴿翅嚇得倒抽口氣，雲尾正憤怒地尖嚎，原來有隻虎斑貓緊緊抓住他，後腿不停踢打他的背脊。「雀羽正在解決他。」暗紋齜牙咧嘴。「這表示我得親自解決妳了。」

戰士是不殺戮的！鴿翅突然怒火中燒。**像惡棍貓一樣兇狠出招！**火星的命令在她腦海響起。她猛地撲上暗紋，張嘴狠咬，利齒戳進前腿。暗紋尖聲哀號，試圖甩開，但她咬得更用力，深到見骨。**小心你的喉嚨！**這時她的脖子突然被利牙咬住，她才猛然想起藤池訓練時曾交代的話。她開始驚慌，後腿猛踢，搥打暗紋的肚皮，對方咆哮一聲，終於鬆口。鴿翅低身逃開，刺藤刷地劃過她的耳朵。

一聲尖吼像風一樣掃過她的耳毛，她轉過頭來，剛好看見雀羽一拳朝她狠狠揮來。她一陣暈眩，重重跌在地上，雀羽趁機飛撲上來，腳爪砍上她的腰腹，利爪戳進她的毛皮，將她壓在地上，再用後腿利爪狠狠地扒她。鴿翅掙扎著想要吸口氣，卻是喘不過起來。她開始慌張，想盡辦法要脫身。黑暗森林的戰士卻加大力道，痛苦的哀號從她的喉嚨迸出。

「走吧，雀羽、暗紋！」旁邊斜坡有新的聲音出現。一個黑暗森林的戰士從旁邊衝過去。「這兩個已經被打敗了，就讓他們在這裡等死吧，我們去攻擊營地。」

鴿翅感覺到雀羽鬆開了腳爪的力道，扔下她，跟著同伴跑了。

「雲尾？」鴿翅蹣跚站起，上氣不接下氣。

雲尾躺在斜坡上，離她有幾條尾巴的距離，他身上全是血。她朝他跑去，蹲下來，但這動作痛得她齜牙咧嘴。「雲尾！」

他抬起頭，眼神渙散。

「他們去攻擊營地了！」

雲尾撐起身子，站了起來。「走吧！」他粗啞說道。「我們得去阻止他們！」他縮起一隻腳，跌跌撞撞地衝下斜坡。

「你還好吧？」鴿翅兩三步就趕上他，她的身上像被火燒一樣炙痛。

「不好也得好啊！」雲尾直起身子，繼續往前走。

營地外面，松鼠飛和沙暴正合力反擊一群正朝她們猛攻的黑暗森林戰士。雀羽和暗紋衝進去，加入攻擊隊伍。

「我們需要幫手！」松鼠飛吼道。

棘爪、葉池、煤心和塵皮從入口衝出來，但更多面目猙獰的身影從林子裡蜂擁而出，將部族貓逼到荊棘屏障處。遠方斜坡蕨叢一陣窸窣抖動，火星和獅焰衝了出來。鴿翅身後有打滑的腳步聲，轉頭看見雪鳥和灰紋從她旁邊衝了過來，跳進戰場裡。雲尾甩掉眼睛四周的血，也跟著他們衝上去。

鴿翅跟在他後面。她瞄見暗紋的身影，伸爪猛砍。**像惡棍貓一樣兇狠出招**。她完全拋開見習生時學的技巧，只要碰上誰，就是一陣猛砍。她旋身一轉，見一個砍一個，眼前身影變得模糊。

「小心點！」松鼠飛在她旁邊痛得慘叫一聲。鴿翅不小心劃到她的下腹。

「對不起。」她飛快轉身，對準另一個較暗的身影，利牙戳進對方肉裡，腐臭味迎面撲來，她鬆了口氣，慶幸這次沒有找錯對象。

「他們在營地裡！」獅焰的吼聲劃破空氣。

暗色身影不斷湧進荊棘隧道，把狹窄的入口撞出一個參差不齊的大洞。獅焰跟在他們後面衝進去。

「煤心！塵皮！灰紋！快跟獅焰去，把他們趕出營地！」火星一個後飛踢，一個黑暗森林戰士摔了出去。「這裡剩下的我們來處理就行了。」

鴿翅聽見蕨雲在尖叫。**小貓！**她朝荊棘隧道跑去，但有雙長爪突然把她拖了回去，猛地一摔，她碰地一聲撞上地面，掙扎著想要爬起來，眼角瞄見營地上方斜坡有熟悉的身影。來自河族和風族的戰士終於趕到。鴿翅只希望他們是站在正義的這一方。

他族的貓衝下山來，腳步聲如雷隆隆，鱒流、卵石足和薄荷毛殺進戰場，來到鴿翅旁邊。她小心打量，發現他們只以黑暗森林的戰士為目標，這才鬆了口氣。

「營地裡還有很多！」火星大喊道，同時一拳揮開暗紋。

「我們來處理。」鴞鬚消失在荊棘屏障裡，白尾和礫毛尾隨其後。

山谷裡不斷傳出尖嚎聲。河族戰士開始聯手出擊，將黑暗森林戰士打得落花流水，四散奔逃，鴿翅趁機鑽進兩隻虎斑公貓，利爪一陣亂揮，嚇得他們抱頭鼠竄。頃刻間，黑暗森林大軍被他們整個打散。

火星和蜂紋、罌粟霜重新整隊，將一小群黑暗森林戰士逼向林子。鴿翅加入蜜妮和松鼠飛的隊伍，也開始驅趕另一群戰士。她時而撐起後腿，時而低頭猛攻，穩紮穩打，清楚自己的目標在哪裡。她啃咬一隻虎斑貓的後腿，蜜妮則猛砍對方鼻子。松鼠飛絆倒另一隻貓，鴿翅趁機劃破他的耳朵。黑暗森林戰士扭頭四顧，發現隊友被打得七零八落，趕緊轉身往林子裡逃。

鴿翅旋身一轉。獅焰正把一隻虎斑貓追上斜坡，葉池將一隻黑貓打得節節敗退。黑暗森林的貓已經逃得沒剩下幾個。

火星挺直身子，站在他們面前。「你們可以逃，也可以留下來受死！」他低吼道。

那幾隻貓愣了一下，隨即轉身，衝進林子裡。

「膽小鬼！」蕨雲在山谷入口處喊道。

卵石足和沙暴從她後方衝出來，把最後幾隻黑暗森林的戰士趕出營地。當他們從旁邊逃過去時，鴿翅豎起耳朵追蹤去向，聽見他們一路哀號，竄回黑暗森林。亢奮的情緒溢滿她胸口。

我們逃過這劫了！

但她又突然愣住。

除了哀號聲之外，她還聽見更兇狠的咆哮喊殺聲。隆隆腳步聲踏在黏滑的泥地上。那不是竄逃的聲音，是行軍前進的聲響——而且正朝著這方向而來。「有更多貓來了！」她低聲道。

「雲尾！卵石足！塵皮！」雷族族長朝那幾位血流如注的戰士喊道。「快去巫醫窩，現在就去！」

他們一拐一拐地穿過被搗毀的荊棘叢，所經之處，血跡斑斑。

「還有誰傷勢嚴重？」火星掃視隊伍。蜜妮搓搓破掉的耳朵，灰紋挨著她，有隻眼睛被打腫。罌粟霜舔舔其中一隻扭傷的腳爪、薄荷毛嗅聞鱒流腰腹上的刮傷，煙足則甩甩凌亂的毛髮。

葉池穿梭在他們當中檢查傷口。「都沒什麼大礙。」她喵聲道。

「警報解除，」棘爪鑽出營地，回報道：「小貓都很平安。」

「只是暫時解除。」火星陰鬱地說道。

這時有腳步聲在高地後方響起，鴿翅愣了一下。

雲尾弓起背。「是誰？」

一隻年輕的影族貓在坡頂現身。

「鼬掌？」棘爪緩步走上前去。「影族情況如何？」

「黑星失去了一條命！」鼬掌朝他們跑來，眼睛瞪得斗大。「我們寡不敵眾！現在急需援手。」

煙足衝上去和見習生會合，橡毛和雪鳥看著自己的族貓，表情倉皇。

「你有見到櫻桃掌嗎？」罌粟霜問道。

鼬掌眨眨眼睛。「她不在這裡嗎？」

罌粟霜當場愣住。

「也許她去風族找錢鼠掌。」葉池挨著玳瑁色戰士。「也或許她躲起來了，等路上安全了，才會回來。」

火星看著鴿翅。「黑暗森林的下一支隊伍還有多遠？」

鴿翅仔細聽，發現他們的腳步聲仍被蒙在黑暗森林的迷霧裡，這才鬆了口氣。「他們還沒進入領地。」

雷族族長甩著尾巴。「獅焰，你去影族，灰紋你也去。這裡有我們就行了。」

行嗎？鴿翅渾身發抖。腳步聲或許還很遙遠，但他們正從容不迫地往前推進，像暴風雲一樣直撲而來。

「煙足！」火星朝影族戰士喊道。「帶你的隊伍回去，你的族貓比我們更需要你們。」

煙足點點頭，棘爪繞著獅焰轉。「快去拯救他們，獅焰！」他用鼻子輕觸金色戰士面頰，彷彿他們仍是父子。「我知道你辦得到。」

獅焰目不轉睛地看著棘爪一會兒才轉身離開，衝進林子，灰紋和影族隊伍跟在後面。疲憊的鼬掌只得邁開步伐再度追上去。

他們消失之後，鴿翅突然覺得心裡好空虛。她環顧族貓們，發現他們眼裡都閃著懼色。

「營地毀了。」蕨雲咆哮道。

「我們也曾重建過。」火星轉身，穿過被搗毀的荊棘屏障。「現在也可以再重建。」

鴿翅設法不去想遠處隆隆的腳步聲。前提是我們得先熬過下一波攻擊。

第二十四章

獅焰一路奔向影族邊界，灰紋跟在他後面，雪鳥、橡毛和煙足穿梭林間，追在旁邊。腳下地面模糊成一片。

「噢嗚！」灰紋絆了一跤，咕噥跌倒。

獅焰趕緊轉身跑回來。

灰紋蹣跚爬起。「一根刺藤絆到我。」他低吼道。

那一瞬間，獅焰看見老戰士眼裡的疲憊，突然警覺到他的老態。

灰紋朝他齜牙咧嘴。「你幹嘛用那種眼神看著我？走吧！我們還有仗要打！」他追在煙足和雪鳥後面。

當他們穿過邊界時，獅焰聽見戰場上的廝殺聲。一株低矮的杜松後面有身影在扭打。

「鴉霜！」雪鳥一躍而過灌木叢。

兩名影族戰士被三個黑暗森林戰士打得招架不住。部族貓身上都是撕裂傷，血跡斑斑，眼裡閃著驚懼。

「蟾蜍步，我們來了！」橡毛跟在雪鳥後面。他躍過杜松叢，撲上離他最近的黑暗森林公貓，把他摔到一旁，雪鳥則從鴉霜身上拉開另一隻。

獅焰慢下腳步。小路遠處有另一小群戰士在打鬥，蛇尾也在混戰裡。**蛇尾是長老！可是我們不能被這些零星的打鬥耽擱，黑星需要我們！**「我們得儘快趕到營地。」他催促灰紋。

「蛇尾需要幫手。」煙足喊道。

「那你去幫他。」獅焰轉向繞過小徑，直接穿過刺藤叢，取道捷徑。「走吧，灰紋！」

隨著松樹林的逼近，獅焰開始聽見哀號聲，刺藤叢躍然在目。影族營地到了！邊界的洞口已經被破壞殆盡。外頭的蕨葉叢東倒西歪，染上血跡，空氣裡充斥著恐懼的氣味和黑暗森林的惡臭味。獅焰低身從刺藤叢的缺口穿進去。

空地上到處是傷患。黑色貓后松鼻正對著一隻已無生息的小貓悲號，褐皮穿梭族貓間，眼裡帶著驚恐。四名黑暗森林的戰士在營地遠處踱步，像狐狸一樣監看著影族，好整以暇地等待被困的獵物自取滅亡。

影族戰士參差排成一列，與敵人對峙。風族的燼足、金雀尾和荊豆皮站在鼠疤和褐皮的旁邊。穴飛、知更翅和花瓣毛也加入他們。

灰紋在獅焰旁邊蹣跚停下腳步。「為什麼影族不反擊？」他氣喘吁吁。

「你想要我們失去更多戰士嗎？」小雲從他旁邊跑過去，在傷患之間穿梭，嘴裡尖聲回答。「黑星失去了一條命。」影族巫醫貓停在側躺在地的枯毛旁邊，後者的腹部旁邊流了一灘血。他壓住傷口，但鮮血還是不斷從爪間冒出。「我的藥草快不夠了。」他的聲音半帶驚恐。

灰紋大步向前。「你需要青苔。」他朝正躲在空地邊緣發抖的扭毛示意。「去找些青苔來！」他下令道。「愈多愈好。」

她銜命跑開，眼睛亮了起來，彷彿有事可做令她心安不少。

「杉心、白水！」灰紋朝長老們喊道，後者蹲坐在東倒西歪的刺藤叢旁。「去找些蜘蛛絲來幫傷患敷傷口。」

空地前面傳來一聲兇狠的嚎叫，獅焰看見一個身影一閃而過。其中一名黑暗森林的戰士衝破影族防線，撲上灰紋。

灰紋腳爪一揮，當場把那隻公貓摔了回去。「等你的增援部隊來，再考慮攻擊我們吧。」公貓怒瞪著他，但仍溜回了他同夥那裡。

「他們在等下一波的攻擊。」獅焰傾身對小雲說。「你得儘快幫這些傷患包紮好，因為他們還得上場作戰。」

枯毛虛弱地抬起頭來。「我會上場作戰到最後一口氣。」

獅焰再度掃視營地。「雷族隊伍呢？」他沒有看見栗尾、刺爪或蛛足的蹤影。

小雲眼睛盯著他的傷患，頭也不抬地說：「他們八成是把黑暗森林的戰士追到森林裡去了。」

杉心朝他跑來，前爪黏了些蜘蛛絲。「我拿來了！」他把腳伸向小雲，抖掉腳上的蜘蛛絲。「白水還會帶一些回來，樹洞裡有很多。」

扭毛穿過空地跑了過來，把一堆滴水的青苔丟在小雲旁邊。

「謝謝。」小雲開始用蜘蛛絲包裹枯毛的傷口。血終於止住，小雲的肩部肌肉這才鬆懈了下來。「再多拿一點回來。」

扭毛轉身跑開，小雲把青苔撥近，枯毛扭過身，迫不及待地舔著青苔。

獅焰掃視營地。部族裡的驚恐氛圍正在消散，族貓們進進出出殘破爛的刺藤圍籬，幫忙收集青苔和蜘蛛絲。鼠疤開始踱步，威嚇地彈彈尾巴。

獅焰傾身對灰紋說：「你待在這裡保護小雲。」他穿過空地去找那群與黑暗森林貓群對峙中的戰士們。「往他們挪近一點，」他低聲對鼠疤說：「慢慢移動，一次只移動一根爪的距離。」

鼠疤點點頭，彈彈耳朵示意隊伍，然後不動聲色地拖著腳往前移動一點。整支隊伍也跟著移動，然後又往前動了一下。黑暗森林戰士不安地蠕動著腳，其中一名戰士不時覷看營地圍籬，彷彿希望援兵快到。

「慢慢移動就行了。」獅焰向鼠疤低聲道。「不必靠他們太近，只要能分散他們的注意，讓我進去查看一下黑星的狀況就行了。」

鼠疤朝刺藤叢的一處縫隙點頭示意。「他在那裡面。」

「謝了。」獅焰匆忙走過去，低身鑽進刺藤叢。

花楸爪迎了上來，毛髮倒豎。「你來了。」

「我當然會來，」獅焰瞥了影族副族長後方躺在沙地的黑星一眼。「他情況如何？」

「正在復原當中。」花楸爪擋住獅焰的去路。「這不是他的最後一條命，可是他現在還有點虛弱，得再等一下。」他的眼神戒慎。「影族還沒輸。我們馬上就能反擊。」

「很好，」獅焰繞過影族副族長，在黑星旁邊蹲下來。「我們是來幫忙的。」

影族族長的眼神呆滯，但呼吸平穩。

花楸爪低下身子，嗅聞他的族長。「他就快就能恢復元氣了。」黑星的毛髮在他的鼻息下拂動，尾巴這時突然動了動。「這些惡棍貓到底打哪兒來的？」花楸爪低聲道。「我還看到了一些我以為早就死掉的貓。」

「惡靈永生不滅，」獅焰喃喃道。「我們以為只有星族可以永生，我們錯了，黑暗……」

空地上傳來的尖嚎聲打斷了他。

「快把他扶起來！」獅焰命令花楸爪，不過影族副族長早就把黑星扶起來了。

獅焰從窩穴裡衝出來，黑暗森林的戰士正從營地一側的縫隙蜂擁進來。「鼠疤！快命令你的戰士分頭進攻，打散敵人，別讓他們整合起來！」他衝向小雲。「快把傷患藏起來。」

「營地圍籬底下應該可以安置他們。」小雲朝空地邊緣一處低垂的刺藤叢彈彈尾巴。「扭毛、白水，過來幫我！」他用牙齒咬住一隻昏迷的公貓的頸背，把他拖向刺藤叢。

「高罌粟！」獅焰示意影族長老。

長腿母貓穿過空地跑了過來，機警閃過一隻黑暗森林戰士，拾起死掉的小貓，叼在嘴上，再去推她前面的松鼻，把傷心的貓后趕進蔓生的刺藤叢後方，再把小貓放在貓后腳下。燼足、知更翅和雪貂爪齊聚空地中央，背靠背，不斷猛攻上前襲擊的黑暗森林戰士。曦皮和歐掠翅並肩站著，朝著一大群惡臭的敵軍不斷揮爪。

「守住防線！」獅焰吼道。

燼足的隊伍被一波毛髮賁張的戰士吞沒。獅焰跳上前去，朝四面八方不停揮砍，殺出一條血路。他的利爪不斷劃破敵軍的毛皮血肉，他感覺影族貓好像全倒了下來。難道這支驍勇善戰、向來自負的部族已經走上末路？

「他們數量太多了！」灰紋從獅焰旁邊擠過去，大掌用力一揮，戰士飛了出去。他擠進燼足的隊伍裡，從風族戰士背上扯下一隻毛髮纏結的玳瑁色貓兒。

突然營地圍籬外頭傳來腳步聲，獅焰當場愣住。**是另一波攻擊嗎？**營地都快招架不住了。刺藤圍籬一陣窸窣，一群毛髮賁張的戰士踏破圍籬衝了進來。獅焰瞪看新來者，只見他們身形透明，像影子一樣往戰場移動。他的視線可以穿透他們的身軀，看見他們身後的樹林與草地。但再近看一點，才發現他以前見過這些貓。**洞穴裡的古代貓！**

這些鬼魂般的戰士殺進黑暗森林的貓群裡，瞇起眼睛，貼平耳朵，伸爪猛戳，利牙狠咬，就像森林裡的部族貓一樣驍勇善戰。

花楸爪衝到他旁邊。「看在星族的份上，他們是誰啊？」

一隻身影模糊的雜色母貓在影族副族長面前停下腳步。「小夥子，早在星族出現之前，我們就住在這裡了！」祂瞥了獅焰一眼。「我們又見面了。」

「梟羽！」一位灰白的古代戰士朝祂喊道。「過來幫我解決這個。」戰士轉身衝向黑暗森林的一隻虎斑貓。

「我來了，半月！」

梟羽才剛離開，一頭龐然大物便撞破殘破的圍籬闖了進來，祂的口鼻有白色條紋，頭顱像狗一樣大，和旁邊混戰中的貓兒比起來，灰色肩膀更顯巨大。

「午夜！」灰紋朝那頭獾喊道，後者正隆隆穿過空地。所經之處，黑暗森林戰士和影族貓都紛紛走避，眼裡閃著驚恐。「別緊張，」他喊道，「這頭獾是我們的盟友！」

午夜大吼一聲，把一個黑暗森林的戰士從頸背處抓起，像獵物一樣甩到一旁。獅焰信心大增，也一把抓住離他最近的一隻臭公貓，壓在地上，爪子狠劃對方的面頰和腰腹，然後踹走。

「踹得好！」半月來到他旁邊，毛髮像薄霧一樣蒼白。

一隻黑暗森林的公貓撲向祂，祂爪子一揮，劃過對方面頰，那隻公貓張嘴咬祂後腿。獅焰身手快如狡兔，從公貓底下滑進去，往上一頂，公貓飛了起來。半月趁機騰空跳起，一把抓住他，彷彿空中抓鳥。

「救命啊！」

獅焰趕緊朝刺藤叢後方的尖叫聲來處轉身，一躍而過殘破的圍籬，衝進林子裡。

「我要你像叛徒一樣慘死在我腳下！」黑暗森林的一隻邪惡公貓正把鼠疤壓制在一棵松樹的樹根間。

「不要，破尾，求求你！」鼠疤驚駭掙扎，但破尾的爪子使力掐住他的脖子。

獅焰煞住腳步。「放開他！」

破尾抬起頭。「放開他？」他不屑地瞪著獅焰。「他背叛了他在黑暗森林的族貓。」

獅焰瞪著鼠疤。「族貓？」

「他們從來沒告訴過我，他們訓練我的目的是要摧毀我的部族！」鼠疤粗啞說道。破尾掐得更緊，鼠疤的眼球禿了出來。「你早該知道背叛我的下場是什麼！」他抬起一隻腳，利爪銳光一閃。鼠疤絕望地扭動身子。

「放開他！」一個白色身影從獅焰旁邊竄了出來，撞開破尾。雪鳥四腳穩穩落地，弓起背，憤怒呸口。「鼠疤是我哥哥！」她嘶聲道，這時破尾已經重新站穩腳步。「他從來不會背叛自己的部族。」她身後的鼠疤搖搖晃晃地站起來。

破尾瞪著雪鳥。「哦，是嗎？」他哼了一聲，「那為什麼他會在黑暗森林受訓？」他朝營地扭過頭去。「而且還不只他一個。」

他的目光看向一隻帶著斑點的薑黃色公貓，後者正咬住褐皮的頸背，拖著她，穿過空地。

「紅柳？」雪鳥不敢相信地瞪看對方。

「沒錯，」破尾咆哮道。「就是紅柳。」

紅柳聽見自己的名字，旋身一轉，放開褐皮。

褐皮跳起來站好，眼裡射出怒火。「你這個鼠腦袋，你在幹什麼？我不是你的敵人！」

「紅柳，過來！」破尾喊道。

「什麼事？」紅柳衝向破尾，眼裡閃著亢奮的神色。

「仗打得怎麼樣了？」破尾偏著頭。

「很順利！」這名狡詐的戰士眼神饑渴地轉頭去看戰場。「我終於可以好好發揮身手。你說得沒錯，這些部族又軟弱又懶惰，要收拾他們太簡單了，他們滿腦子只想到榮譽，只會食古不化地遵守戰士守則，我可以像收拾老鼠一樣很快收拾掉他們。」

雪鳥撲向他，「戰士守則比我們的生命還重要！」她把他摔到後面，爪子戳進他的喉嚨。

「我要殺了你！」

「住手，雪鳥！」獅焰後方傳來一個微微發抖的聲音。

黑星瘸著腳走向他們，死亡的氣味仍在他身上盤旋。

雪鳥收手退下。「可是他是叛徒！」

「我效忠我的新部族！」紅柳跳起來站在破尾旁邊，瞪著黑星。「你的時辰早該到了，」他咆哮道。「你只不過是條老貓，為什麼不乾脆投降，去死算了？」

黑星朝年輕戰士緩緩走近。「我還是這個部族的族長，而你卻背叛了我們。」他飛快伸出利爪，戳進紅柳胸膛，鮮血立時噴出，染紅林地。紅柳驚愕地瞪著他，再低頭看看胸前深長的傷口，四條腿搖搖晃晃，砰然倒下，頭撞上針葉林地，眼睛一翻，當場斃命。

破尾朝黑星轉身。「你殺了我忠誠的戰士！」

黑星毫無畏懼地迎視著他。「我殺了一個叛徒，現在我準備要殺另一個。」

破尾眼裡兇光一閃。「你以為你殺得了我？」

「不勞他出手，」獅焰跳到他們中間。「跟我單挑！」他瞇起眼睛看著破尾。「還是你沒那個膽？」

「誰都嚇唬不了我。」破尾嘶聲一吼，撲上他。

獅焰感覺到對方結實的肌肉砰地一聲撞上他的胸口，很訝異破尾的力氣竟然這麼大。他把後腿爪子戳進針葉林地，撐住身子，準備狠擊破尾的口鼻，但破尾往後一彈，低下身子，眼裡兇光一閃，彷彿十分清楚獅焰的每個招式。

獅焰頓了一下。**破尾自認贏得了我**。這個想法令他不免開始質疑自己的能力，他趕緊揮開這念頭，再度發動攻擊。他撲向破尾，身子一扭，朝破尾的前腿使出鉤拳。

破尾往後彈開。「你這種小貓打法，是打不贏我的。」他瞄準獅焰的喉嚨，大嘴用力一咬，但獅焰及時躲開，利牙在他耳邊撲了個空。獅焰用後腳站起來，揮出前爪要砍破尾，但破尾迅速跳開，後腿順勢往獅焰肚皮用力一踢，獅焰踉蹌地後退幾步。

破尾甩著尾巴。「你什麼時候才能像個真正戰士一樣跟我對打？」

「現在！」獅焰正要往前一躍，突然被一雙爪子從後面勾住，掐住喉嚨。他試圖掙脫，不停扭動，想吸進空氣，腳爪在滑溜的針葉林地上不停刨抓。

「要我叫我的同伴把你解決掉嗎？」破尾洋洋得意，但突然他瞥了獅焰後面一眼，表情顯出懼色。

原本掐住獅焰的那雙爪子忽然鬆開。他聞到午夜的味道，她正在他後方走動。「每隻貓都有選擇自己命運的權利，」她在他耳邊厲聲說道，「只是有些貓的命運早已被選定。」然後轉身，笨重地移動身軀。

我要殺了這隻貓，獅焰的腦袋突然變得像星空一樣清明，清楚自己接下來要做什麼。**我也許不像你詭計多端，但我是戰場上有史以來最所向無敵的貓戰士**。

破尾抬起一隻腳，縮起爪子。「真丟人啊，你的朋友——那頭獾竟然不肯幫你。」他張嘴露出染著鮮血的尖牙。

獅焰蓄勢待發，猛地一躍而起，葉片如雨般四處飛濺，利齒迅雷般戳進破尾喉嚨。他感覺到尖牙咬進軟綿的肉裡，嚐到鮮血的腥味，他想吐，但硬撐住，甚至咬得更深。鮮血汩汩流出，破尾身軀不停扭動，終於倒了下來，獅焰再致命一咬，黑暗森林的戰士當場斃命。

獅焰張嘴放開，踉蹌後退幾步，看著破尾的身形慢慢模糊，在林地上逐漸蒼白，最後完全消失。他抬頭一看，發現其他貓兒都在圍觀。他感覺到臉上溼漉漉的全是破尾的血。黑暗森林的戰士們開始後退，轉身竄回營地。

「獅焰？」黑星走上前來。「我很榮幸能與你並肩作戰。」他朝戰場的方向點頭示意。「現在輪到我們去趕跑那群蛇蠍心腸的傢伙了。」

「獅焰？」

灰紋的喵聲嚇了他一跳。他轉身看見灰色戰士從羊齒植物叢裡擠出來，後面跟著一群暗棕色的古代貓。

「半月說我們該回去了。」灰紋回頭看了影族營地一眼。「他們已經不需要我們幫忙了。」

黑星點點頭。「謝謝你們，去吧，去和你們的族貓並肩作戰。」

獅焰朝影族族長垂頭致意。「好，」他彈彈尾巴。「我們回去吧。」

第二十五章

藤池蹲在如廁處的通道裡。她聽見火星正在空地上發號施令。山谷上方有嚎聲迴盪。黑暗森林的大軍已經進入林子裡了。

藤池毛髮倒豎，心情沮喪，因為鴿翅太早叫醒她了。**我當時正在想辦法趕在開戰前找到花落和樺落！**現在太遲了。**我一定得找到他們。**她豎起耳朵。

「和棘爪留在這裡，保衛營地。」火星下達最後命令，腳步聲隆隆地跑出營地。

藤池伺機等候。**碎星會把雷族新兵派到哪裡呢？**應該不會派他們去自己的部族吧？他們一定比較想和別族貓兒一較高下。藤池朝刺藤叢的深處爬，繞過如廁處，鑽進羊齒植物叢裡，直到完全離開營地。森林裡聞起來很潮溼，黑暗已經吞沒了它，而風正在林梢呼嘯。

「藤池？」棘爪的聲音嚇了她一跳。「妳不是應該跟火星去嗎？」

她霍地轉身，看見雷族副族長站在一株

花楸樹底下。棘爪知道她曾在黑暗森林受訓，要是他以為她在出賣自己的部族，那怎麼辦？

「我……我必須找到花落和樺落，還有鼠鬚。」

他緩步朝她靠近。「你知道他們在哪裡嗎？」

「我不知道，我希望我知道。我想阻止他們，趕在……」

「趕在他們背叛部族之前？」棘爪瞇起眼睛。

「他們不會背叛部族！」她倒抽口氣。「我知道他們絕對不會！可是他們很害怕，因為碎星曾威脅他們如果不和他聯手作戰，就要殺了他們。」

棘爪用鼻子輕觸她的頭。「去找他們吧，藤池。」

「真的可以？」她眨眨眼睛。「沒關係嗎？」

「這件事就拜託妳了。」

「謝謝你！」她旋身一轉，立刻往風族領地的方向跑去。尖嚎聲從高地傳來，在水上迴盪，但沒看到任何身影。她更賣力地跑，腳在草地上打滑，這時她已經快跑到邊界的河了。

「藤池。」一個吼聲嚇了她一跳，溝渠外的暗處有雙琥珀色的眼睛在發亮。

藤池停下腳步，伸出爪子。「是誰？」

虎心從羊齒植物叢裡鑽出來。

「你要去哪裡？」藤池瞇起眼睛，躍過河，刻意與暗色戰士保持距離。「你不知道已經開戰了嗎？」

虎心回頭瞥了一眼。「鷹霜要我在這裡跟他會合。」

藤池不安地蠕動著腳。「你跟他同一支隊伍？」

「妳呢？」他的眼裡有疑色。

「我……我還不知道，我沒收到命令。」她的腦袋飛快地轉，**虎心到底站在哪一邊？**

「等鷹霜到了，就會把任務告訴妳。」

可是我得先找到我的族貓！藤池開始往羊齒植物叢裡鑽。

「妳要去哪裡？」虎心質疑她。

「我沒有時間在這裡耗了，」藤池沒停下腳步。「已經開戰了。」

「但是你不知道要攻擊誰啊？」

「我當然知道要攻擊誰！」她突然光火，轉身面對虎心。「只要是黑暗森林的戰士，我都不會饒過他們。」她怒目瞪他。「還有那些膽敢和他們同夥的部族貓。」

「我還以為黑暗森林的戰士現在是妳的族貓了。」虎心前進一步，喵聲裡帶著威嚇。「這不是妳受訓的目的嗎？」

藤池搖搖頭。「我自己很清楚哪些貓值得我忠誠以對。你要我和碎星、鷹霜聯手作戰？除非我死了。」

虎心露出尖牙。「搞不好妳真的會死哦，」他咆哮道：「妳也聽到虎星說如果我們背叛他，他會怎麼對付我們。」

藤池迎視他的目光，怒氣不減。「我不在乎。」

「妳的語氣真像妳姊姊。」虎心咗口道。

藤池皺起眉頭。「這事和我姊姊有什麼關係？」

「她認為部族比我重要。」

「所以呢？」看虎心眼神黯了下來，藤池繼續逼問：「你也應該把部族放在第一位。難道這幾個月來，黑暗森林已經把你洗腦到忘了戰士守則了嗎？」

虎心露出尖牙。「我沒有忘記任何事情。」

旁邊的羊齒植物一陣窸窣，藤池霍地轉身，心頓時一涼，鷹霜出現了。「藤池！」他兩眼發亮。「妳去哪裡了？」

「我在找花落和樺落。」藤池結結巴巴。

鷹霜把鼻子湊了過來。「快去找他們，」他嘶聲道。「現在就去，然後直接到風族營地，我要你們加入我的第二波攻擊行動。」

藤池點點頭，轉身跑開。她回頭瞥了一眼，瞄見虎心正在和鷹霜咬耳朵，她驚恐萬分。**完了，要是他告訴鷹霜我是叛徒，我就死定了！**她頓時心跳加快，趕緊逃進石楠叢裡。

「樺落！」她大喊。「花落！」

「藤池！」

她一聽見樺落的聲音，立刻煞住腳步。他們正蹲在金雀花叢底下，野風吹得花叢喀吱作響。樺落的淺色虎斑毛髮在黑暗裡閃閃發亮，花落和鼠鬚挨在他旁邊，表情驚懼。附近傳來尖嚎聲，兩名風族戰士從旁邊急奔而過，黑暗森林的戰士追在後面，而遠處山坡有為數不少的戰士正在交戰，嘶吼聲劃破呼嘯的風聲。

「我們該怎麼辦？」花落低聲問道：「我們不能攻擊部族貓啊！」

藤池抬起鼻子。「我們當然不能！我們必須幫忙部族貓對抗黑暗森林。」

樺落瞪著她。「妳早就知道他們的陰謀？」

「是的。」藤池承認道。

鼠鬚朝她眨眨眼。「那妳為什麼不告訴我們？」

「我是去臥底的，我不知道該相信誰。我必須等你們自己去發現他們的陰謀。」

「她說得對。」樺落上前一步。「我們早該想到那是他們的陰謀。」

鼠鬚回頭瞥了一眼。「所以我們現在該怎麼辦？」

「我們就照碎星的命令上場作戰，但是我們要為部族貓而戰。」藤池告訴他們。「我們在黑暗森林裡受過訓練，所以可以利用他們教我們的方法來反制他們。」一個熟悉的氣味傳來。「蘋果毛？」她聞到影族母貓的味道，於是小心翼翼地喊道。她有足夠的勇氣反抗黑暗森林嗎？

蘋果毛從石楠叢裡鑽出來，風皮從她旁邊衝過去，藤池看見薊爪和雪叢跟在後面。

「原來你們在這裡！」風皮的眼睛一亮。「我們正要去攻擊營地。」

「可是鷹霜要我們跟他會合。」藤池反駁道。

「妳會碰到他的，」薊爪吼道。「他會從另一頭進攻。」

藤池對暗色虎斑貓眨眨眼睛。「好吧，那我們走。」她瞟了她的族貓一眼，只能孤注一擲了。**我們得暫時假裝跟他們合作！**她跟上風皮的隊伍，朝風族營地出發。

「我們到了那裡之後，不必去攻擊風族貓。」她對跑到她旁邊的樺落說道。

石楠叢刷過她的毛髮，花香味被腐臭味掩蓋，腳下的泥煤黏滑。**這裡的高地快變成黑暗森林了！**藤池趕緊將這念頭揮開。**不行，我絕不會讓這種事發生。**

「快點！」鼠鬚從她旁邊衝過去。「我們不能讓他們先到。」

藤池穿梭矮木叢，跟著樺落和花落往上爬，氣喘吁吁，覺得肺快要爆開。她從坡頂可以看到風族營地，空地上擠滿嘶聲尖叫的貓。

燼足跳上黑暗森林的戰士，猛戳風族戰士的後腿，後者尖聲大叫。另一隻黑暗森林的公貓把鴉羽打在地上，伸出尖爪不停狠擊他。藤池在一群身形輕盈的風族貓裡，認出白翅、莓鼻和榛尾的結實身影，河族的錦葵鼻和影族的鼩鼱足也在他們旁邊奮勇殺敵。一名黑暗森林的戰士兇狠揮開錦葵鼻，一隻公貓狠刮榛尾的下腹，另一隻則劃破白翅的腰腹。部族貓根本寡不敵眾，只能求生自保。

風皮步上丘頂，甩著尾巴，薊爪瞪看下方營地。

「我們什麼時候攻擊？」蘋果毛的語氣聽起來很害怕。

「等第一波攻擊削弱了他們的戰力，我們再進攻。」薊爪告訴她。

花落不安地蠕動腳，藤池感覺得到她的沮喪。「我們為什麼不現在就下去幫忙？」

「等等。」薊爪目光眺向營地彼端，也是鷹霜的所在之處，後者的輪廓映襯在雲層下方。鷹霜身後的隊員也都不耐地不停走動，虎心的虎斑身影在裡頭尤其顯眼。

一聲尖銳的哭號從下方傳來。藤池倒抽口氣，她看見一隻貓后正用後腿撐起身子和黑暗森林的一隻公貓扭打，不讓他傷害躲在殘破圍籬旁、瑟縮發抖的小貓。

快點！她強迫自己忍住，不要衝下去。這時她看見鷹霜抬起尾巴，用力一甩，下達暗號。

「攻擊！」薊爪大聲吼道，衝下山坡，撞破石楠叢圍籬，闖進營地。雪叢跟在後面衝，花落尾隨其後。

藤池擋住蘋果毛的去路。「妳不會真的要幫忙他們攻打部族貓吧？」

蘋果毛瞪看藤池，眼神驚恐。「我……我不能不幫啊！」

「妳必須保護部族貓！」藤池斷聲道。「就算戰死了，也比當碎星的手下好吧？」

蘋果毛眨眨眼。

「妳還是個戰士。」藤池提醒她。「戰士守則告訴我們，我們這一生要奉獻給自己的族貓，而他們現在正需要我們。」

蘋果毛點點頭。「妳說得對，想想我過去的作為，我的生死其實並不重要。」

「現在沒有時間懺悔了，」藤池告訴她。「拿出妳的勇氣和忠誠來殺敵，這是部族對妳僅有的要求。」

「我一定會辦到！」蘋果毛從旁邊跳開，衝下營地，藤池跟在後面，她必須追上風皮。她衝出石楠叢裡，在泥煤地上落地，煞住腳步。貓兒在四面八方嘶殺吶喊。她掃視營地，風皮正追在薊爪後面，穿過群眾，藤池跟了上去。

「不！」當風皮撐起身子要攻擊一名風族戰士時，藤池立刻撲上去，伸爪揮向風皮的腰腹，後者立時飛了出去。「你不能為黑暗森林賣命！」

「妳瘋了嗎？」風皮蹣跚爬了起來，瞪著她看。「這就是我們受訓的目的啊！」

「你不可能相信他們的鬼話吧！」突然有雙爪子狠劃過藤池的面頰，她一陣劇痛，往旁邊踉蹌了幾步。

薊爪朝她逼近，張嘴露出黃色尖牙。「叛徒！」

「我不是叛徒！」藤池嘶聲道。「我自始至終都效忠我的部族！我來黑暗森林的目的是要知道你們的陰謀究竟是什麼！」

鷹霜從薊爪後面出現，她的心一沉，雪叢也跳了過來，在她旁邊落地，眼裡滿是恨意。

「我們也一樣，我們不會為你們賣命的！」樺落撲上一隻黑暗森林的虎斑貓。

蘋果毛也衝向一隻毛髮凌亂的公貓。「我要為部族貓而戰！」

鷹霜的眼裡射出怒火。「那麼在我們毀了你們的部族之前，我們會先宰了你們！」

藤池才做好準備，旁邊就閃過一個身影，她愣了一下，腰腹卻被爪子猛地劃過。她霍地轉身，雪叢朝她撞了過來，她跌得四腳朝天，趕緊跳起來，撲向那隻瘦巴巴的白色公貓，爪子戳進他的肩膀，把他往後拉扯，但公貓扭身一轉，咬向她的喉嚨。她及時閃開，撞上一隻暗色虎斑貓的腰腹。

虎心！她認出他的味道。「我也要和你對決嗎？」她咆哮道。

虎心眯起眼睛。「我是個戰士，」他吼道：「我只為部族貓作戰。」他轉身後腿一踢，薊爪被打趴在地上。「黑暗森林的戰士不屬於這裡，這裡是部族貓的領地！」

藤池的眼裡燃起希望，猛地撞開雪叢，毛髮被她的爪子扯落一坨。「那你為什麼要去黑暗森林？」她朝虎心喊道。

虎心鑽進薊爪肚子底下，用力一頂，對方失去平衡。「跟你一樣啊，我想知道他們在搞什麼鬼。」

薊爪繞著他轉。「可是你是虎星的至親！」

「那不表示我就得跟他一樣。」虎心伸爪朝薊爪狠揮。「他曾經幾乎毀了影族，我不會讓他再有第二次機會！」

鷹霜大吼一聲從薊爪旁邊衝過來。「我來解決這個叛徒！」他撲向虎心。「你和雪叢把藤池處理掉！」

藤池感覺到爪子劃過她的肩膀，她腿一軟，往旁邊踉蹌退後幾步。雪叢和薊爪撐起身子，聯手攻擊她，藤池被他們打得節節敗退，撞穿殘敗的圍籬，但拳頭仍不停落在她的口鼻上。藤池抬起前腳想擋住拳腳，但後腿在黏滑的地上滑跤，石楠叢扯到她的毛髮，她被絆倒在地，還好及時跳起來，躲過飛撲而來的雪叢。她抬頭一看，發現自己和部族貓相隔甚遠。空地上的虎心被黑暗森林戰士包圍、樺落正在營地另一頭保護一隻小貓、蘋果毛和花落背對背地並肩作戰，力抗四隻黑暗森林公貓的攻擊，鮮血從他們的鬍鬚滴落。

星族，快幫幫我！雪叢和薊爪的猛烈攻勢令藤池招架不住。他們把她逼進石楠叢裡，營地從她視線裡逐漸消失，被黑暗吞沒。他們停下動作，雪叢四腳落地，穩穩站好，瞪著她看，薊爪也氣喘吁吁地站在她旁邊。

藤池霍地轉身，上氣不接下氣地尋找脫逃的出口，但四面八方全是密密麻麻、布滿尖刺的金雀花叢，而雪叢和薊爪堵住了唯一的出口。

「我們困住她了！」薊爪朝身後喊道。

鷹霜大步走進小空地裡。「妳真的以為妳背叛了我，還活得了嗎？」他瞥了薊爪和雪叢一眼，藍色眼睛閃閃發亮。「就讓我們慢慢地把她折磨到死。」他吼道。

他撲向藤池，把她往後一甩，力道猛到她一口氣喘不過來，當她還在上氣不接下氣時，又有爪子刷地劃過她的背脊。薊爪的身影閃現在她眼角，雪叢從後方抓住她，同時使出尖牙和利齒，她痛得有如被火燒烤。**我不會那麼容易死掉！**恐懼為她注入了無比的力量。**鷹霜，就算我死了，也要抓你們作伴！**藤池大吼一聲，撐起後腿，像獾一樣勇猛揮拳，對手一個一個飛了出去。

鷹霜身手俐落地落地。「我把妳訓練得太強了。」他吼道，目光鎖住她的喉嚨。

藤池退後。鷹霜縱身一躍，她扭身鑽進他下方，但他的爪子戳進她的尾巴，不讓她逃。薊爪和雪叢從兩邊攻擊，尖聲嘶吼，劃開她的耳朵，她極力掙脫，不停衝撞這幾隻結實的貓。鷹霜出現在她身後，利爪戳進她肩膀，藤池倒抽口氣，看見利牙在她喉嚨旁邊閃現。這時一坨黑色身影躍過金雀花叢，砰地一聲在她旁邊落地。

「放開她！」冬青葉吼道。

黑色戰士朝鷹霜用力一砍，對方頓時撞進金雀花叢裡，藤池的世界跟著天旋地轉。她掙脫鷹霜的箝制，轉身面對薊爪和雪叢，開始用前爪猛攻，這幾個月來在黑暗森林裡密集訓練所學來的招式，突然在她腦海裡清楚浮現。冬青葉也在她旁邊撐起後腿，配合她的節奏強力猛攻，彷彿直覺知道藤池的下一招是什麼。藤池往雪叢的耳朵一劃，朝薊爪的鼻子一揮，鮮血濺上林地，她再一個轉身，飛踢後腿，薊爪跟著摔了出去，接著亮出利牙戳進雪叢的脖子。白色戰士尖聲哀號，從她嘴裡掙脫，穿過蕨葉叢，逃之夭夭，藤池舔舔舌尖的鮮血，瞪看薊爪，嘴裡呸地吐出雪叢一坨帶血的毛髮，對方眼裡閃現懼色。

「快走，」她嘶聲道：「你要是再繼續待下去，我就殺了你。」

薊爪張目結舌，趕緊逃開，消失在金雀花叢裡。一聲尖嚎從藤池後方傳來。她轉身，看見冬青葉正朝鷹霜的鼻子揮拳，力道猛到黑暗森林戰士被撞到後面，砰地一聲倒地又爬起。鮮血從他頰上滴下來，一隻眼睛腫到睜不開，他瞥了冬青葉一眼，隨即鑽進金雀花叢裡。

藤池瞪看黑色母貓。「妳救了我一命。」

冬青葉踉蹌幾步，跌倒在地。

「冬青葉！」藤池衝到她旁邊，看見鮮血正從她頸子汩汩流出，藤池的心頓時一沉。她一把叼住冬青葉的頸背，半拖半扛地把她往雷族邊界帶，松鴉羽會知道怎麼救她。

「我帶妳回家，」藤池隔著牙縫向她吼道：「我保證我一定帶妳回家。」

一個虎斑身影從金雀花叢裡衝出來，藤池趕緊準備迎戰。

「我來幫妳！」虎心停在她旁邊，用鼻子從冬青葉的肩膀下方把她頂起來，分擔掉一半的重量，還以腰腹抵住藤池。「我們一起帶她回去。」

他們拖著受傷的戰士往回走，風族戰場的尖嚎聲在他們身後慢慢消失。

第二十六章

鴿翅屏住呼吸。黑暗森林的戰士已經離開，但她聽見第二支隊伍的腳步聲正朝營地而來，他們很快就會走出黑暗森林，進入雷族的心臟地帶。她擋住噪音，試圖專心去聽營地裡的聲響。

「他們直接衝著小貓來。」葉池在她旁邊停下腳步，丟了一捆藥草，聲音仍在發抖。

殘破的刺藤垂在育兒室上方，蕨雲緩步走了出來，爪子還沒收，身上也仍留有一片斑斑血跡。

本來正在舔洗腰腹傷口的罌粟霜停下動作，抬頭說道：「不過我們把他們趕出去了。」

「是啊。」長老窩外的鼠毛站在波弟旁邊，她抬起一隻腳，刷刷鼻子上的傷口，四肢顯然靈活多了。

只希望下次還能趕得走他們。鴿翅消沉地想道。

她看見亮心穿過殘破的育兒室圍籬，把小貓聚攏在她肚皮旁邊，用舌頭輕舔，安撫小貓們的心緒，她收緊尾巴，圈住小百合和小種籽，後者正在她旁邊的臥鋪上窺看。

「我們最好把能修的東西先修一修。」蕨毛已經把巫醫窩旁邊的刺藤拉起來。「薄荷毛，鱒流，」他朝河族戰士喊道：「你們可以來幫忙一下嗎？」

他們跑過去幫忙蕨毛把刺藤拉好，修補育兒室的圍牆。鴿翅聞到葉池的藥草味，不禁皺起鼻子，但心裡仍不免好奇一會兒當戰士、一會兒當巫醫是什麼感覺。還好雷族有她在，要是能逃過下一劫，他們最需要的會是巫醫貓。

「黛西還好嗎？」

「她的鼻子傷得有點嚴重，不過不礙事。」葉池拾起藥草，朝鼠毛走去。「松鴉羽正在治療她。」

鴿翅舔掉鼻子上的藥草味。**有血的味道！**她聞到山谷外傳來的味道，那腳步聲正蹣跚走向營地，毛髮拖在地上。「有貓來了，他們受傷了！」她穿過空地，從圍籬的洞鑽出去。

藤池正踉蹌地走下斜坡，虎心在她旁邊，而冬青葉軟趴趴地夾在他們中間。

「松鴉羽！葉池！」鴿翅先轉頭大喊，才朝他們跑過去。「藤池，妳受傷了嗎？」她繞著這三隻貓轉，查看傷口。**好多血！**她嗅聞虎心，他聞起來有黑暗森林的氣味。是他幹的嗎？他站在碎星那邊嗎？**不可能！**

火星從營地裡跑出來，松鴉羽緊跟在後，鴿翅趕緊跳開。

「我來。」雷族族長扶住藤池的肩膀，分擔虎心承受的重量。「你可以撐到營地嗎？」他問影族公貓。

「可以。」虎心咕噥道。

鴿翅看著影族戰士鑽進屏障裡。「發生什麼事了？」她問她妹妹。

藤池的目光越過她，驚恐的眼睛瞪得斗大。「冬青葉救了我一命。」

妳差點死掉？鴿翅設法穩住呼吸，緊挨著藤池，帶她回山谷裡。

虎心和火星正把冬青葉輕輕地放在地上，空地邊緣的棘爪和松鼠飛愣在原地。母貓的黑色毛髮有一層水汪汪的光澤，傷口的血正從毛髮裡湧出。

罌粟霜緩緩繞著空地邊緣走，停在藤池旁邊。「妳有沒有看到櫻桃掌？還是錢鼠掌？」

藤池聳聳肩。「沒有，他們可能去任何地方了。」她悽惻說道。

葉池蹲在她女兒旁邊。「冬青葉？」

冬青葉半睜著眼睛，呻吟嗚咽。

「別怕。」葉池舔著她的面頰，這時松鴉羽在她旁邊打開一包藥草，將蜘蛛絲敷在傷口上。

「她這裡在流血！」葉池倒抽口氣，語氣驚慌，她的腳下積了一灘血。她趕緊抓起一把蜘蛛絲，塞進冬青葉的脖子底下。

「沒關係，葉池。」冬青葉的眼睛突然又睜開。「我不介意。」她粗聲說道：「我很慶幸我回到了雷族，」她掙扎著想說話，胸口劇烈起伏。「我不能忍受……忍受還沒得及好好認識我母親，就走了。」

「快救她！」藤池尖喊。「你們一定要救她！鷹霜想殺我，是冬青葉把他趕走。」

「鷹霜？」冬青葉旁邊的棘爪抬起頭來，眼色一黯。「是他幹的？」

藤池點點頭。「我正在和雪叢、薊爪打，幫不上她的忙。」

鴿翅緊挨她妹妹。「妳把她帶回家了，」她安慰道：「妳已經盡力了。」她突然豎起耳朵，因為她聽見黑暗森林大軍腳步踩踏枯葉的聲響。「火星，他們已經進入林子了。」

葉池旁邊的火星愣了一下。

「冬青葉。」葉池用鼻子緊緊抵住她女兒的面頰。「冬青葉？」

冬青葉的頭垂了下來，眼神失焦。

葉池驚慌轉頭，對松鴉羽說：「她沒有呼吸了！」

「她失血過多，」松鴉羽輕觸冬青葉的身軀，腳爪微微顫抖。「我們救不了她。」

山谷外面響起大軍行進的腳步聲。火星的目光從地上那副寂然不動的黑色身軀移開，挺起身子。「準備迎戰！」

棘爪示意松鼠飛和沙暴，要她們固守育兒室，蕨雲正把亮心推進殘破的刺藤叢裡。風族和河族戰士在空地上散開，而鼠毛和波弟則在長老窩外一字排開。葉池把冬青葉的屍首拉到山谷邊緣，她的族貓們都在準備迎戰，只有她蹲在那隻動也不動的貓兒身邊，彷彿想靠她的體溫讓她起死回生。

殘破的圍籬一陣窸窣抖動，樺落跳了進來，花落跟在後面。鴿翅嚇了一跳，**難道這波攻擊是由他們領軍？**她的親生父親在為黑暗森林效命？

松鴉羽衝向巫醫窩，消失在刺藤叢裡。「薔光！」他喊道：「快回藥草庫去！」

火星迎視樺落的目光。「你們竟敢背叛我們？」他上前一步，齜牙咧嘴地咆哮。

鴿翅心上一涼。「我還以為你選擇站在我們這邊。」

「他是啊！」藤池衝了出來。「他在風族營地和我一起並肩作戰。」

樺落抬起尾巴。「我們從來沒有背叛過雷族！」

鼠鬚滑進營地裡。「我們是回來警告你們的！」

花落打岔道：「我們看見黑暗森林大軍朝這裡來了。」

她話才說完，一隻灰白相間的大公貓就撞破荊棘叢，衝了進來，口鼻傷痕累累，一隻眼睛腫了起來，但仍然抖動著那一身結實的肌肉。

「叛徒！」他朝樺落吼道：「拜你之賜，害我們失去風族營地！」他的尾巴在後面耍打。

「我最後再來跟你算總帳！」

「薊爪，你別妄想了，因為我會先殺了你！」樺落嘶聲道：「你騙了我們！」

黑暗森林戰士開始蜂擁闖進山谷。一隻虎斑貓前爪一揮，蜂紋應聲飛了出去，兩隻公貓跳上虎心，把他壓在地上，而松鼠飛被淹沒在一群粗口呸罵的戰士裡。

「守住育兒室！」火星吼道。

幾隻虎背熊腰的戰士衝破沙暴的防線，棘爪穿過空地，擊退他們，虎心也掙脫開來，跑過去幫忙。黛西從刺藤叢裡衝出來，狂砍那一排張口要咬的大嘴。

「快躲起來！」蕨雲把亮心和小貓推進臥鋪深處，這時一隻黑暗森林公貓從殘破的牆面伸頭進來，她見狀立刻猛砍對方口鼻，再旋身一轉，用牙齒叼起一把刺藤梗，拉過來圍在臥鋪四周，蓋住母貓。「誰都不准靠近。」

但亮心從刺藤叢裡掙脫。「我不會讓你孤軍奮戰！」她從臥鋪裡出來，用後腿撐起身子。

「暗紋！」鼠毛的嘶聲響起，「我真不想再見到你。」老母貓攻擊一隻咆哮的公貓。

暗紋立刻反擊，鼠毛被打得搖搖晃晃。

鴿翅從空地另一頭滑過來，撞開暗紋。他朝她轉身，露出沾血的尖牙。

「妳攻擊他的耳朵，」煤心在她旁邊落地。「我攻擊他的腿。」

鴿翅的爪子快如閃電地朝暗紋揮過去，他腳步一個踉蹌，被煤心從下面勾住前腳，鴿翅立刻將他的臉打趴在地上。

「幹得好！」煤心跳上暗紋的背，用後腿的爪子猛刮他的背脊。

更多黑暗森林戰士朝他們而來。

「準備好了嗎？鼠毛？」波弟向他的室友點頭示意，兩位長老弓起背，準備迎戰。

鴿翅看見一個薑黃色的身影在山谷上方一閃而逝，是櫻桃掌正在崖邊窺看。火星用尾巴朝她示意，她立開跳開，奔向別族尋求援軍。

突然有爪子猛擊鴿翅的肋骨，她蹣跚搖晃，回頭查看。

「妳為什麼不乾脆投降算了？」一隻玳瑁色的貓撲上她，利爪咬住她的腳。

「我寧死不降！」鴿翅用爪子勾住玳瑁貓的嘴唇，用力一扯，玳瑁貓尖聲大叫，爪子劃過鴿翅的口鼻。

鴿翅的鼻子痛得像被火炙燒，鮮血從她嘴裡冒出。鴿翅撐起後腿，想要反擊，突然被雙爪勾住脖子，一隻虎斑貓把她猛地往後一拉，壓在地上。

「放開我姊姊！」藤池的身影在鴿翅的眼角裡閃現，尖牙深深戳進虎斑貓的肩膀，他憤怒大叫，鴿翅扭身掙脫，跳起來重新站好。

藤池把虎斑貓往後一甩。「他們數量太多了！」

煤心衝到藤池和鴿翅中間。「穩住！」

「我們要怎麼做？」刺藤叢戳到鴿翅的背。黑暗森林戰士一波又一波地攻上來，她們招架不住，只能往巫醫窩退。

「不要散開，繼續打！」煤心爪子往前一揮，一隻黑暗森林戰士的面頰被她扯掉一塊皮肉，鮮血噴在他橘黑相間的毛髮上。「你們這些老鼠屎，竟然殺了我最好的朋友！」她瞟了躺在空地邊緣、像坨黑色毛球的冬青葉屍首一眼。「我要你們付出代價！」

藤池壓低身子，張嘴咬住對方的腿。鴿翅跳上戰士的背，爪子戳了進去，不管下面的戰士怎麼甩，就是不肯鬆手，再以後腿勾住公貓的腿，絆倒對方，直到公貓蹣跚撞進大群的黑暗森林戰士裡，她才放手。

「小心！」鴿翅聽見煤心警告，正要躲開，但已經太遲。一隻毛髮打結的公貓從旁邊衝過來，張嘴狠狠咬住她的前腿。

她痛得全身像被火炙烤，正當她要甩開公貓時，荊棘圍籬喀喀作響，鴉羽跳進山谷，風皮跟在後面，他們也加入戰場。鴿翅跌跌撞撞的，有隻腳爪緊抓住她的後腿，尖爪像刺一樣巴住不放。鴿翅一個猛踢，甩開它，轉身去看藤池的狀況。

藤池正以後腿撐起身子，用尾巴保持平衡，雙爪齊飛，把兩隻公貓打回貓群。煤心將一隻玳瑁貓壓在地上，用後腿踢他背脊。鴿翅屏住呼吸，掃視戰場上的熟悉身影。雲尾在育兒室外面死命扭著身子，松鼠飛甩開背上的戰士，但另一個又鑽進她肚子底下。冰雲在山毛櫸樹幹旁用後腿撐起身子，力抗四周那群張嘴就咬的戰士。岩壁傳來絕望的尖嚎聲，每隻部族貓都在掙扎求生。

突然獅焰從荊棘叢裡現身，灰紋也接著出現。鴿翅倒抽口氣，發現他們後面跟來更多的貓，她一個也不認識，而且身影都蒼白的可怕——幾乎是透明的，她可以透視他們的軀體，直接看見身後的林子和草地。他們不是活貓，這點她敢肯定，這難道是黑暗森林又發動的新一波攻擊，把獅焰和灰紋追到營地？

煤心也在她旁邊愣住。「他們是誰？」

長老窩外的鼠毛瞪大眼睛，冰雲本來要揮出去的爪子停在半空，結果反倒被一隻黑暗森林戰士打得踉蹌後退。

「別緊張！」獅焰大聲喊道。「祂們是古代貓，我們的盟友，早在星族之前祂們就存在了！祂們跟我們同一陣線！」

一隻蒼白的母貓衝過他旁邊，身形猶如月光下的影子，祂撲上一隻黑暗森林虎斑貓，虎斑貓嚇得尖聲大叫，身影模糊的母貓順勢把他往後一壓，利爪在他身上一陣亂扒。另一隻公貓跟在祂後面跳了過來，橘白相間的身影像團模糊的影子，把一隻毛髮襤褸的公貓狠狠撞倒在地。

這時一頭龐然大物撞破入口，衝進山谷。

「有一頭獾！」花落尖聲大叫。

「午夜！」火星眼睛一亮。「別緊張！她是我們的朋友！」

獾笨重地穿過空地，前方貓兒紛紛走避。

一個吼聲在鴿翅耳邊響起。「光靠一頭獾和一群快消失不見的老貓是救不了你們的！」薊爪朝她逼近，鴿翅身手飛快地一拳揮上他那隻腫脹的眼睛。他痛得大叫，滾了開來，鴿翅及時躲開。這時一隻橘白相間的公貓匆匆過來，她一不小心被他絆倒，身子往前滑到冬青葉的屍首旁邊才煞住腳步，結果看見那隻如鬼魂般的公貓蹲在死去的戰士旁邊。

「落葉！」另一隻古代貓衝過來找他。「沒有時間難過了。」

落葉眼裡盈滿傷悲。「碎影，她不該死在這裡……我……我答應過她，我們會再相見。」

「她是為了保衛自己的部族才戰死。」碎影推開公貓。「如果你為她難過，就替她殺退這群敵人吧。」

鴿翅身後的刺藤叢窸窣抖動，她轉身一看，松鴉羽從巫醫窩裡出來，鼻子不停抽動。「半月！」他的叫聲近乎哭號，「祢在這裡嗎？」

「松鴉翅！」一隻白色的古代貓從戰場上鑽出來，衝過來找他，用鼻子溫柔地搓他。

「祢來了！」松鴉羽低聲道。

「我的愛，我當然會來！」半月的面頰緊緊抵住他又退開。「我得上場作戰了。」

松鴉羽點點頭。「把傷者送來給我。」他低頭鑽回自己的窩。

半月瞥了鴿翅一眼。「來吧！」祂聲音俐落地說道。

鴿翅跟在古代貓後面衝回戰場。黑暗中，她幾乎什麼都看不到，山谷上方的雲層很低，遮住了星光。四周都是廝殺扭打的身影，她隱約看到午夜的龐大身軀，可是黑暗森林戰士蜂擁攀上她的背，午夜大吼一聲，跌倒在地，淹沒在無數張爪子裡。

鴿翅驚慌反擊。

「跟在我身邊！」她認出獅焰的聲音，轉身看見金色戰士兩眼炯炯地看著她。

「對方數量太多！」她喊道。

「那我們就拚給他們看。」

「小心！」鴿翅尖聲警告，風皮突然從空地衝出來。

獅焰轉身，腳步沒踩穩，被風族公貓壓在地上。

風皮爪子劃過獅焰的面頰。「你不像我想得那麼厲害嘛。」他趾高氣昂地說。

「住手，風皮！」藤池鑽出混戰中的貓群。「求求你，不要！你就為了碎星而要毀掉所有部族嗎？」

風皮抓起獅焰的頭往地上撞，獅焰痛得大叫，急欲掙脫，但風皮不放手。

「這和碎星無關。」他的目光掃向藤池。「獅焰他們都不該出生。」他得意洋洋地把尾巴彈向冬青葉的屍首。「她死了，現在輪到你了，獅焰。」他張嘴要往獅焰的脖子咬。

「我們是親手足！」獅焰倒抽口氣。

「我們不是！」風皮的眼裡射出怒火。

一坨黑色身影從鴿翅旁邊衝過來。是鴉羽！風族戰士的爪子戳進風皮的肩膀，把他拉回來，獅焰蹣跚爬起。

「給我住手！」鴉羽把風皮壓在地上。「我不准你傷害他任何一根寒毛！」

風皮扭動身子，嘴裡嘶吼。「我就知道你恨我！」

「我從來不恨你！」鴉羽吼道。「是你自己一廂情願地認定，而夜雲又暗中煽動你。」

「這不關她的事！」風皮呸口道。

「的確不關她的事，」鴉羽嘶聲道。「其實這件事我早該自己處理了，但現在太遲了，你已經選了黑暗森林。」他把風皮拉起來，放開他。「你給我滾！」

風皮瞪著他父親，眼睛瞪得斗大，轉身跑出營地。

「我很抱歉！」葉池從混戰的貓群裡鑽出來。「我沒有想到事情會變成這樣！」

「他是戰士！」鴉羽嘶聲道：「他自己做了決定。」

葉池低頭看著她的腳。「如果我們當初沒有分手，也許這一切就不會發生。」

鴉羽的眼睛陡地亮了一下，但隨即又嘆口氣。

「我們本就無緣。」葉池身子縮了一下，鴉羽用尾巴輕觸她的腰腹。「但我不後悔以前做過的事。」他低聲道，目光瞟向獅焰。「一點也不後悔。」他抽動耳朵，鑽出戰場，來到刺藤叢下冬青葉屍首的旁邊。他默默站在刺藤叢底下，用鼻子輕觸冬青葉那已無生息的軀體。

一個毛茸茸的身軀從鴿翅旁邊擠過去，害她撞上藤池。「發生什麼事了?」難道又有更多黑暗森林戰士前來支援嗎?她轉身，眨眨眼睛，一隻體型龐大的公貓出現在她旁邊。

「白風暴！」灰紋跑了過來，喊叫聲劃破空氣。「祢來了！」灰紋熱情地推推白色戰士的肩膀。

白風暴又把他推回去。「過去點，小伙子。」祂吼道：「這是戰場，不是同樂會！」祂用後腿撐起身子，前爪用力一揮，把一個黑暗森林的戰士打得蹣跚倒退。

「鼠毛呢？」一個熟悉的聲音在鴿翅耳邊響起。

「長尾！」她倒抽口氣，原已死去的族貓從她身邊擠了過來。

「她在哪裡？」長尾追問。

「在保衛自己的窩。」鴿翅朝忍冬叢的方向點頭示意，鼠毛正在那裡與波弟並肩作戰。

「來吧！」長尾跳開，將擋路的黑暗森林戰士撞到一旁。

鼠毛嘶聲，一隻毛髮凌亂的虎斑貓被她抓在腳下，後腿猛踢對方的背。長尾拉開那隻虎斑貓。「我來幫忙！」祂單爪劃過虎斑貓的腰腹，然後丟回他的同夥裡。

「祢怎麼這麼久才來，」鼠毛嘀咕道：「老愛遲到，毛病不改。」

「希望沒遲到太久。」長尾回答道。

祂話才剛說完，一隻黑暗森林的公貓突然從後方突襲，把長尾撞了出去，張嘴咬住鼠毛。鼠毛眼裡驚慌一閃，隨即蹣跚倒在地上。

「不！」長尾撲上虎斑貓，往他背脊一咬，虎斑貓嚇得張嘴放開，身子在地上抽動。

「快，快起來！」長尾用牙齒咬住鼠毛的頸，想拉她起來，她卻砰然倒向一側。鴿翅驚駭地瞪大眼睛，鼠毛的頭顱歪的方向很奇怪，而且兩眼呆滯。

「不！」長尾的眼裡射出怒火，大吼一聲，轉身衝進廝殺中的貓群裡。

波弟現身，口鼻上都是血痕，他看見鼠毛，停下腳步，在她旁邊砰然倒下，眼露哀傷。

「妳終究像個戰士一樣死得其所。」他彈彈尾巴示意鴿翅。「回戰場去殺敵吧，」他喃喃道：「我來陪她。」說完把鼻子埋進他室友的毛髮裡。

鴿翅腳步突然踉蹌，頭昏眼花。

「嘿！」

原來她撞上蜂紋。

「妳還好吧？」年輕公貓伸出鼻子把她的鼻子抬起來，注視她眼睛。

「鼠毛死了。」

蜂紋的耳朵動了動，隨即挺起身子。「來吧，我們一起上場。」他把她帶往戰場的方向。「我們在一起受訓已經夠久了。」

鴿翅茫然地跟著他進入廝殺的貓群裡。

一隻黑暗森林公貓擋住他們去向。「我還以為我們已經把那些弱不禁風的貓全解決掉了。」他咆哮地撲向鴿翅的喉嚨，卻被蜂紋一把抓住頸背，拉到地上，四腳朝天，鴿翅直覺反應地猛擊公貓外露的肚子，直到蜂紋鬆手放開為止，他們聯手反擊，打得對方節節敗退。

最後蜂紋把公貓往旁邊一甩，鴿翅順勢從下方勾住他的腳，公貓摔飛出去。

「幹得好。」蜂紋得意洋洋。

他們再次撲向那隻黑暗森林公貓，對方嚇得驚慌尖叫，在下方不停蠕動身子，好不容易掙脫他們，竄進荊棘叢裡。他奔逃時，經過兩個較小的身影，後者正朝營地又跑又跳地過來。

錢鼠掌！櫻桃掌！鴿翅推推蜂紋。「他們平安無事。」

櫻桃掌興奮地彈彈尾巴。「其他部族都打贏了！」她大聲喊道。

「河族已經把他們趕回邊界了！」錢鼠掌上氣不接下氣地喊道。

鴿翅掃視空地，尋找罌粟霜，她看見她孩子回來了嗎？玳瑁貓正在和一隻虎斑母貓聯手作戰，是**蜜蕨！**這對姊妹正把一隻黑暗森林公貓往地上那棵山毛櫸的方向逼退，她們輪流揮砍，彷彿曾經共同受訓過好幾個月。

罌粟霜暫停動作，伸出舌頭，嗅聞空氣。「錢鼠掌！櫻桃掌！」她轉身過來，後腿一踢，把黑暗戰士踹到後面，才跑過來迎接她孩子的歸來。蜜蕨則使出最後一掌，將公貓打趴地上，也跟著她跑過來。

這時一個橘色身影從鴿翅耳邊咻地刷了過去，她嚇了一跳。

「追風！」火星停在一隻身形輕盈的棕色虎斑貓旁。「祢還是跑得很快嗎？」

「當然！」

火星的尾巴朝入口彈了彈，黑暗森林戰士正爭相逃出山谷。「那麻煩祢帶著塵皮把那些惡棍趕回他們的黑暗森林。」

「我跟他們一塊去。」只見一名英俊的貓戰士先把祂面前兩隻黑暗森林貓的頭抓起來互撞，然後大步跨過那兩隻軟趴在地的貓兒，從容走來。「我已經好久沒追過這種獵物了。」

火星的兩眼一亮。「謝謝祢，獅心！」

「來吧，」蜂紋在鴿翅耳邊嘶聲說道：「我們也去讓那些黑暗森林的膽小鬼嚐嚐被追捕的滋味，諒他們以後再也不敢來犯！」

鴿翅興奮地跟在蜂紋後面跑出營地。她聽見後面有腳步聲緊跟，轉身一看，原來是沙暴。

「火星要我跟來看看，」沙暴氣喘吁吁。「他怕對方有設陷阱。」

蜂紋往前一蹬，衝上前去，追上正穿梭林間的星族戰士。

沙暴忽然煞住腳步。「你看！」

沙暴抬頭看向林間。「我看見月光有爪痕，」她輕聲道。「這一定是個好預兆。」

「這不是部族的好預兆。」羊齒植物叢裡傳來一聲低吼。

鴿翅愣住，她瞄到一團毛髮打結的玳瑁身影。

沙暴豎起毛髮。「你是誰？」

「妳應該知道我是誰。」那隻貓嘶聲道：「雷族毀了我的一生。」

沙暴皺起眉頭。「妳叫什麼名字？」

黑暗森林母貓從陰影裡走出來。「我叫楓影！」她嘶聲一吼，往前一躍，撲上沙暴，把她的口鼻壓進泥地裡。

「我要妳為星族賜給妳的一切付出代價！」楓影朝著沙暴的耳朵吼道。「祂們從我身上偷走的東西，我要妳來償還！」

鴿翅衝過去想幫忙，卻被雙爪子壓住尾巴，她轉身朝抓她尾巴的黑貓猛砍，但砍不到，反倒被反擊，面頰被黑貓劃破。她在劇痛中聽見楓影的吼聲。

「沙暴，妳得到了我所想要的一切，始終愛我的伴侶貓、我的孩子、我孩子的孩子，還有族貓對我的尊敬。這些本來應該都是我的！」楓影的眼裡閃著怒色，張嘴扣住沙暴的喉嚨。

「放開她！」一隻全身綴滿星光的玳瑁貓從羊齒植物叢裡衝出來，把楓影從沙暴身上拉開。沙暴蹲在地上猛咳，玳瑁貓腳爪一揮，將楓影甩到地上。

楓影蹣跚爬了起來，轉身面對星族貓。「斑葉？」她嘶聲道：「祢為什麼不讓我殺了她？她偷走了火星對祢的愛。」

斑葉背上的毛聳了起來。「這不是偷，沙暴帶給他快樂！」

楓影撲向祂，斑葉被她的重量撞得翻倒在地，跌在地上，四條腳不停踢打。楓影大吼一聲，爪子劃開巫醫貓的喉嚨。

「不！」火星的尖嚎劃破空氣，他從羊齒植物叢裡衝出來，伸爪抓住楓影的毛髮，往後一甩。沙暴蹣跚爬起，衝向那隻毛髮凌亂打結的母貓，爪子猛揮，張嘴狠咬。火星從旁邊跳過來，將楓影撞倒在地，沙暴撲到她身上，利爪劃過她肚皮。楓影痛得大叫，掙開沙暴，竄上斜坡，沙暴追在後面。鴿翅看著她橘色的身影竄逃進林子裡。

荒蕪的林子裡，火星蹲坐在斑葉微顫的身軀旁，緊挨著祂，祂頸間汩汩流出的鮮血染溼了火星的面頰。「斑葉！求求祢不要走。」鴿翅聽見他聲音裡的嗚咽。「祢答應過我，祢會在星族等我。」

斑葉輕輕搖頭。「不可能了，我的愛，我再也不能陪你，我很抱歉。」

火星撫摸祂。「不，我還需要祢。」

「讓她去吧。」一隻母貓在微光中出現，灰色毛髮又長又亂。

「黃牙？」火星看著祂，綠色眼睛流露出懇求的神色。「求求祢，別讓祂消失。」

「這是命中注定的。」黃牙用鼻子輕觸火星的頭。「就讓她安心走吧。」

「可是祂說過祂會在星族等我！」火星哽咽說道。

斑葉抬頭看他，張嘴彷彿想說什麼，但一口氣喘不上來，身子忽焉癱在地上，身影開始模糊，留下隱約輪廓，最後只剩草地上的血跡。火星黯然垂頭。

旁邊的羊齒植物叢動了動，沙暴鑽了出來，她蹲在火星旁邊，示意鴿翅先離開。鴿翅轉身往營地走去，忍不住回頭又看了一眼，卻見沙暴緊緊偎著火星。

她鑽進空地。黑暗森林的貓逃了大半，星族貓、古代貓和午夜追在他們後面，但剩下來的薊爪和其爪牙仍賁張著毛髮，憤怒頑強抵抗。栗尾的隊伍已經從影族營地回來。蛛足和薊爪扭打成團，栗尾將暗紋壓制在地上。刺爪從山毛櫸樹幹上跳下來，落在一隻肌肉結實的虎斑貓身上。午夜則在巫醫窩旁把一群驚聲尖叫的黑暗森林戰士趕進刺藤叢裡。

育兒室那裡傳來一聲尖叫，鴿翅嚇得毛髮豎成針狀，她看見黛西正把一個黑暗森林戰士打趴地上，亮心撲上他喉嚨，大聲一吼，尖牙戳了進去。**天啊，小貓是誰在照顧？**鴿翅掃視殘破的窩穴，發現蕨雲穩穩站在亮心的臥鋪上，朝著一隻龐大的暗棕色公貓猛揮爪，她憤怒呸口，撲上公貓的喉嚨，但戰士閃開，張嘴反扣住她的頸背，扭頭將她從窩裡拖了出來。

蕨雲抬頭驚恐瞪看他，他卻利牙一咬，蕨雲悶哼一聲，立刻動也不動。

「蕨雲！」火星衝進營地時，黑暗森林戰士正低頭看著死掉的貓后。戰士轉身。「你來得太晚了，火星。」

「碎星！」火星露出尖牙。

碎星怒瞪著他，眼裡閃著恨意。火星撲上前去，卻重心一個不穩，跌在地上。

「火星！」沙暴驚恐的尖叫聲迴盪山谷。「你不能再打了，你只剩一條命了。」

「每個戰士都只有一條命！」火星蹣跚爬起來，再度面對碎星。

碎星得意洋洋地看著他。「我會讓你死無全屍到連星族都進不去。」他吼道。

火星旁邊突然迸出一道星光，鴿翅發現黃牙又出現了。「夠了！」老母貓大聲一吼，猛地撲上碎星，張嘴咬住他喉嚨。鴿翅聽見骨頭斷裂的聲音，祂殺了他。黃牙把祂兒子的屍首扔在地上，看著他在月光下慢慢消失，最後無影無蹤。

「碎星死了！」暗紋轉身從栗尾旁邊逃開，兩耳貼平。

「撤退！」薊爪跌跌撞撞地衝向入口，他的喊叫聲裡透露著恐懼，他的爪牙跟著逃之夭夭，像蝙蝠一樣不斷從他旁邊鼠竄奔逃。

鴿翅將爪子戳進地上，毛髮微微刺痛，四條腿頓時變得像石頭一樣沉重，在她四周，成束月光透過雲層灑下來。**真的結束了嗎？**

小百合和小種籽從臥鋪裡探出頭來。「過來，我的小寶貝，現在安全了。」栗尾彈彈尾巴，示意他們過來。他們從育兒室裡鑽出來，朝她跑過去，緊緊挨著她那沾血的毛髮。

鱒流和卵石足跛著腳慢慢越過空地。白風暴和長尾站在那兒氣喘吁吁，垂著尾巴，筋疲力竭。一抹淺色的月光灑在蕨雲身上，只見她動也不動地躺在育兒室旁。

「蕨雲為什麼睡著了？」小琥珀探出頭來問道。

「小傻瓜，她打架打得太累了。」小露珠在她旁邊說道，接著他豎起耳朵，聽見塵皮跑進營地。「塵皮會叫醒她。」

「結束了嗎？」虎斑戰士蹣跚止住腳步，順著族貓們的目光望向那已然回歸星族的伴侶貓。「蕨雲？」他當場愣住。「蕨雲！」他衝向她，慌亂地用腳爪推她。

樺落和冰雲也跑了過來，眼帶淚光地看著母親的屍首。

塵皮霍地轉身。「不要光看，快去找松鴉羽來！」

火星垂下頭。「塵皮，太遲了。」

塵皮露出尖牙，眼裡閃著怒火。「你為什麼沒有保護她？」他的目光彈向冰雲。「她需要妳的時候，妳在哪裡？」

火星朝虎斑戰士走近。「我們根本來不及救她，」他低聲道，「就算你在，也一樣。」

塵皮抬頭看向雷族族長。「我可以，」他頑強說道。「如果我在的話，一定可以。」

火星用鼻子碰觸塵皮的肩膀。「她是為了保護小貓，不讓碎星傷害他們。」

入口的刺藤叢再度窸窣作響，一名憔悴又滴著血的戰士跌跌撞撞地走進營地。**鷹霜！**

「戰爭結束了。」火星吼道。

「對他來說還沒有。」棘爪跟著鷹霜走了進來。「我在林子發現他，他還想逃回他族貓那裡。」

鷹霜瞪著雷族副族長。「讓我回我的部族。」

黃牙聽見聲響，抬起頭來看這兩名戰士。

藤池衝上前來，眼神一黯。「你殺了冬青葉！」她撲向灰色公貓，他揮掌甩開她，但她敏捷落地，再度朝他轉身。

「不！」鴿翅衝上去想幫忙，卻被火星攔下。

「讓藤池自己解決。」雷族族長下令道。

「但是他可能殺了她！」鴿翅倒抽口氣，因為她看見藤池又揮著爪子，飛撲上去。

「你這個兇手、騙子！叛徒！」她伸爪要挖他的眼睛，後腿劃過他肚皮。鷹霜大吼一聲，甩開她，有力的爪子壓住她的背，她痛得悶哼。

「妳才是叛徒！」他把她的口鼻往泥地裡壓。「這一次，我會殺了妳。」

「不，你想得美！」棘爪衝向鷹霜，一把拖開他。黑暗森林戰士還來不及掙脫，頸子就被棘爪的尖牙戳了進去，骨頭喀嚓折斷的聲響迴盪山谷裡，鷹霜倒地斃命。

藤池蹣跚站起來，這時巫醫窩旁傳來低沉的吼聲，虎星走進月光下。「幹得好，棘爪。」

棘爪驚恐地瞪著自己的父親。

虎星的琥珀色目光轉向火星，雷族族長的爪子這時已經出鞘。

「別急，」黑暗森林戰士咆哮道：「我們終會在戰場上相遇，不過我會先讓你親眼目睹雷族族貓在你面前一個個死掉。」

火星甩打尾巴。「戰爭已經結束了！」

「黑暗森林不會滅亡，」虎星嘶聲道。「它的戰士多到你無法想像，這場仗才剛開始。」

鴿翅衝上前去。「可是碎星和鷹霜死了！他們沒有理由再打下去，他們已經群龍無首。」

虎星縮起爪子，彷彿一把攫住月光。「他們還有我！」

第二十七章

「你不是族長，虎星。」火星緩步走近。「你從來都不是。」

虎星吼道：「我當族長當的比你好多了，你根本比不上我。」

「做族長的會把部族放在第一位，」火星甩著尾巴，「而你……卻要你的族貓為你賣命沙場。」

「真正的戰士是為戰場而活，」虎星哼了一聲。「我只是給他們一個戰死沙場的機會。」

鴿翅搜尋虎星的目光。他是不是瘋了？已經有無數貓兒死在他的戰場上，他真的相信這是他給他們的恩賜嗎？

火星繃緊肌肉，身上毛髮如波浪起伏。「你上戰場的目的到底是為了什麼？究竟是什麼偉大的理想值得犧牲掉這麼多戰士？」

虎星的眼睛炯炯發亮。「當然是為了打敗你啊！」

火星迎視他的目光。「你還沒打敗過我。」

鴿翅屏住呼吸，暗色戰士的眼裡有某種狂熱令她不寒而慄。

「所以我才會出現在這裡。」虎星吼道。

「黑暗森林的貓不會聽從你的。」火星告訴他。「他們現在知道自己打不贏部族貓，不會再嘗試了。」

「我不需要他們。」虎星瞥了空地邊緣那群毛髮賁張的貓兒。「我只要先打敗你，然後再把你的族貓見一個殺一個，直到殺光為止。」

火星的目光先瞟向蕨雲的屍體，然後是冬青葉的屍體。「我不會再讓你傷害我的任何一隻族貓，絕對不會。」他的尾巴在地上甩打。

「那你得先殺了我才行。」

火星瞇起眼睛。「虎星，這樣值得嗎？這麼多仇恨？這麼多死亡？」

虎星貼平耳朵。「當然值得。」兩眼瞇成細縫的他突然發動攻擊，爪子深戳進火星的肩膀，狠劃他的背脊。「從藍星找到你的那一刻起，我就變得一文不值！我總算可以報仇了！」

火星身子一扭，掙脫開來，反砍回去，暗色戰士往後閃躲，低頭張嘴扣住火星後腿，用力一咬，把火星拖趴在地，再以後腿撐起身子，前爪一揮，砍上火星的背脊。「等你死了，你的部族就隨我要殺要剮了。」

灰紋衝上前來，齜牙咧嘴。「你休想。」

白風暴攔下他。「別去，灰紋，這是火星自己得面對的一場硬仗。」

火星撐起身子，轉身面對虎星。「除非這座林子裡再也沒有你這個禍害，否則我不會死的。」他撲向暗色戰士，騰空一扭，落在離虎星腰腹只有一根鬍鬚距離的地面上。虎星轉身想防備，但火星的爪子已經揮進暗色戰士的腰腹，虎星頓時失去重心，跌倒在地，火星立刻拳如雨下地打在虎星頭上。

虎星扭身掙開，費力爬了起來，他眨眨眼睛，把血擠掉，撲向火星的喉嚨。雷族族長蹣跚後退，虎星巴住火星不放，爪子刺向火星頸間。

沙暴跳上前去，憤怒嘶吼，但是栗尾伸爪抓住她頸背，把她拉回來。「你不能改變他的命運，沙暴。」

火星後腿爪子戳向虎星肚子，把他踢開，喉嚨上的毛順勢被虎星硬生扯了一坨下來。

不！鴿翅屏住呼吸，以為會看見鮮血從傷口噴出，卻只見淺色的表皮。虎星的爪功沒有傷到火星，只是扯掉他頸上毛髮而已。

火星跳起來重新站好。「你生前像隻惡棍貓，死後一樣死性不改。」話語一落，立刻快如閃電地衝過空地，飛撲虎星，兇狠一吼，對準喉嚨，利牙戳進虎星頸子，緊咬不放，虎星身子猛烈扭動，跌跌撞撞，最後倒在地上。

火星仍緊咬住暗色戰士，鮮血淌滿他的腳爪，直到虎星身軀不再抽動，他才鬆開。火星直起身子，面無表情地看著虎星慢慢消失。

鴿翅朝藤池轉身，渾身發抖。「虎星死了！」

她話才說完，天空雷聲大作。她抬頭一看，一道閃電劈向火星旁邊地上那棵山毛櫸，樹幹頓時沒入熊熊烈焰中，煙硝襲捲了火星。鴿翅嗆得眼淚直流，胸口悶痛，掙扎著想看清楚她的族長是否無恙。就在她隔著煙霧想一窺究竟時，雲突然開了，大雨滂沱下在山谷，燃燒中的山毛櫸嘶嘶作響，應聲爆裂，火勢漸熄。

鴿翅抬起尾巴，總算安心。「真的結束了！」她喘了口氣，對藤池說道。

「火星！」沙暴的叫喊蓋過大雨滂沱聲，她衝向虎星倒下之處，那裡有一副軀體。

鴿翅皺皺眉頭。虎星不是消失了嘛？為什麼染血的草地上還有一坨身影？

不！她跟在沙暴後面衝過去。**他不可以死！**她煞住腳步，驚恐地瞪著火星的屍體。

沙暴將鼻子埋進伴侶已然溼透的毛髮裡。「我告訴過你不要濫用最後一條命。」她低語。棘爪穿過空地，站在她旁邊，雨水從他鬍鬚串流而下。「他沒有濫用。」

「火終將拯救部族。」葉池呢喃道。

灰紋從虎心和白風暴旁邊擠過來，蹲在他老友旁邊。「如果可以的話，我願意代你一死。」他粗重的聲音充滿憂傷。

「火星！」塵皮輕聲喊道。「見到蕨雲的時候，幫我告訴她，我愛她。」

波弟從他身邊擠了過來。「他死了？」

「是的。」蜂紋的尾巴輕輕覆上老貓的背。

虎心的耳朵動了動。「這是他的最後一條命？」

「是的。」鴿翅朝礫毛和鱒流點頭示意，後者和他們的隊員正腳步遲疑地停在入口附近。

「你們該回去了，我們贏了這場仗，我也得回去陪我的族貓了。」**但為什麼總覺得好像失去了**

一切。她深吸口氣，悄悄走近蜂紋身邊。雨水滴進她眼裡，她眨眼擠掉。蜂紋挪動身子，讓她偎在他身上，鴿翅感覺到耳邊有他的鼻息。

「妳現在安全了。」他低聲道。

她把頭靠上他的肩膀。「我知道。」她聽見虎心離去的腳步聲，但是她沒有回頭。

棘爪抬起鼻子。「戰爭結束了，我們的勝利是屬於火星的！」

他說話的同時，雨勢緩了下來，一道月光穿透雲層，照在毫無生息的橘色身軀上。營地入口出現輕微聲響，鴿翅看見一名星族戰士全身發亮地站在殘破不堪的荊棘叢底下，藍色眼睛像天空一樣澄亮。

「藍星？」棘爪用尾巴朝祂點頭示意。藍星點點頭，從暗處出來，穿過空地。一隻黃褐色公貓跟在後面，毛髮星光熠熠，一隻銀色母貓緩步走在後面，旁邊是一隻全身發亮、雜灰色的虎斑貓。另外還有一隻黑白相間的公貓尾隨其後，黃牙殿後。

族貓們自動讓開一條路讓祂們通過，追風和獅心從貓群裡出來加入祂們。星族身上的光將四周岩壁反照得粼粼生輝，鴿翅瞇起眼睛看著眼前景象。潮溼的岩石滲出辛辣、冰涼的氣味，覆上她的舌頭。**這就是星光的味道嗎？**

松鴉羽走上前，星族貓圍著火星。「是這些貓將九條命賜給火星。」他解釋道：「紅尾，」他朝黃褐色的戰士點頭示意，「賜給他正義與公平。銀流賜給他捍衛所堅信的事物。」

灰紋站起來，瞪著漂亮的母貓。「銀流！」

她回眸看，藍色眼睛溢滿思念。「我會等你。」她低聲道。

「斑臉，」松鴉羽向雜灰色的虎斑貓垂頭。「賜予保護的能力。而疾掌，」他那雙藍色盲眼移向體型較小的黑白相間公貓身上，「賜予的是教學相長的能力。」

棘爪點點頭。「火星是我見過最能為後輩著想的導師。」

「黃牙賜予他憐憫；獅心賜他勇氣；追風賜予源源不絕的活力。」

松鴉羽打住，藍星則上前一步，腳爪輕碰火星的身軀。「斑葉已經不在星族了。」祂的聲音裡有很深的憂傷，「但祂曾賜給火星愛。」沙暴嗚咽，肩膀不停抽動。

藍星繼續說道：「我賜給他高尚的品格，不過他的品格本來就比任何一隻貓都來的高尚。」祂的藍色眼睛閃著哀愁。「幾個月前我就知道火星會拯救部族。他是那團火，也是古老預言裡的第四隻貓，他辦到了。現在他把雷族交給下一任族長。」祂看著棘爪。「如果你有火星一半的膽識和忠誠，必定能成為雷族的好族長。」

祂說話的同時，星族貓朝火星圍了上去。祂們緊挨彼此，低頭注視。一團影子突然脫離橘色身軀，升了起來。

鴿翅倒抽口氣。那影子像月光一樣淺淡，像風一樣輕柔。火星站了起來。

「他的靈魂要離開了。」松鴉羽喃喃道。

火星的目光慢慢掃過他的族貓。當目光掃向鴿翅時，她不禁吞吞口水，但心隨即寬了下來，如沐陽光般的溫暖。

「該走了！」藍星輕聲道。

火星向棘爪垂頭致意，傾身用鼻子輕觸沙暴。她眼裡閃著淚光，看著他轉身跟著星族貓走出山谷。鴿翅扭過頭去，眼角餘光有團黑影在移動，冬青葉的靈魂正緩步跟在祂們後面。鼠毛的靈魂也從她的軀體跳了出來，像小貓一樣在空地上跳躍。

波弟彈彈尾巴。「現在她想抓多少獵物都抓得到了。」

「蕨雲醒了！」小琥珀從育兒室裡發出尖叫。

蕨雲的靈魂也緩步跟在鼠毛後面，她在荊棘屏障前停下腳步，轉身向塵皮垂頭致意，然後跟在其他星族貓後面慢慢消失。鴿翅瞪看刺藤叢的缺口，難過到胸口隱隱作痛。

沙暴站起身來。「棘星！」

「棘星！」獅焰也朝著空地的天空抬起鼻子高喊。

族貓們紛紛加入。「棘星！棘星！」

棘星仰望天空，鴿翅也跟著他的目光往天空看。她看見天上多了一顆特別閃亮的星星。**火星已經到達星族了嗎？**

「我把榮耀歸給星族祖靈，」棘星誓言道。「但絕不膜拜黑暗森林裡的貓。我祈求祖靈運用智慧，指引我方向，」他低下頭，「也懇請各位戰士不吝賜於我忠言。」

松鴉羽以尾巴輕觸棘星的背脊。「該是選出副族長的時候了。」他輕聲催促。

鴿翅環顧族貓。**棘星一定會選獅焰吧？**他是戰場上永遠打不敗的戰士，他會是一個最有實力的副族長，有一天也會當上族長。

「松鼠飛，妳願意當我的副族長嗎？」

母貓注視著他，身上每根毛髮都在顫抖。「你是說真的？」

棘星點點頭。「我最信任的就是妳。我終於明白妳做的每件事，其實都有正當的理由。」

松鼠飛垂下頭。「那麼我願意接受。」

一隻身形修長的棕貓衝上前來。是葉池！她頭顱緊抵著松鼠飛的。「這榮耀對妳來說是實至名歸。謝謝妳，謝謝妳為我做的一切。」

松鴉羽緩步向前，站在鴿翅旁邊。「這是結束，也是開始。」他語調輕快地評論道。

鴿翅看著獅焰。金色戰士一臉疲憊，雙肩下垂。他們一度是星權在握的貓兒，但現在，一切都結束了。憂傷哽在鴿翅喉間。他們拯救了所有部族，但火星卻死了。

松鴉羽的尾巴輕刷過她的肩膀。「祂是為了拯救祂所在乎的族貓而犧牲自己的性命，」他輕聲說道。「祂現在真的是星權在握了。妳會再見到祂的，只要時辰到了。」

微風輕拂鴿翅身上的毛髮，彷彿有誰正從她身邊經過。她抬頭一望，看見兩團身影站在族貓後面旁觀。一隻是有著一張條紋臉，眼裡流露智慧與和善的獾；另一隻是全身光禿無毛、凸著一雙眼睛、什麼都看不見又什麼都看得見的怪貓。他們迎視她的目光，朝她點個頭，就只那麼一下而已。謝謝妳，鴿翅聽見了，聲音細到猶若一聲嘆息。

將有三隻貓，妳至親的至親，星權在握。他們會找到第四隻貓。這場光明對抗黑暗的戰爭終將得勝。他的逝世是另一位新族長的崛起。四族緬懷他之餘，也將繼續活下去。以往如此，未來亦是。

國家圖書館出版品預行編目(CIP)資料

貓戰士四部曲星預兆. VI, 最後希望 / 艾琳．杭特（Erin Hunter）著；約翰．韋伯（Johannes Wiebel）繪；高子梅譯. -- 三版. -- 臺中市；晨星出版有限公司, 2023.01
面；　公分. --（Warriors；24）
暢銷紀念版（附隨機戰士卡）
譯自：Warriors : Omen of the Stars.6,The Last Hope
ISBN 978-626-320-311-2（平裝）
873.596　　111018641

貓戰士四部曲星預兆之VI

最後希望 The Last Hope

作者	艾琳．杭特（Erin Hunter）
繪者	約翰．韋伯（Johannes Wiebel）
譯者	羅金純
責任編輯	謝宜真、陳涵紀、陳品蓉、郭玟君
文字校對	謝宜真、蔡雅莉、陳涵紀、陳彥琪、許芝翊、鄭玉瑋
封面設計	陳柔含
美術編輯	張蘊方、陳柔含
創辦人	陳銘民
發行所	晨星出版有限公司 407台中市西屯區工業30路1號1樓 TEL：04-23595820　FAX：04-23550581 行政院新聞局局版台業字第2500號
法律顧問	陳思成律師
初版	西元2012年12月31日
三版	西元2024年05月31日（二刷）
讀者訂購專線	TEL：（02）23672044 /（04）23595819#212
讀者傳真專線	FAX：（02）23635741 /（04）23595493
讀者專用信箱	service@morningstar.com.tw
網路書店	http://www.morningstar.com.tw
郵政劃撥	15060393（知己圖書股份有限公司）
印刷	上好印刷股份有限公司

定價250元

（缺頁或破損的書，請寄回更換）

ISBN 978-626-320-311-2

☐ 我已經是會員，卡號 ______________________

☐ 我不是會員，我要加入貓戰士會員

姓　名：__________________ 性　別：__________ 生　日：__________________

e-mail：____

地　址：☐☐☐ ________ 縣／市 ________ 鄉／鎮／市／區 ________ 路／街

________ 段 ________ 巷 ________ 弄 ________ 號 ________ 樓／室

電　話：____

☐ 我要收到貓戰士最新消息

貓戰士鐵製鉛筆盒抽獎活動

將兩個貓爪和一顆蘋果一起貼在本回函並寄回，就可以獲得晨星出版獨家設計「貓戰士鐵製鉛筆盒」乙個！

貓爪在貓戰士書籍的書腰上，本書也有喔！蘋果則是在晨星出版蘋果文庫的書籍書腰上！

哪些書有蘋果？科學怪人、簡愛、法布爾昆蟲記、成語四格漫畫...更多請洽少年晨星官方Line ID：@api6044d

點數黏貼處

請填妥後對折裝訂，再貼妥郵票寄出

請黏貼
8 元郵票

407

台中市工業區30路1號

晨星出版有限公司

TEL：（04）23595820　FAX：（04）23550581
e-mail：service@morningstar.com.tw
http://www.morningstar.com.tw

請沿虛線摺下裝訂，謝謝！

加入貓戰士俱樂部

【貓戰士會員優惠】

憑卡號在晨星出版社購書可享優惠、擁有限定商品、還能獲得最新消息等會員福利。

【三方法擇一，加入貓戰士會員】

1. 填妥本張回函，並寄回此回函。
2. 拍照本回函資料，加入官方Line@，再以Line傳送。
3. 掃描後方「線上填寫」QR Code，立即填寫會員資料。

Line ID：
api6044d

「線上填寫」
QR Code

★寄回回函後，因郵寄與處理時間，需2～3週。